밀수꾼의 노래

밀수꾼의 노래

제11회 대한민국 과학소재
단편소설 공모전
수상 작품집

조나단	이지효
신진오	최해린
송건자	범유진
	유혜선

황금가지

차례

밀수꾼의 노래	7
중립 판단	71
편의점 로봇, 아시모	119
무조건 공감 챗봇 자살 사건	167
캐시의 마음	209
불행 삽니다	273
돔	335

사략선

그를 발견한 것은 바람의 행성-3에서였다.

맞다, 당신이 알고 있는 바로 그곳이다. '바람의 4형제' 중 가장 악랄한 땅. 모진 바람이 몰아넣는 구름층의 풍광과 그 아래에서 모든 걸 쓸고 가는 돌폭풍을 보려고 관광객이 몰려드는 곳. 바람 사막으로 들어가 종적을 감추려는 은둔자와 도망자들이 숨어드는 행성 말이다.

그곳의 초기 개척민들이 터를 잡고 이제 막 도시의 형태를 갖춰 가기 시작한 네오요크(Neoyork)의 한 선술집에서 그를 본 것이다.

나는 그가 도망자라는 걸 알아보았다. 용병이라는 사실도. 2미터가 넘는 키에 근육이 기괴하게 발달한 강화 신체에는 무기의 흔적들이 남아 있었다. 흙빛 얼굴에는 턱 골격을 따라 터

수염 대신 참가한 전쟁과 전투의 아이콘들이 새겨져 있었다. 그것들은 그의 표정에 따라 고유의 색을 발했다.

말로만 듣던, 용병들 사이에 유행한다는 성스러운 부르바할 문신이었다.

두 자리 떨어진 곳에서도 그는 위협적이었기에, 평소의 나라면 그런 강화인에게 말을 거는 짓은 하지 않았을 것이다. 게다가 그는 '바람의 악마'에 취해 있었다. 당신이라면 온몸이 살인 병기에 술에 취해 당장이라도 폭발할 것 같은 용병에게 말을 걸 수 있겠는가?

나는 그에게서 등 돌리고 앉아 '바람의 악마의 손자와 절친한 악귀'로 목을 축인 다음 술집을 떠날 생각이었다. 그러나 혼자 저주를 퍼붓는 그의 목소리에서 관심 가질 수밖에 없는 단어를 들었다.

"오, 발할루다(그 용병들의 수호신 말이다.)! 당신께 맹세코 내 그놈의 몸뚱이를 갈가리 찢어 당신의 밥상 위에 올려놓으리다. 기다려 모호, 네가 어디로 도망치건 이 더티 할리가 너를 찾아낼 테니까!"

내 관심을 끈 것은 당연히 그 이름이었다. 모호.

나는 스스로를 더티 할리(Dirty Harley)라 부르는 용병을 한동안 관찰했고 용기를 내어 그의 테이블로 갔다. 그에게 바람의 악마가 더 필요하다는 걸 눈치챈 것이다.

내가 대접하는 한 잔의 술로 인해 그는 온순해졌고 나를 친구라고 불렀다. 이어 예상대로 자기 이야기를 늘어놓기 시작했다. 새로 사귄 친구에게 자신을 과시하기 위해서 말이다.

"이봐, 자네는 내가 왜 이런 바람의 땅에 처박혀 있는지 궁금하겠지? 물론 나는 이곳이 필요해, 저 바깥 돌폭풍이 나를 숨겨 주거든. 난 이곳에서 몸을 추스르며 추격자들을 따돌려야 해, 망가진 무기들이 자라날 때까지 말이야."

"그러고 보니 신체무기가 흔적만 있네요. 용병에게 무기가 없다니, 발톱 잃은 사자군요."

"인정하지, 바로 그 꼴이 되어 버린 거야. 만티코라(Mantichora) 부대의 이 더티 할리가 말이야. 하지만 나는 항복하지 않았어. 나는 그것들 없이도 맨몸뚱이 하나로 붉은 바다를 빠져나왔다고."

"아, 그 해적들의 행성 말이군요?"

"그렇지, 행성군과 발할루다 용병들도 꺼리는 해적들의 본거지 말이야. 그곳에 접근하는 자들은 모두 목이 잘려 바닷속에 피를 쏟아부어야 하지. 그 행성의 바다가 붉은 건 바로 그 때문이라고."

그건 사람들 사이에 떠도는 농담일 뿐이다. 붉은 바다는 그곳의 지질과 대기 때문에 붉다.

"친구, 자네는 내가 어떻게 그곳을 탈출했는지 궁금하겠지?

내게 술 한 잔을 더 대접한다면 기꺼이 말해 주지."

나는 바람의 악마를 주문했지만 그가 어떻게 거기를 나왔는지는 관심 없었다. 내 관심은 다른 데에 있었다.

나는 모호하게 물었다.

"아까 그, 누군가에게 복수하겠다고 하지 않았나요? 이름이 뭐였더라?"

"모호!" 그가 눈을 부릅뜨며 소리쳤다. "전 우주의 악당, 살육자, 사기꾼 모호. 누구겠어, 바로 그 모호지!"

"아하, 천 년 동안이나 우주를 떠돌아다닌다는 그 모호?"

"그렇지, 그자가 우주를 떠도는 건 저주에 걸렸기 때문이야. 모호는 항성 간을 떠도는 잿빛 유령이야."

더티 할리가 으르렁거렸고, 그의 턱 문신이 붉은색으로 번쩍거렸다.

그는 행성역사 연구자들의 평가를 읽지 않은 게 분명했다. 당연하다, 그는 용병이니까. 예나 지금이나 온몸이 무기인 자들은 글을 읽지 않는다.

"우주선원들은 다르게 말하던데요?" 나는 그를 자극해 보았다. "그들은 모호가 행성연합 최고의 조종사라고 해요."

"하! 어떤 얼간이가 그따위로 추켜 부르지?"

"게다가 그는 용감한 선장이라죠? 함선 하나로 유령함대를 상대한 적도 있대요."

"그렇게 떠드는 자들은 모호가 얼마나 잔인한지 몰라서 하는 소리야. 놈은 자신의 선원들을 학살한 살인마라고."

"모호가 사르바흐의 구원자라는 소문도 있죠."

"그거야 소문일 뿐이지. 누가 그걸 증명하지? 게다가 사르바흐는 120년 전에 쑥대밭이 됐어. 이제 거기에는 아무도 살지 않는다고."

그건 맞는 말이다. 심지어 사르바흐를 그렇게 만든 것이 모호라는 소문도 있기는 하다.

"모호가 은하에서 가장 악랄한 악마에 악당에 사기꾼이라는 사실은 내가 증명해. 내가 바로 그자의 꾐에 빠져 붉은 바다에 떨어졌으니까!"

"와우, 모호와 사연이 있었나 보네요?"

"왜, 듣고 싶은가 친구?"

나는 그를 향해 미소를 지어 주고는, 바람의 악마 한 잔을 더 주문하며 말했다.

"당연히 듣고 싶죠."

*

그가 모호를 만난 것은 우주 공간에서였다.

당시 그가 속한 부시무시한 민디고리 함선은 칸투 행성계 외곽을 날고 있었고 자신들보다 더 무시무시한 적의 기습을 받았다.

자신의 능력이었다고 말하지만, 실상은 운이 좋았던 더티 할리는 행성 간 미사일이 날아올 때 선외 활동 중이었다. 덕분에 함선이 폭발하자 파편과 함께 우주 공간으로 밀려날 수 있었다. 충격파로 갈비뼈 두 개가 부러졌지만 어쨌든 죽지는 않았다. 그는 소리 없이 연속 폭발하는 함선의 섬광을 보았고 사방으로 흩어지는 잔해를 보았고 그리고 하나의 빛으로 사라지는 적의 함선을 보아야 했다.

그러는 동안 관성으로 계속 날아갔다.

그는 살아남을 방법을 찾았지만 가능성이 많지 않았다. 주변에 산 동료가 없는 것은 분명했고 우주복의 통신기는 근거리용이었다. 떠나온 기지에서 통신이 끊긴 걸 알고 수색대를 보내겠지만 기지는 0.04광년 거리였다. 시간이 걸릴 터였다.

폭발 지점에서 계속 멀어지는 중이었고 속도를 늦출 수도 방향을 바꿀 수도 없다는 걸 안 더티 할리는, 우주복의 위치 발신기를 켜고 생명 유지 장치를 조절해 잠들기로 했다. 부러진 뼈들의 고통과 진공의 공간에 홀로 던져진 공포를 잊기 위한 어쩔 수 없는 선택이었다. 그는 동료들이 200시간 안에 도착해 자신을 발견하기를 바라며 잠들었다.

122시간이 지났을 때, 우주복이 뭔가를 감지하고 그를 깨웠다.

만티코라의 함선은 아니었다. 처음 보는 우주선이었고 더티 할리는 그것이 어느 행성계의 어떤 우주선인지 구분할 수 없었다. 선원 교육을 받았을 때나 보았던, 그의 기억에 어렴풋이 남아 있는 아주 오래된 함선이었다.

더티 할리는 다시 시작되는 고통을 느끼며 위치 발신기를 껐다. 정체를 알 수 없는 존재에게 구조되는 걸 원치 않아서였다. 하지만 이미 늦었다. 함선이 소리 없이 방향을 틀어 다가온 것이다.

그는 우주선의 실체를 온전히 볼 수 있었다. 우아한 유선형에 너무 먼 태양으로 인해 빛이 바랜 듯한 잿빛 선체. 앞쪽에는 낯선 문자가 새겨져 있었다. 함선의 이름인 듯했지만 그는 읽을 수 없었다.

함선에서 뭔가가 떨어져 나와 다가왔다. 추진체가 달린 선외 활동용 에이봇[1]이었다. 에이봇은 더티 할리를 추월해 그의 관성 비행을 제지한 다음 주위를 돌며 한동안 관찰하는 듯하더니, 이윽고 몸체에 붙은 팔을 뻗어 그의 몸을 움켜쥐었다.

함선에서 더티 할리를 맞은 것은 또 다른 에이봇이었다. 인간형이지만 더티 할리가 처음 보는 종류였다. 그는 에이봇이 함선만큼이나 오래된 녀석이라고 추측했다.

"안녕하세요 인간, 휴가 중이었나 봐요?"

---

1. Albot. 'Artificial Intelligence Robot'의 약어.

에이봇이 우주복을 분리하며 말했다.

"타쿤 태양 빛으로 일광욕을 즐기기엔 좀 외진 곳 아닌가요? 얼어 죽기 딱 좋은 곳인데."

더티 할리는 에이봇의 말을 이해할 수 없었다. 에이봇이 그의 반응을 확인하고는 말했다.

"유머를 모르는 인간이군요."

"너 뭐야, 이건 무슨 우주선이지?"

에이봇은 대답하지 않고 계속 떠들었다.

"당신을 거두어 온 선외 활동 에이봇을 통해 몸 상태를 스캔했어요. 온몸이 타박상에 갈비뼈 두 개가 부러졌고 세 개는 금이 갔군요. 하지만 죽을 정도는 아녜요. 지금 우주복 데이터를 통해 당신의 대략적인 정보를 파악했어요." 에이봇이 웃음소리를 냈다. "반가워요, 더티 할리. 나는 당신 같은 고풍스러운 이름이 좋더라. 내 초기 시절을 떠올려 주거든요."

"너 뭐냐고 물었다, 에이봇. 인간이 물으면 대답을 해야지."

"더티 할리가 내 주인이라면 그랬겠지만 안타깝게도 나는 당신에게 대답할 의무가 없어요." 에이봇이 다시, 더 큰 웃음소리를 냈다. "그래도 첫 만남인데, 그런 걸로 서로 얼굴 붉힐 필요는 없겠죠? 나는 사략선[2] 물수리(Seahawk)호예요."

더티 할리가 에이봇을 다시 살폈다.

---

2. 私掠船. Privateer. 해적선에 대항하기 위해 무기를 장착한 일반 선박(범선).

"지금 너는 함선인가?"

에이봇이 자신을 가리키며 말했다.

"함선과 연결된 나를 부를 땐 마요르[3]라고 부르면 돼요. 나도 이름이 마음에 안 들지만, 내 주인이 옛 관습에 얽매인 인간이라서 말이죠."

더티 할리는 함선을 파악하고 에이봇의 역할을 간파했다.

"네 주인은 어디에 있지? 다른 선원들은? 혹시 이 우주선에는 에이봇들만 있는 건가?"

무인 함선이라면 화물선일 것이다. 그렇다면 더티 할리에게 괜찮은 상황이었다. 함선을 빼앗을 수 있었고, 그러면 만티코라에 돌아갔을 때 면책 선물이 될 것이다.

하지만 에이봇이 말했다.

"선장은 동면 중이에요."

"깨워. 조난자를 발견했다고 보고해."

"나는 당신을 치료하고 다시 제대로 걸을 수 있게 돕겠지만 선장을 깨우지는 않을 거예요. 항성 간 단잠을 깨웠다간 화를 낼 게 뻔하거든요."

마요르는 더티 할리의 몸 상태를 정밀진단 해 부러지고 엇나간 뼈들을 맞춰 주었다. 이어 골절 패치를 붙여 주고 회복실로 옮겨 쉬도록 했다.

---

3. Mayor. 중세 이탈리아 집사의 명칭.

며칠 후 걸을 수 있는 몸 상태가 되자 더티 할리는 물수리호 안을 돌아다녔다. 견고하고 실용적인 함선이었다. 그가 아는 어떤 우주선과도 달랐고 유행을 따르지도 않았다. 게다가 아주 고급스러웠다.

더티 할리는 이 사략선이 마음에 들었다. 이런 우주선을 차지한다면 만티코라로 돌아가지 않아도 될 것이다. 더는 용병 생활을 하지 않아도 부자가 될 수 있었다.

상황을 파악한 더티 할리는 계획을 세웠다. 선장과 선원들은 잠들어 있고 함선과 에이봇만 깨어 항성 간 비행 중이었다. 먼저 승무원들이 어떤 자들인지 파악해야 했다. 혼자서 그들을 상대할 수 있을지. 민간인이라면 당장이라도 가능했지만 그렇지 않다면 위험에 빠질 수 있었다.

더티 할리는 서두를 생각이 없었다. 몸이 회복되기를 기다렸다.

함선이 선장을 깨웠다.

그때까지 더티 할리는 함선의 주인을 알지 못했기에, 모호의 등장이 꽤나 인상적이었던 모양이다. 마요르와 함께 수면실에서 나오는 선장을 발견하고는 이렇게 표현했다.

"오래된 함선의 주인답게 아주 오래된 여인이었어."

더티 할리는 그것이 의외였던 듯했다.

"외모가 고전적이었어. 어떤 개조나 업그레이드도 없었다고, 인간이 은하 변방의 별을 채 벗어나지 못하던 때처럼 말이야. 젠장할, 그 어떤 행성계 여자와도 달랐다고." 그는 때를 놓친 것이 분한 듯 덧붙였다. "바로 그때였는데. 그때 그 여자의 목을 부러뜨렸어야만 했는데!"

짧은 반바지에 커다란 박스티를 걸친 모호는 아직 생체 리듬이 돌아오지 않은 듯했다. 곁에서 따라오는 마요르에게 짜증을 내고 있었다.

"이런 데서 깨우다니, 허허벌판에서 깨우면 어쩌자는 거야."

마요르가 딴 곳을 보며 말했다. "아직은 말하지 않는 게 낫겠네요."

"허." 선장이 에이봇을 째려보았다. "기껏 깨워 놓고 말 안 한다고?"

"선장은 동면에서 깰 때마다 히스테리를 부리고, 그게 가라앉을 때까진 시간이 걸린다는 걸 아니까요."

"깼어. 이유나 말해."

"저는 언제든 보고할 준비가 되어 있으니 들을 기분이 되면 말해 주세요. 그때까지 1, 2광년 정도는 기다릴 수 있어요. 우주는 넓고 시간은 충분하니까요."

인간과 에이봇이 실랑이를 벌이며 다가왔고 그러다 어정쩡하니 선 더티 할리를 발견했다.

"이건 또 뭐야, 내 배에 인간을 들인 거야?"

모호의 목소리가 커졌다. 확실히 짜증이 배어 있었다.

마요르가 대답 대신 짓궂게 휘파람 소리를 냈다. 모호가 끙 소리를 내더니 말했다.

"알았어, 이제 다 깼어. 설명해 봐."

"아직 다 깬 것 같지 않은데요?"

"깼다니까." 모호의 목소리가 다시 커졌다.

"손님 앞에서 그런 식으로 첫인상을 각인시키는 건 좋지 않아요."

"설명이나 하지?"

모호가 흘겨보자 마요르가 웃음소리를 내며 말했다.

"함선이 정식으로 보고할 건 두 가지예요. 선장을 깨울 수밖에 없는 문제들이죠. 먼저 여기 있는 더티 할리. 물수리호는 칸투 행성계 인근의 폭발 잔해 속에서 표류 중인 그를 구했고 부상을 치료했어요. 이제 부상이 다 나았고, 조난자를 어떻게 할지 결정할 때가 됐어요."

모호가 잠에서 깨려는 듯 머리를 돌리며 손을 뻗었다. 마요르가 허벅지에서 뭔가를 꺼내 건넸다. 담배였다.

"매번 하는 조언이지만," 마요르가 손가락 끝으로 불을 붙여주며 말했다. "항성 간 잠에서 깨자마자 담배를 피우는 건 몸에 좋지 않아요."

"식전 잔소리가 더 안 좋아."

모호는 연기를 내뿜으며 나른한 표정으로 더티 할리를 살폈다. 연기를 따라 이름 모를 꽃향내가 퍼졌다.

더티 할리는 여선장이 피우는 것이 고가의 사치품이라는 걸 알았고, 그녀가 마음에 들었다. 처음 보는 이 여자는 큰돈을 연기로 날려 버리고 있었다.

"용병이로군." 이윽고 모호가 말했다. "어디 소속이지?"

더티 할리가 힘주어 말했다. "만티코라."

무시무시한 이름으로 그녀를 압도하려는 의도였지만, 모호의 반응이 의외였다.

"변두리 동네 분쟁에 끼어들어 먹고사는 작은 부대로군." 마치 비웃는 투였다. "왜 조난당했는지는 묻지 않겠어. 용병들이 술에 취해 있다가 뒤통수를 맞은 거겠지."

더티 할리는 울컥 화가 치밀었지만 달리 할 말이 없었다. 당시 함선에서 술 파티가 벌어졌던 것은 사실이었으니까.

"나는 내 배에 함부로 인간을 태우지 않아." 모호가 말했다. "특별한 경우에만 그렇게 하지."

"선장?" 마요르가 끼어들었다. "조난자 발견이 바로 그 특별한 경우에 해당해요."

모호가 마요르를 흘기고는 말했다.

"그렇다고 치지, 조난자를 구하는 건 우주선원의 의무니까.

밀수꾼의 노래 21

대신 내 배에 있는 동안은 얌전히 있도록. 그 몸뚱이에 덕지덕지 붙은 장난감으로 장난을 치려고 했다간 배 밖으로 던져 버릴 테니까. 알겠나, 용병?"

더티 할리는 당장이라도 팔뚝에서 칼날을 빼 여자를 두 동강 낼 수 있었지만 그러지 않았다. 계획이 있었으니까.

그는 그저 고개를 끄덕였다.

"좋아, 적당한 데 내려 주지." 모호가 마요르를 돌아보았다. "여기서 가장 가까운 곳이 어디지? 손님을 내려놓을 곳이 있나?"

"7.1광년 거리에 항성 하나와 소행성 기지 두 곳이 있어요. 하지만 그 문제는 두 번째 보고를 듣고 결정하는 게 좋을 것 같네요."

"아, 그렇지. 다른 건 뭐지?" 모호가 생각난 듯 말했다.

"말라바르 행성계의 타크 가문으로부터 긴급 연락을 받았어요."

"존 타크, 안부 인사는 전했겠지?"

"물론이에요. 하지만 존은 아니에요, 그는 선장이 잠들어 있는 사이에 죽었어요. 선장은 관심 없겠지만 천수를 누린 호상이었죠. 메시지를 보낸 건 그의 손자 사라힘 타크예요."

"흠, 그렇겠군. 내용은?"

"의뢰였어요. 타크 가문은 선장을 후원하니 선장은 그들의 의뢰를 받아 줄 의무가 있어요. 예전처럼 변덕을 부릴 생각이 아니라면요."

"그럴 생각 없어. 존 타크는 고마운 분이었고, 그 집안 손자가 할아버지만큼 괜찮은 인간이라면."

"메시지를 받고 닫았던 통신망을 열어 행성계 소식을 수집했어요. 말라바르 행성계에서 타크 가문은 여전히 신망이 높고 사라힘은 가문을 잘 유지하는 것 같더군요. 그쪽 행성계 통신사들에 '타크는 타크다'라는 기사가 많았어요. 사라힘이 아버지보다 할아버지의 유지를 더 잘 잇고 있다는 긍정적인 기사들이었죠."

"다행이군, 의뢰 내용은?"

"타크 가문 내 문제는 아니에요. 사라힘은 누군가를 도우려는 것 같고, 그걸 비공식적으로 해낼 수 있는 게 선장이라고 판단한 것 같아요. 그는 선장이 말라바르 행성계의 CU-P23 정거장에서 누군가를 만나 주길 원해요. 그를 만나 일을 맡기로 한다면 비용과 대가는 타크 가문이 지불할 거고……. 이게 선장을 깨운 진짜 이유죠. 어떻게 답변을 보낼까요?"

"CU-P23이라, 오랜만이로군."

모호가 말하자 마요르가 덧붙였다.

"선장이 타크가(家)에 머물 당시 천 개의 산과 호수가 있는 행성으로 불리던 곳이죠."

모호가 고개를 끄덕였다. "좋아, 일단 만나 보겠다고 답장 보내. CU-P23으로 가지."

"그러려면 항성 간 비행 대신 관문을 이용해야 해요."

"급한가 보지?"

"말라바르 행성력으로 14월 37일, 물수리호 시간으로는 보름 후예요."

모호는 잠시 생각하다 고개를 끄덕였다. 마요르가 말했다.

"그럼 지금부터 가장 가까운 관문으로 방향을 변경합니다."

모호가 더티 할리를 돌아보더니 말했다.

"이 손님은 거기에 떨어뜨리면 되겠군, 괜찮겠지 용병?"

정거장에서

관문을 나온 물수리호가 감속했다.

모호는 선교에 머물렀다. 깨어난 뒤 며칠 동안은 영양식을 섭취하고 운동을 했지만 이후에는 선교에 틀어박혀 나오지 않았다. 복도에서 한번 더티 할리와 마주치기는 했지만 모호는 그를 무시하고 지나쳤다. 용병에 대해서는 신경을 쓰지 않는 것 같았다.

영악한 더티 할리는 자신의 계획을 수정했다. 그간 파악하기로 물수리호에 인간은 자신과 모호뿐이었다. 다른 선원은 없었다. 그는 당장이라도 함선을 빼앗을 수 있었지만 계획을 미뤘다. 선장이 큰 대가가 걸린 거래를 앞둔 듯했기 때문이다.

더티 할리는 그것까지 욕심을 냈다. 해서 목적지에 가까워지고 모호가 선교에서 나오자 제안을 했다.

그의 제안을 들은 모호가 재미있다는 듯 말했다.

"용병이 나를 경호해 주겠다고?"

"그렇소, 선장."

모호가 그의 의도를 파악하려는 듯 말했다.

"왜지? 만티코라로 돌아갈 생각 아니었나?"

"여기로 오면서 생각을 해 봤소. 나는 당연히 돌아가야 하지만, 이대로 돌아갔다간 한동안 진상 조사에 시달릴 거요. 그다음엔 문책당할 거고."

"그래서, 탈영이라도 하겠다는 건가?"

"아니, 돌아갈 거요. 나는 용병으로 태어나고 길러졌거든. 하지만 그 전에 노잣돈을 벌고 싶소." 그건 진심이었다. "선장이 하는 일이 뭔지 몰라도, 위험한 일이라면 내가 당신을 보호해 줄 수 있고 나도 한 몫 받고 싶다 이거요."

더티 할리는 분명 노잣돈을 거머쥘 계획이었다. 그것도 물수리호를 포함해 두둑하게.

"경호 따위는 필요 없어." 모호가 거절했다. "CU-P23에 딸린 정거장은 문명인이 건설했어. 그곳에 위험 따위는 없다고."

말라비르 행성계는 형제가 스물셋이나 되는 대가족이었다.

CU-P23은 막내답게 가장 바깥에서 도는 작은 행성이지만 소중했다. 천 개의 산과 호수에서 나는 자원은 행성계 전체를 충족시키고도 남을 정도였다. 초기에는 힘 있는 행성과 우월한 가문들이 눈독을 들였지만 CU-P23은 우여곡절 끝에 그들의 출입을 통제할 수 있었다.

덕분에 궤도의 정거장이 붐볐다. 처음에는 교역을 위한 제한된 통관 구역이었던 버섯 형태의 정거장은 시간이 지남에 따라 각기 다른 행성과 가문이 관할하는, 버섯 균모가 층층이 쌓이고 덧붙여진 군집 형태가 되었다. 아래로 길게 뻗은 버섯의 균뿌리를 중심으로 호를 그리며 도는 정거장은 자체 중력을 가졌고 균모마다 서로 다른 우주선들이 몰려들었다.

물수리호는 비교적 초기에 건설된 타크 가문 구역에 정박했다.

모호는 더티 할리와 함께 내렸다. 내부가 타크니즘 양식으로 꾸며진 정거장은 다양한 행성인들로 붐볐고, 정거장으로부터 정보를 얻은 물수리호가 선장을 약속 장소로 안내했다.

모호는 느긋하니 사람들을 구경하며 걸었다. 더티 할리는 눈치를 보다가 그녀의 약속 장소에 함께 가도 되겠는지 물었다.

모호가 의아하니 보자 그는 둘러댔다.

"여기서는 할 일도 없고, 어디로 가야 할지도 몰라서 말이오."

모호는 그저 으쓱하고는 걸어갔다. 여전히 용병에 대해서는 신경 쓰지 않았다.

더티 할리는 그녀를 쫓아 CU-P23을 조망할 수 있는 전망대로 들어갔다. 원래는 관광객이 몰려드는 곳이지만 오늘은 사라힘 타크가 통째로 예약해 놓아 아무도 없었다. 강화유리 돔 너머로 붉은 보랏빛이 감도는 천 개의 산과 호수가 있는 행성이 떠 있었다.

기다리는 사람은 한 명이었다. 작은 몸에 동그란 얼굴, 커다란 두 눈이 귀엽고 앙증맞은 인상을 주는 이였다. 머리에서 목덜미까지 짧고 부드럽게 자란 보랏빛 털로 보아 비교적 젊은 여성이었다.

그녀가 다가와 자신들의 방식으로 예의를 표했다.

"도나타가 인사드립니다, 사라힘 어른이 말씀하신 선장님이신가요?"

"모호라고 해, 천 개의 산과 호수가 있는 땅의 여인." 모호가 행성인을 살피며 말했다. "당신들은 행성을 절대 떠나지 않는 걸로 아는데, 대지를 나와 궤도에 와 있군? 그래서 그런가 불안해 보여."

"맞아요," 도나타가 말했다. "우리는 함께 있기를 원하고 서로 떨어져 있으면 불안을 느끼죠. 하지만 세상이 바뀌었고 언제까지 행성 안에만 머물 수는 없으니까요. 우리는 조금씩 적응하고 있어요."

"어쩔 수 없는 선택이라 이건가?" 모호가 말했다. "그래, 타크 가문에 도움을 청한 이유는?"

"우리 중 한 사람이 강제로 고향을 떠났어요. 우리는 그를 데려오고 싶어요." 그녀는 기다리며 억눌렀던 감정을 조심스레 드러냈다. "아니, 무슨 일이 있어도 데려와야 해요. 그를 위해서, 우리 모두를 위해서요."

"흠, 그렇다면 자리를 옮길까? 이렇게 서서 대화하는 걸 즐기는 게 아니라면."

"아, 죄송해요. 모호 선장님."

"모호라고 부르면 돼, 선장은 거추장스러우니."

도나타가 두 사람을 안내했다. 전망대 위쪽의 커다란 소파가 있는 자리였다. 손을 뻗으면 행성에 닿을 것만 같았다.

모호는 도나타 곁에 앉아 느긋하니 행성을 올려다보았다.

"아름다운 행성이야, 내가 가 본 곳 중 손에 꼽을 정도로. 이곳에는 자주 오나?"

"저는 이 정거장에 파견되어 있어요. 처음에는 오고 싶지 않았지만 누군가는 와야 했어요. 외부인들이 우리 땅을 밟지 않게 하려면요. 저는 고향과 가족을 떠난 뒤로 줄곧 불안에 시달리지만 그래도 이곳에 오면 안정이 돼요. 내 사람들이 있는 땅이 눈앞에 있으니까요. 그들이 내 불안과 두려움을 이해한다는 걸 아니까요."

"당신들은 이타적이라지? 자신보다 서로를 먼저 생각하고 아낀다고 들었어."

도나타가 자긍심을 드러내며 고개를 끄덕였다.

"처음 당신들에 대해 들었을 때 멋진 사람들이라고 생각했어. 여러 행성계에 가 보았지만 그런 삶을 사는 이들은 많지 않아." 모호는 도나타를 향해 미소 지었다. "그런 당신들이 타크가에 도움을 청했다는 건 개인적인 문제 때문은 아닐 거야. 사라힘 타크도 그 정도로 나를 부르지는 않았을 거고. 그렇다면 당신들 행성에 커다란 문제가 생겼다는 뜻이겠지?"

"맞아요, 우리 모두의 문제예요."

"나는 들을 준비가 됐어."

"우리에 대해 아신다면, 순수한 하얀 꽃이 피어난 때에 대해서도 들으셨나요?"

모호의 표정이 무거워지더니 그저 고개만 끄덕였다. 도나타가 말했다.

"우리의 외교 역사는 순수하고 하얀 꽃이 피어난 때 이전과 이후로 나뉘었죠. 이후 우리는 새로운 시대를 받아들이고 적응해야 했어요. 이방인들로부터 우리를 지키면서, 그들과 함께 살아가는 법을 배우는 중이죠."

"과정이야. 안타깝지만 모든 행성은 행성연합의 일부가 되는 과정을 거치지."

"우리는 그들이 우리 땅을 밟지 않는다는 조건으로 이 정거장에서 협조하고 있어요." 도나타는 자신의 행성을 올려다보았다. "저곳에서 나오는 것들은 모두 여기를 거쳐요. 그를 위해 우리 중에서 이방인들에 대해 배울 준비가 된 젊은이들이 파견된 거예요."

"그럼 당신들에게 생긴 '문제'는 이곳에서 일어난 건가? 이곳은 그나마 평화롭게 공존한다고 들었는데?"

"1년 전에 우리 중 한 사람이 납치됐어요. 붉은 바다의 해적들에게요."

"이곳에는 해적이 출몰하지 않는 걸로 아는데?"

"여기가 아니에요. 우리 땅에서 나온 자원을 싣고 ZeD-P04로 가는 선단에서였죠. 선단이 그곳 관문을 나갔을 때 해적들이 습격한 거예요. 자원을 빼앗고 선원들을 죽이고 수십 명을 데려갔어요. 그들 중에 우리 사람 한 명이 있었고요."

"당연히." 모호가 말했다. "선단을 관리하는 행성연합에 도움은 청했겠지?"

"물론이에요. 하지만 연합은 아무 조치도 취하지 않았어요. 일상적인 사고로 취급해 행성 간 조약과 보험으로만 처리했죠. 저희는 어떻게 그럴 수 있는지 이해가 안 돼요. 사람들이 죽고 더 많은 사람들이 끌려갔는데……."

"해적들이 껄끄러운 거야." 모호가 말했다. "붉은 바다를 잘

못 건드렸다간 앞으로 100년 동안은 귀찮아질 테니까……. 하, 그래서 사라힘 타크가 나를 깨웠군. 자신들은 책임지지 않고 문제를 해결해 줄 사람이 필요했던 거야. 당신네 사람 하나를 밀수해 오라고."

도나타가 조심스럽게 고개를 끄덕였다.

모호는 붉은 보랏빛 행성을 올려다보았다. 상황을 파악하고 가능성을 가늠하는 듯이. 도나타가 불안한 눈빛으로 기다렸다.

더티 할리 역시 대화를 들으면서 상황을 파악했다. 그가 보기에는 어처구니없는 의뢰였다. 붉은 바다라니, 그곳 해적들에게서 행성인을 구해 오라니. 가능성이 없었다.

그것을 알고 있는 모호가 말했다.

"당신들이 그를 구하려는 마음은 이해하지만 포기해야 할 때도 있는 법이야. 1년 전에 붉은 바다로 끌려갔다면 그이는 지금쯤 죽었을 거야."

"아니, 우리는 알아요. 그는 살아 있어요."

도나타의 목소리가 떨렸다. 모호가 그런 그녀를 살피더니 말했다.

"안다고?"

"그래요, 우리는 알 수 있어요."

"어떻게? 당신들은 행성계 밖으로 나가 본 적도 없는데?"

"없어요. 하지만 알아요, 우리는 알고 있다고요."

"말이 안 되잖아, 그런 일은 있을 수…… 설마."

모호가 벌떡 일어섰다. 그녀는 믿을 수 없다는 듯 머리 위에 뜬 행성을 보았고 다시 도나타를 돌아보았다.

"그를 느끼는군."

"언제나처럼요."

"붉은 바다는 관문을 통해 항성 세 개를 건너야 해. 그런데도 당신들은…… 그를 느낀다고?"

"그런 건 상관없어요, 아무리 멀어도 의미가 없어요."

"별을 넘어서, 별 사이 공간을 가로질러 느낀다고…… 당신들은, 서로 연결되어 있군."

말없이 고개를 끄덕이는 도나타의 커다란 눈에 감정이 맺히기 시작했다.

모호는 이제 경이로운 듯 그녀를 보았고, 생각에 잠기며 주변을 서성거렸다. 이윽고 모호가 말했다.

"당신들은 왜 그를 데려오려는 거지?"

"선장님 말처럼 우리는 서로 연결되어 있으니까요. 우리는 알아요. 그가 살아 있다는 걸 알고 그가 아파한다는 것을 알아요. 그는 너무 멀리 있고 아주 미약하지만, 그가 얼마나 힘들고 괴로워하고 우리를 그리워하는지 느껴요. 그러니 우리는 그를 찾아서 데려와야만 해요."

"아직은 살아 있다고 해도 조만간 죽게 될 거야. 그러면 당신들의 아픔도 끝나고 아물겠지."

"그렇지 않아요. 지난 1년 동안 우리는 그를 느끼며 함께 아파했어요. 그의 고통과 슬픔, 그리움과 상실감을요. 저기 떠 있는 천 개의 산과 호수가 있는 땅은 이 행성계에서 가장 바깥에 있어요. 우리의 1년이 내행성인들에게 얼마나 긴 시간인지 아세요? 그가 죽게 되면 우리는 아주 큰 상실감에 빠질 거예요. 그를 아는 이들이 그 상실감으로 그를 따라갈 거예요……. 그로 인해 우리의 대지에는 다시 순수하고 하얀 꽃이 피게 될 거예요."

"아아." 모호가 신음을 터뜨렸다.

이어 사태를 외면하려는 듯 도나타에게서 등을 돌렸다. 붉은 보랏빛 행성 밑에 선 모호는 두려워하는 것처럼 보였다.

다시 돌아섰을 때, 모호는 화가 난 것 같았다.

"당신들에 대해 알게 됐을 때 나는 당신들이 멋지고 부럽다고 생각했어. 하지만 이제 보니 그건 축복이 아니라 저주야. 행성연합의 역사에서 그토록 오랫동안 발견되지 않았던 당신들에게 내려진 저주. 그 저주 때문에 당신들은 행성 밖으로 나오지 못했던 거야. 앞으로도 당신들은 저 행성을 떠나지 못할 거고. 저 작은 땅에만 머물면서 다른 행성계로는 가지 못할 거야, 영원히 다른 별을 보지 못할 거라고."

"누가 그러고 싶다고 했나요?" 도나타가 반항하듯 말했다. "우리는 애초에 그런 걸 원하지 않았어요, 당신들에게 발견되길 바라지 않았다고요. 당신들이 우리를 끌어낸 거라고요!"

온순한 커다란 눈이 붉어지며 노려보았다.

모호는 당황한 듯했고 이내 자제하며 말했다.

"지금 저 아래에 있는 사람들은 당신을 느끼나? 당신이 지금 눈물을 머금고 울려고 하는 걸 느끼느냐고."

"그래요, 그들은 알아요." 도나타가 기어이 눈물을 훔쳤다. "당신이 우리를 얼마나 모욕하고 있는지, 그래서 내가 얼마나 분한지 그들은 느껴요. 그리고 지금 그들이 얼마나 자존심 상해하는지 내가 느끼고요……. 그래서 내가 슬픈 거예요."

"제길." 모호가 난감하니 말했다. "당신들을 모욕하려던 게 아니었어."

모호는 주위를 서성거렸고 행성을 올려다보며 생각에 잠겼다. 그러다 단호한 눈으로 행성인을 내려다보았다.

"내가 의뢰를 받는다면, 내가 그를 데려온다면. 당신들은 내게 뭘 줄 거지?"

"선장님이 원하는 건 뭐든지요. 천 개의 산과 호수 중 하나를 떼어 줄 수도 있어요."

"그런 걸로 나를 살 수는 없어. 나는 행성에 머물지 않으니까."

"그럼 뭘 원하죠? 뭐든 말해 주세요."

"좋아, 당신들 의뢰를 맡지." 모호가 말했다. 이어 허리를 숙여 도나타의 눈을 들여다보았다. "하지만 내가 그를 데려온다면, 당신들 행성에서 가장 귀하고 비싸고 소중한 보물을 내놓아야 할 거야."

도나타가 머뭇거렸다. 모호의 말을 어떻게 이해해야 할지 모르는 표정이었다.

"해석하려고 하지 마, 그냥 느껴." 모호가 말했다. "그리고 당신의 원로들에게 전해. 그들이라면 내가 원하는 걸 알 테니."

모호는 자조적으로, 스스로를 비아냥거리듯 덧붙였다.

"나는 그를 데리러 붉은 바다로 갈 거야. 하지만 내가 돌아오지 못한다면…… 그때는 당신들 땅에 다시 순수한 하얀 꽃이 피어도 어쩔 수 없어. 나는 할 만큼 하고 실패한 거니까."

"말씀하신 걸 어른들께 전할게요."

모호는 인사도 없이 몸을 돌려 계단을 내려갔다. 그러다 생각난 듯 다시 돌아보았다.

"그 사람은 당신과 함께 이곳에 파견된 거였나?" 도나타가 고개를 끄덕였다. "그렇다면 개인적 친분도 있었겠군, 그는 당신과 어떤 사이지?"

"그는 저의 베안이에요."

"하, 그럴 것 같더라니." 모호가 말했다. "늦었지만 약혼을 축하해."

더티 할리는 모호를 쫓아갔다.

그는 생각에 잠긴 채 걸어가는 모호에게 말을 붙일 수 없었다. 그러나 물수리호 앞에 도착했을 때, 모호가 뒤늦게 생각났다는 듯 더티 할리를 돌아보았다.

"며칠 전에 당신을 써 달라고 했지, 지금도 같은 생각인가?"

"그렇소." 더티 할리가 기대하며 말했다.

"당신은 붉은 바다에 뛰어들 만큼 용감한가?"

"당연하오. 대가만 충분하다면."

모호가 그를 살피며 뭔가 생각에 잠겼다. 더티 할리는 기다렸다.

이윽고 모호가 씩 웃으며 말했다.

"당신을 고용하지. 아무래도 용병 하나쯤은 있어야 할 것 같으니."

순수한 하얀 꽃

물수리호는 CU-P23을 떠나 관문으로 향했다.

모호는 이번에는 선장실에서 나오지 않았다. 가속하는 동안 자신만의 공간에 머물렀다. 그러나 물수리호가 관문으로 들어가 공간을 뛰어넘어 붉은 바다가 가까워지자 선실에서 나왔고, 선교에서 함선과 긴 대화를 나누었다.

그날 밤 더티 할리가 식당에 들어갔을 때, 모호가 혼자 식사하고 있었다. 더티 할리는 함선이 내놓는 음식을 들고 모호 앞으로 가 앉았다. 모호가 그를 향해 고개를 끄덕이며 알은체를 했다.

더티 할리는 머뭇거리지 않고 말했다.

"뭐 하나 물어도 되겠소?"

"얼마든지." 모호가 말했다.

"의뢰를 왜 거절하지 않은 거요?"

모호가 으쓱하며 보았다. 무슨 뜻인지 모르겠다는 표정이었다.

"내가 보기에 그건 무모한 임무요."

"용병 눈에는 그렇게 보였나?"

"그 변두리 행성인은 세상 물정을 모르지만 나는 알지, 붉은 바다의 해적들이 얼마나 흉포한 자들인지. 선장은 절대 그 행성인을 구하지 못할 거요."

"그럴 수도 있겠지. 하지만 의뢰받은 이상 시도는 해 봐야지?"

"이건 거래요, 우선적으로 득실을 따져야지."

"득실의 문제가 아니야." 모호가 말했다. "당위의 문제지. 그를 데려오는 건 그들에게 생존이 달린 문제야."

"고작 행성인 하나를 되찾아 오는 게 말이오?"

"그래. 천 개의 산과 호수가 있는 행성 전체의 운명이 걸려 있어."

"이해를 못 하겠소."

"그건 당신이 그들의 역사를 몰라서 하는 소리야."

"그 여자의 동료를 구하는 것과 그 행성의 역사가 무슨 상관이오?"

모호가 빈 그릇을 밀고는 담배를 꺼내 물었다. 더티 할리가 여전히 알지 못하는 꽃향내와 함께 연기가 피어올랐다.

"그들의 행성은," 모호가 말했다. "오랫동안 행성연합의 역사 바깥에 머물러 있었어. 천 년 이상을. 그 누구도 그들의 존재를 알지 못했지. 인간이 은하 변방의 별을 떠나 서로 흩어져 생존을 모색한 다음 다시 만날 때까지의 공백을 고려하더라도, 그들의 존재가 그토록 늦게 발견된 것은 의외였어. 그들은 그 작은 행성에서 고유한 자신들만의 삶을 유지하고 있었던 거야.

그들의 존재가 알려진 건, 말라바르 항성이 발견되어 인간이 정착하고도 몇백 년이 흐른 뒤였어. 태양의 가장 바깥에서 도는 작은 행성을 찾아낸 행성연합은 그곳이 자원의 보고라는 사실도 알아 버렸어. 그들은 천 개의 산과 호수가 있는 행성에 내려와 교역을 미끼로 자원을 손아귀에 넣으려고 했지. 행성 개방이라는 이름으로 말이야.

도나타의 종족도 처음에는 순순히 협조했어. 고립되어 서로 연결된 삶을 살던 그들은 외부인도 자신들과 같을 거라고 생각한 거야. 하지만 인간이란 애초 그런 존재가 아니잖아? 최초 발견자들에 이어 거대 행성과 명망 가문들이 몰려와 그들을 착취했고 결국에는 행성연합이 가세했어. 당연히 원주민을 길들이기 위한 살육이 이어졌지. 그 붉은 보랏빛 행성에 대한 착취와 수탈은 수 세기 동안 이어졌고 그들의 대지에 순수한 하얀 꽃이 피고 나서야 비로소 끝이 났어."

"그 여자는 그게 중요한 것처럼 말하던데, 대체 그게 뭐요?"

"오랜 세월 억압받다 보면 고통과 슬픔이 쌓이고, 그것은 분노와 증오로 폭발하기 마련이야. 순수한 하얀 꽃은 그들이 행성연합에 반기를 든 결과야. 하지만 그들의 저항은 다른 곳에서는 보지 못한 방식이었어. 그들의 행동은 수천 년간 고립되어 만들어진 본성과 외부 세계를 대하는 그들의 태도가 드러난 거였어.

이방인들의 착취가 기어이 임계점에 도달했을 때, 천 개의 산과 호수가 있는 땅의 사람들은 항거하거나 혁명하는 대신 협상을 요구했어. 'CU-P23 개방과 발전을 위한 행성연합' 대표자들이 형식적으로 그들과 마주 앉았을 때, 도나타의 종족의 어른들은 대표들에게 일제히 떠날 것을 요구했어. 요구는 당연히 무시됐지. 그러자 그 어른들은 자신들이 더는 이방인들에게 협조하지 않고 그들이 떠날 때까지 '죽어 나갈' 거라고 통보했어. 그것 역시 무시되었는데, 그건 연합 측이 그들의 통보가 무얼 의미하는지 제대로 파악하지 못한 탓도 있었어. 물론 그건 훗

날의 역사서에 쓰인 평가였지.

최후의 통첩이 받아들여지지 않자, 종족의 어른들은 연합 대표들 앞에서 자결했어. 그 소식이 전해지면서 천 개의 산과 호수 부족의 어른들도 저마다의 방식으로 같은 행동을 했어……. 그들은 자신들을 억압하는 이방인들에게 반항하는 대신 스스로를 죽이는 방법을 택한 거야. 이타적인 삶을 사는 그들은 애초 타인을 공격하는 법을 몰랐으니까.

행성연합은 처음에는 그들의 행동이 즉흥적인 도발일 뿐이라고 깎아내렸어. 그들의 '소극적인' 반항이 조만간 끝날 거라 생각했지. 하지만 그들은 멈추지 않았어. 행성의 전 부족 어른들이 차례대로 자결했고, 노인들이 죽자 다음으로 나이 많은 어른들이 스스로를 버렸어. 이어 나이 든 여인들이 죽음을 선택하기 시작했어. 수천 명이, 수만 명이, 더 많은 이들이 계속 뒤를 이었지.

하지만 그보다 더 큰 문제는, 그들이 모두 연결되어 있다는 사실이었어. 행성 전체가 슬픔으로 통곡했지. 그러면서도 멈추지 않았어. 아니, 그럴 수가 없었지. 서로가 연결된 그들은 후손들의 자유를 위해 그런 선택을 한 거였고 함께 공감한 뒤에 실행에 옮긴 것이니까. 그들은 고통과 슬픔 속에서도 계속해서 자결해 나갔어…….

행성 인구의 20퍼센트 가까이 죽고 소수의 어른과 청년과

아이들만 남게 되어서야 행성연합은 사태의 심각성을 깨달았어. 아무리 자신들의 이익을 위해 움직이는 그들이라도 행성인 전체를 자결시킬 수는 없었던 거야.

행성연합에 속한 모든 여론이 들끓었고 연합은 어떤 식으로든 조치를 취해야 했어. 연합 측은 그들에게 재협상을 요구하고 많은 걸 양보했지. 그러나 그들은 처음의 요구를 철회하지도 수정하지도 않았어. 협상 중에도 계속해서 스스로를 죽여 나갔지……. 결국 행성연합은 그들의 행성에서 물러나야 했어. 아무 조건 없이. 그들을 한 명이라도 더 살리기 위해서. 이방인들은 다시는 천 개의 산과 호수가 있는 땅에 발을 들이지 않는 대신, 궤도에 정거장을 만들어 그곳을 통해 제대로 된 조건으로 행성 자원을 교역할 수 있게 된 사실에만 만족해야 했지."

더티 할리는 벌어진 입을 다물지 못했다. 그는 살육에 익숙했고 대개는 자신이 그것을 행하는 자였지만, 그런 방식의 몰살에 대해서는 들어 본 적이 없었다.

더티 할리는 애써 태연히 말했다.

"그러면, 그 꽃은 뭐요?"

"이방인들이 떠나기로 했지만 천 개의 산과 호수의 사람들은 기뻐할 수 없었어. 계속된 죽음의 슬픔에서 헤어 나오지 못했고 살아남은 이들은 앞으로 어떻게 해야 하는지 알지 못했어. 경험과 지혜를 나눠 줄 어른들이 사라졌으니까. 승리 속에서도 상실감에 빠져 허우적거리고만 있었지.

 그런데 이방인들이 완전히 떠났을 때, 그들의 산과 호수에 꽃이 피어나기 시작했어. 전에는 본 적 없는 생소한 하얀 꽃이었지. 꽃은 산을 뒤덮고 호숫가를 물들이며 행성 전체로 퍼져나갔어. 그리고 사람들이 변하기 시작했지. 그들은 스스로를 추스르고 능동적으로 행성연합과 교역을 시작했어. 주체적으로 자신들의 삶을 개척하기 시작한 거야."

 "뭐요, 그 꽃이 죽은 이들의 영혼이라도 된다는 말이오?" 더티 할리가 비웃었다. "그 꽃이 사람들을 변화시켰다고? 하, 어쩔 수 없는 변두리 행성인들이로군."

 "중요한 건 그들이 그렇게 믿는다는 거야. 믿음이 그들을 앞으로 나아가게 하는 거고. 도나타가 말했던, 자신들의 외교 역사가 순수한 하얀 꽃이 핀 때 전후로 나뉘었다는 건 그런 의미야."

 "그럼, 그 행성인이 죽으면 다시 꽃이 필 거라는 건 또 무슨 말이오?"

 "정거장에서 뭘 들은 거지?" 모호의 목소리가 커졌다. "그들은 지금 해적들에게 납치된 이 때문에 슬픔에 젖어 있고 그가 죽기라도 하면 그들도 같이 죽을 거야. 다는 아니어도 그를 아는 모든 이들이 그런 선택을 할 거야."

 "그런 미친……."

더티 할리가 이번에는 말을 잇지 못했다. 모호가 말했다.

"미친 짓이라고? 한 사람 때문에 다수가 그런 선택을 하겠느냐고? 그건 그 땅의 사람들을 모르는 자들이 하는 소리야. 그들의 역사에서 드러난 본성과 서로 연결된 그들을 이해한다면 그 사람들은 충분히 그럴 수 있어. 그러고도 남을 바보들이지. 사라힘 타크도 그 사실을 알기에 내게 도움을 요청한 거야. 그러니 다수의 그들을 살리기 위해서는 그 행성인 '한 명'을 데려와야 한다고."

모호의 눈초리에 더티 할리는 더는 입을 열지 못했다. 두 사람 사이에 어색한 침묵만 흘렀다.

마요르가 들어오면서 침묵이 깨졌고, 에이봇이 경쾌하게 말했다.

"제가 화제를 바꾸기 적당한 때에 등장한 것 같군요?"

모호가 대꾸했다. "나쁘지 않았어, 뭐지?"

"함선이 방금 관문을 나왔어요." 마요르가 보고했다. "감속을 시작했고 열흘 후면 붉은 바다 행성계에 들어설 거예요. 오는 동안 붉은 바다에 대한 정보를 수집했는데, 선장이 듣고 싶어 할 것 같아서요."

마요르가 음산한 분위기를 연출하려는 듯 목소리를 낮추었다.

"붉은 바다는 이제 선장이 알던 행성계가 아니에요. 외모가 바뀌었죠."

밀수꾼의 노래

"무슨 뜻이지?"

"예전의 붉은 바다 행성계에는 행성이 다섯이었죠. 하지만 지금은 넷뿐이에요. 해적들이 자신들의 행성 하나를 파괴해 흩뿌려 놨거든요. 행성계 전체를 소행성대로 만들어 버렸죠."

"왜 그런 짓을 한 거지? 아니면, 그동안 무슨 일이 있었던 건가?"

"87년 전에 행성연합의 대규모 해적 토벌 작전이 있었어요. 붉은 바다 해적들의 피해가 심해지자 본때를 보여 주려고 한 거였죠. 비록 연합 측이 실패하고 돌아갔지만 해적들의 피해도 만만치 않았어요.

이후 그들은 쓸모없는 세 번째 행성을 파괴해 지금까지 파편들을 이동시켜 재배치하고 있어요. 붉은 바다 행성 궤도에, 그리고 행성연합의 대형 함대가 들어올 만한 곳들에 소행성들로 바리케이드를 치고 있죠. 거대 소행성과 왜행성(dwarf planet)에 방어기지를 배치하는 것은 물론이고요. 그러니까, 선장이 가려는 길에 쥐덫들이 깔려 있다는 거예요."

마요르가 웃음소리를 내더니 다른 행성계 언어로 뭔가를 떠들었다. 모호가 에이봇을 흘기며 말했다.

"네 눈에는 재미있어 보이겠지."

붉은 바다로

모호와 더티 할리는 행성 간 공간을 날았다.

두 사람이 탄 시그네트(Cygnet)호는 한 개 소대 정원의 작지만 빠른 침투선이었다. 물수리호는 다섯 번째, 아니 지금은 네 번째인 외행성 바깥 소행성대에 몸을 숨기고 있었다.

공간을 가로지르는 동안 시그네트는 소행성 네 곳에 행성 간 통신 중계기를 착륙시켜 물수리호와의 통신을 가능하게 했다. 함선은 그것이 보내 주는 정보를 바탕으로 행성계 지도를 제작해 다시 시그네트로 전송했다.

모호는 그것을 확인하며 해적들의 방어기지를 돌아 이동했다.

더티 할리는 여기까지 오는 동안 모호에 대해 내심 감탄했다. 그녀는 공간을 지날 때는 자율 비행에 맡겼지만 지뢰밭처럼 깔린 소행성대를 지날 때는 직접 시그네트를 몰았다. 속도를 유지하며 소행성대를 빠져나가는 솜씨가 상당했다.

더티 할리가 교대해 주겠다고 했지만 모호는 조종간을 놓지 않았다.

"지난 항성 간 비행에서 잠을 푹 잤거든."

붉은 바다가 나타났다. 사방에 깔린 행성의 파편들 너머에서 붉은색으로 빛나고 있었다. 모호는 속도를 떨어뜨리며 크고 작은 돌덩이들 사이로 나아갔다.

낮은 궤도에 떠 있는 인공위성들이 보였다. 고궤도의 거대 소행성 방어기지를 맨눈으로 확인할 수 있었다. 시그네트는 행성의 궤도에 올라타 한동안 나아갔다.

"이제 어떻게 들어갈 거요?"

더티 할리가 물었다.

그는 애초 무모한 작전이라는 걸 알았지만 모호의 계획이 궁금하기도 했다. 이 정체 모를 여선장은 아무 계획도 없어 보였지만 어쨌든 붉은 바다의 궤도까지 접근했다.

지금부터가 문제였다. 주변에 위성과 방어기지가 있었고, 아무리 작은 침투선이라도 대기권에 진입한다면 발각되고 말 터였다.

모호가 느긋하니 행성을 감상하며 말했다.

"목적지가 나타나길 기다려야지."

행성은 온통 붉은 바다였다. 상공에 하얀 구름 띠가 펼쳐져 있고 행성의 대부분을 차지하는 바다는 고요해 보였다. 해적들의 본거지라고는 생각할 수 없는 아름다운 붉은 바다였다.

한쪽에서 작은 대륙이 모습을 드러내자 물수리호가 말을 걸어왔다.

"목적지가 가까워지고 있어요. 우주기지가 있는 열한 개 도시 중 가장 큰 하르보예요. 선장이 방문한 적이 있는 밀수 도시죠. 행성인을 찾으려면 그곳부터 시작해야 해요. 하르보 도시가 보이나요?"

"그래, 보여."

모호가 이제 완전히 드러난 대륙의 해안선을 확인하며 말했다.

"12분 후 하르보 상공을 지나요. 거리와 낙하 속도를 계산했을 때 6분 후에는 내려가야 해요. 적당한 걸 찾았나요?"

모호가 주변에 깔린 소행성들을 살피며 말했다. "찾고 있어."

"시그네트호보다 다섯 배는 커야 해요. 그래야 완전히 타지 않아요."

"저놈으로 하지." 모호가 더티 할리를 돌아보았다. "어떻게 들어갈 거냐고 물었지?"

모호는 시그네트를 움직여 발견한 소행성으로 다가갔다. 이어 동체를 소행성에 붙이더니 위치를 이동시켰다.

해적들이 배치한 궤도에서 균형을 유지하고 있던 소행성이 무리에서 이탈하더니 시그네트의 힘 없이도 중력에 빨려들기 시작했다. 소행성은 이제 유성이 되었고 대기 마찰로 인해 꼬리를 그리기 시작했다.

"이렇게 내려갈 거야."

모호는 시그네트의 엔진을 켜고 그대로 유성의 꼬리로 뛰어들었다. 그런 다음 곧바로 엔진을 끄고 유성을 뒤따르며 떨어졌다.

"이런 미친!" 더티 할리가 소리를 질렀다.

유성에서 떨어져 나온 돌덩어리와 얼음 파편이 시그네트를 때리며 격렬하게 흔들렸다. 마찰열에 유성의 꼬리 열이 더해져 내부 온도가 빠르게 올라갔다. 시그네트가 경고음을 내며 신음했다.

더티 할리는 자기도 모르게 욕지거리를 퍼부었다.

"이런 방법을 쓸 줄은, 이건 미친 짓이오!"

"이래야 우리가 침투하는 걸 몰라. 해적들은 자신들이 깔아 놓은 것들 중 하나가 재수 없게 떨어지는 줄로만 알 거야."

"그 전에 두 동강이 나고 말 거요." 더티 할리는 두려움에 휩싸여 소리쳤다. "아니면 땅에 닿기도 전에 타 죽거나! 저 경고음들이 안 들리는 거요?"

더티 할리의 표정에 모호가 웃음을 터뜨렸다.

"내 백조 새끼가 오래되기는 했지. 그래도 오래간만인데, 이런 활강을 포기할 수는 없잖아?"

다시 한번 선체가 흔들리자 모호가 환호를 질렀다. 이어 경고음에 맞춰 노래를 부르기 시작했다. 더티 할리는 들어 본 적 없는 고대의 노래였다.

사제에게 위스키를
서기에게 담배를

숙녀에게 레이스를
첩자에게 편지를

그대가 한밤중에 깨어 있다면
거리를 내다보지 말게나
결코 질문하는 법이 없는 그들은 거짓말도 하지 않는다네
다섯 그리고 스무 필의 조랑말들
딸각거리며 어둠 속을 달려 나가니

사제에게 위스키를
서기에게 담배를
숙녀에게 레이스를
첩자에게 편지를

벽을 보게나 친구여, 그 신사들이 다 지나갈 때까지![4]

노래가 절정으로 치닫는 동안 시그네트는 계속, 더욱더 요동치고 뜨거워졌다. 유성이 타오르며 절반 크기로 줄어들었고, 모호는 길어진 꼬리 속에서 파편을 맞고 튀어 오르는 선체의 균형을 잡았다. 마침내 시그네트호의 크기로 작아진 운석이 황무지에 떨어졌다. 굉음과 함께 흙먼지를 일으키며 크레이터를 만들었다.

---
4. 조지프 러디어드 키플링의 시 「밀수꾼의 노래(A Smuggler's Song)」 중에서.

충돌하기 바로 직전에, 시그네트는 꼬리에서 빠져나와 방향을 틀어 날아갔다.

해적 도시

하르보는 우주기지를 중심으로 여섯 방향으로 뻗어 나간 낮고 넓은 도시였다. 건물들은 세코 암석으로 지어졌고 거리마다 다른 행성계에서 모여든 사람들로 가득했다. 주로 해적질을 하는 우주선원들이었고 그들에게 빌붙어 사기 치며 공존하는 이들이었다. 하르보는 무법 도시였다.

"해적들의 본거지가 사막 행성이라니."

더티 할리가 투덜거렸다. 그는 도시로 들어온 뒤로 내내 그러는 중이었다.

"제길, 여기는 내가 가 본 그 어떤 내전 행성보다도 낙후된 곳이오."

"그렇지 않아."

잿빛 후드 망토로 몸을 가린 모호가 곁에서 걸으며 말했다.

"이곳이 무법자들의 도시이긴 해도 그만큼 자유로운 곳이야."

"이 해적들의 행성이 말이오? 자유롭다고?"

"해적이란 행성연합이 만들어 낸 멸칭일 뿐이야." 모호가 말했다. "붉은 바다는 행성연합에 반대하거나 밀려나거나 도망친 이들이 모여들면서 자라난 행성이야. 이곳은 외부와 단절하고 출입을 엄격하게 통제하지만 일단 도시로 들어오면 모두가 자유인이야. 아무 통제도 받지 않고 각자의 이익을 위해 살아가지. 물론 힘의 논리가 앞서기는 하지만."

"당신 말은, 이들이 하는 짓이 해적질이 아니라는 거요?"

"이곳 사람들은 행성연합의 법과 질서로 만들어진 행성 간 무역을 거부하고 자신들의 방식으로 교역해. 밀수 말이야. 수요가 있는 곳에 필요한 걸 판다, 그것이 이들의 신념이고 그를 위해 해적질도 마다하지 않을 뿐이야. 예나 지금이나 밀수와 해적질은 상호 보완 행위니까."

더티 할리가 모호의 설명을 듣다가 말했다.

"선장은 이곳을 잘 아는 것 같구려?"

모호는 대답하지 않았고, 더티 할리가 조바심을 내며 물었다.

"그래서, 그 행성인을 어떻게 찾을 거요? 이 행성의 도시들을 죄다 뒤질 거요?"

"무역관리국으로 갈 거야."

"해적들치곤 거창한 이름을 쓰는군."

"이 행성으로 들어오는 모든 것이 그곳에 기록되고 재분배되지. 다른 행성에 팔아먹기 좋은 것은 다시 우주로 나가고……. 그곳에 가면 해적질로 데려온 이들의 흔적을 찾을 수 있을 거야, 운이 좋다면 이 도시에서."

하르보 부역관리국은 우주기지 외곽에 있었다. 넓은 황무지에 낡고 거대한 창고 건물 수백 채가 늘어서 있었다. 두 사람은 한 4층 건물로 들어갔다. 간판 따위는 없었지만 행성인들이 드나드는 것으로 보아 관리국이었다.

안에는 해적질에 지원하려는 무법자와 해적질을 끝내고 돌아온 선원과 선주 들이 수십 명의 기억자들 주변에 모여 떠들고 있었다. 모호는 그중 한 기억자에게 다가갔다. 반중력으로 부유하는 연꽃 모양의 좌석에 앉은 그는 앙상한 팔다리에 뇌만 비대했다.

그가 과중한 업무에 지친 눈으로 모호를 위아래로 훑어보았다.

"우주로 나가려는 용감한 선원이오? 경력과 특기를 말하면 보수 좋은 선주를 찾아 주겠소. 아니면 우주에서 질 좋은 물건을 갖고 돌아온 항해사요? 목록을 보여 주시오, 물건의 가치를 책정하고 분류할 창고를 알려 주겠소."

"나는 장기 기억자를 찾고 있어, 어디로 가야 만날 수 있지?"

"골동품이라도 찾는 모양이군, 10년 안에 드나든 거라면 나도 기억할 수 있소."

"아니, 213년 전을 기억하는 이를 원해."

"그분들을 찾는다면……. 나는 이곳에서 많은 업무를 제공하오, 그게 내 일이지. 하지만 그분들 있는 데를 알려 주는 건 내 업무가 아닌데? 당신을 도와주면 내가 얻는 이득은 뭐요?"

모호가 망토 속에서 손을 내밀더니 동전 하나를 던졌다. 기억자가 앙상한 팔로 잽싸게 낚아챘다. 동전을 살펴본 그가 씰룩거리더니, 장기 기억자들이 있는 곳을 알려 주었다.

 모호와 더티 할리는 그곳으로 향했다. 계단을 올라가면서, 모호가 이곳에서는 기억자들이 들어오고 나가는 모든 우주선의 행정업무를 담당한다고 알려 주었다.

 "여기서는 지능 컴퓨터를 쓰지 않는 거요?"

 "재능 있는 이들을 놀리는 건 낭비니까."

 두 사람은 3층의 한 방으로 들어갔다. 여섯 명의 장기 기억자가 식탁 앞에서 대화를 나누며 킬킬대고 있었다.

 그들은 아래층의 기억자들과 달리 비대했다. 보다 거대한 뇌 활동을 위해 쉬지 않고 먹어 대는 중이었고, 그들의 몸집 때문에 부유 좌석이 기우뚱할 정도였다.

 모호는 그들 중 한 명에게 다가가 CU-P23 행성인에 관해 물었다. 행성인이 붉은 바다로 들어온 때를 말하자, 장기 기억자는 눈도 깜박이지 않고 말했다.

 "그날 일흔네 명의 다른 행성인이 들어왔지. 그중에 고양이를 닮은 작은 행성인이 있었고. CU-P23 행성인, 이름은 타티빌. 성별 남성, 당시 자기 행성 나이로 24세. 맞나?"

 모호가 맞는다고 하자, 기억자는 그가 배정받은 집의 위치를 알려 주었다. 그러면서 의아하니 방문객을 실폈다.

"우리는 기억 업무를 제공하고 대가를 받지. 그 정도 단기 기억 정보는 아래에서도 처리해 줄 텐데 왜 여기로 올라온 거지? 우리는 오래된 비싼 기록만 파는데? 돈이 남아도는 분이신가?"

주위의 기억자들이 웃음을 터뜨렸고 모호는 말없이 비싼 대가를 치렀다. 그러고는 몸을 가리고 있던 망토를 벗어 팔에 걸치며 말했다.

"오랜만에 왔고 한번 둘러보고 싶었어. 하지만 내가 아는 장기 기억자는 없는 것 같군. 하긴, 그는 죽었을 거야."

기억자가 모호를 살피더니 말했다.

"멋진 공간복이로군. 아니, 전투복인가? 가만, 가만." 그가 흰자위를 드러내고 눈을 깜박이며 기억을 뒤지더니 말했다. "그 전투복을 알아. 이 행성에 어울리지 않는 잿빛의 고대 공간복, 가만있어 봐…… 기억했어! 내 선임으로부터 받은 기억 중에…… 그래, 213년 전에 그런 전투복을 입은 선원이 있었어. 그 여자는……."

그가 놀라운 듯이, 경이와 두려움이 뒤섞인 눈으로 모호를 다시 살폈다.

"다, 당신이오? 당신이 그…… 다시 돌아온 거요?"

모호가 의미를 알 수 없는 미소를 지었다.

"그렇다면, 당신은 이제 뭘 해야 하지?"

그러고는 대답도 듣지 않고 용병을 데리고 나갔다.

더티 할리는 그녀를 따라 계단을 내려갔다. 기억자의 말이 무슨 뜻인지 물어볼까 하다가, 그보다 더 궁금한 걸 말했다.

"고양이가 뭐요?"

모호가 웃음을 터뜨렸다. 그러나 가르쳐 주지는 않았다.

두 사람이 나간 뒤에, 장기 기억자들은 자신들의 기억을 뒤지며 한동안 시끌벅적 떠들었다. 213년 전 한 우주선원에 관한 것이었다.

감탄과 두려움, 공포가 뒤섞인 기억이었고 그들은 자신들이 본 여자가 그 선원인지, 그 선원이 맞는다면 어떻게 해야 하는지를 두고 다시 한참 동안 떠들었다. 결국 그들은 도시의 치안을 위해 신고해야 한다는 데 의견을 모았다.

그리고 그렇게 했다.

용병

행성인의 거처는 낮은 구릉지대에 모여 있는 빈민굴이었다.

모호와 더티 할리가 들어갔을 때, 그는 방 안 구석에서 떨고 있었다. 모호는 그의 이름을 묻지 않았다. 작은 몸에 커다란 눈, 목덜미의 땀으로 뭉친 노란 털이 그의 고향을 말해 주고 있었다.

그의 몸 상태는 생각보다 심각했다. 상처는 없었지만 워낙 기력이 쇠해 있었다. 이미 죽었어도 무방했지만 어떤 실오라기에 매달린 듯이 가늘게 생명을 유지하고 있었다.

모호가 부드러운 목소리로 말했다.

"당신을 데리러 왔어, 천 개의 산과 호수가 있는 땅의 타티빌."

그가 떨며 모호를 보았다.

"나를, 데리러 왔다고요……."

그의 목소리에는 절망과 희망이 뒤섞여 있었다. 어떤 가능성이 진실인지 묻고 있었다. 그는 콜록거리며 자신이 어떻게 이곳에 끌려와 버려졌는지 단발적으로 늘어놓았다.

"나는 우리들과 떨어져선 살 수 없는 사람이에요. 그들에게서 떨어져 나온 순간부터 내내 두렵고 외로웠어요. 차라리 죽는 게 나을 정도로…… 하지만 그러지 못한 건, 그들이 나를 기다린다는 걸 알기 때문이었어요. 내가 죽는다면 그들이 슬퍼하리라는 걸 느꼈기 때문이에요."

"맞아, 당신들은 당신을 기다리고 있어. 그래서 내가 온 거야."

그가 커다란 슬픈 눈으로 모호를 보았다. 자신이 정말 돌아갈 수 있는지 묻는 듯했다.

"나는 정말로 몇 번이나 죽으려고 했어요. 하지만 끝내 그러지 못한 건, 그러면 보다 큰 슬픔이 생겨나리라는 걸 느꼈기 때문이에요……. 그게 뭔지 모르지만, 분명히 느꼈어요."

"잘 버텼어, 타티빌. 당신이 죽었다면 당신들 땅에는 다시 순수한 하얀 꽃이 피어났을 거야."

천 개의 산과 호수가 있는 땅의 타티빌은 그 의미를 알았다.

"아아, 그럴 수는 없어요…… 나 때문에, 나 하나 때문에 그럴 수는……." 그는 끝내 울음을 터뜨렸다. 앙상한 두 손으로 얼굴을 가리고 흐느꼈다. "내가 돌아갈 수 있다고…… 집으로 간다고……."

"당신은 돌아갈 거야, 내가 약속했으니까." 모호가 단호하게 말했다. "그러려면 당신은 움직여야만 해. 여기서 울고 있을 때가 아니야."

두 사람은 그를 부축해 밖으로 나왔다.

구역을 벗어나 시장통 광장에 들어섰을 때, 10여 명의 사내들이 몰려오는 게 보였다. 칼과 도끼 같은 재래식 무기부터 총과 신체무기로 무장한 자들까지 다양했다.

그들 뒤로 더 많은 사람들이 쫓아왔다. 구경거리를 따라오는 이들이었다.

"저자들은 뭐요?" 더티 할리가 물었다.

"자경대." 모호가 말했다. "이 도시의 문제들을 해결해 주며 먹고사는 자들이지. 아니면 간섭해서 그러거나."

"그렇다면 내가 나설 때로군."

더티 할리가 앞으로 나섰다. 모호가 타디빌을 한쪽에 앉혀

밀수꾼의 노래 57

쉬게 하고는 말했다.

"우선 대화로 풀어 보자고."

자경단이 다가와 위협적으로 두 사람을 에워쌌다. 그중 커다란 덩치에 신체무기를 품은 자가 앞으로 나섰다.

그는 두 사람을 살피더니, 모호를 향해 말했다.

"당신이로군, 고대의 전투복을 입은 여자…… 당신이 모호인가?"

"무슨 문제라도 있나?" 모호가 말했다.

"나는 이 도시의 자경대장이다. 예전에 큰 문제를 일으킨 자가 다시 나타났다는 신고를 받았다."

"나는 여기 시민권자야, 적어도 옛날에는 그랬지. 기록이 남아 있을 거야."

"그건 중요하지 않아, 당신이 요주의 인물이라는 게 중요하지. 그때 당신은 떠돌이호의 선원 열여덟 명을 죽였어. 그것도 혼자서! 그건 당신이 아주아주 위험한 인간이란 뜻이야, 그 사건을 두고 아직도 떠드는 선원들이 있을 정도라고."

"그거야 당신들의 가십거리일 뿐이지."

"지금 그런 일을 저지르지 않았다고 주장하는 건가?"

"떠돌이호는 내 배였어. 그들은 내가 보호하는 이들을 죽이고 우주선을 빼앗으려고 반란을 일으킨 거였고. 어쩔 수 없는 선택이었어." 모호가 자경대장을 직시했다. "그런 옛날 일 때문에 이리 몰려온 건 아닌 것 같은데?"

"당신이 또 사고를 칠지 모르니까. 사건 사고를 대비하는 게 바로 우리의 일이거든."

"아니면 시비를 걸어 뭔가를 뜯어내든가."

모호가 비웃자, 자경대장이 팔뚝에서 날카로운 금속 칼날을 뽑아내며 으르렁거렸다.

"붉은 바다에는 왜 돌아온 거지? 또 무슨 사고를 치려고?"

"사고 칠 생각 없어, 나는 사람을 데려가려고 온 것뿐이야."

모호는 한쪽에서 떨고 있는 타티빌을 가리켰다. 자경대장이 그를 보더니 웃음을 터뜨렸다. 호의의 웃음은 아니었다.

"누구 마음대로 데려가겠다는 거지? 저자는 외부 행성인이야. 밖에서 들어온 건 모두, 사람이건 물건이건 무역관리국이 관리한다는 걸 모르나?"

"관리국에 가서 저 사람에 대한 대가를 치르도록 하지."

"그 전에 나랑 먼저 협상해야 할걸? 저자를 보호해 준 건 우리 자경대거든."

"그다지 보호해 준 것 같지 않은데?"

"우리가 보살펴 주었기에 아직 살아 있는 거라고. 그러니 저자를 데려가려면, 우리에게도 합당한 대가를 지불해야 한다 이거야!"

자경대는 순순히 보내 줄 생각이 없어 보였다. 대장의 목소

밀수꾼의 노래

리가 커질 때마다 하나둘 무기를 빼 들며 위협했다.

그들의 의도를 눈치챈 모호는 태연히 말했다.

"이곳은 자유 거래의 땅이지. 눈에는 눈, 이빨에는 이빨을. 수요가 있는 곳에는 공급을! 나는 저 사람이 필요하고 당신은 대가를 원하지, 맞나?"

"당연하게 맞는 말이지."

"그렇다면 나도 제안을 하지. 저 병들고 언제 죽을지 모르는 행성인 대신, 이곳에 어울리는 더 튼튼하고 용감한 선원을 제공한다면 어떨까?"

"이를테면?"

"여기 있는 용병."

더티 할리가 모호를 돌아보았다. 그는 처음에는 이해를 못 했지만 이내 이해했고 반발했다.

"그게 무슨 소리요, 선장."

모호가 그를 향해 돌아섰다. "당신을 여기에 두고 타티빌을 데려가겠다는 말이야."

"누구 마음대로!" 더티 할리가 소리쳤다.

상황을 파악한 그는 흥분해 팔뚝에서 칼날을 뽑아냈다. 자경대장의 것보다 더 크고 날카로웠다.

"누가 이따위 행성에 남겠다고 했느냐고!"

모호가 차분하게 말했다.

"두 가지 이유로 그러려고 해. 첫째, 당신은 파괴된 함선에서 살아남은 용병일 뿐이야. 함선이라면 전술적으로 쓸모가 있지만 일개 용병은 그렇지 않아. 무법자 하나와 다를 바 없지. 당신은 돌아가 봤자 질책과 책임 추궁에 시달릴 거야. 그러니 이곳에 남는 게 나아. 당신 정도면 꽤 쓸 만한 해적이 될 테니."

"내가 이따위 사막 행성에서 썩을 것 같아?"

"둘째." 모호는 아랑곳 않고 말했다. "이건 개인적인 이유야. 당신은 우연히 내 물수리호에 올라탔고 함선을 욕심냈어. 나를 속이고 내 배를 차지하려고 말이야……. 그게 당신을 두고 가려는 또 다른 이유야."

"그건," 더티 할리가 씩씩거렸고 이제 속내를 숨기지 않았다. "당신은 모두 알고 있었군."

"내 배에서 일어난 일을 내가 모를까, 게다가 그런 욕심을 부렸던 자가 당신만도 아닌걸."

"그러면서도 나를 이곳까지 끌고 왔어, 모두 계획이었어."

"계획한 건 아니야, 당신이 고용해 달라고 했으니까. 어쩌면 당신이 쓸모가 있을지 모른다고 생각한 것뿐이야. 지금처럼."

"모호!" 더티 할리가 소리쳤다. "이 영악한 여자 같으니, 당신을 찢어발겨 주겠어!"

"그 전에," 모호가 손을 들어 제지하더니, 다시 자경대장을 보았다. "어떻게 하겠니, 내 제안을 받아들이겠나?"

"저자는 당신보다 더 위험해 보이는데?" 자경대장이 말했다.

"그렇다면 이빨과 발톱을 뽑아 주면 되겠군." 모호가 말했다. "자리를 만들어 줘."

이제 사람들의 구경거리가 바뀌었다. 자경대와 사람들이 물러서며 공간을 만들었고 이어서 응원과 야유가 터져 나왔다. 아직 누구를 염두에 둔 건지 분명하지는 않지만 벌써 판돈 거는 소리가 들려왔다.

더티 할리가 모호를 향해 부라렸다.

"당신, 아주 교활한 여자였어. 내심 당신의 정체가 궁금했는데, 이제 보니 당신은 티티빌라스의 불여우 같은 여자야."

"예의가 없군 용병, 내가 보기에 당신은 한낱 멍청한 용병일 뿐이지만. 그래도 나는 그런 말을 함부로 내뱉지 않잖아?" 모호가 으쓱하더니 짓궂게 웃었다. "읍쓰, 결국 말해 버렸네?"

"네 가죽을 벗겨 여우 코트로 만들어 버리겠어, 죽어!"

더티 할리가 으르렁거리며 칼날이 일어선 팔뚝을 휘둘렀다.

모호가 반경 안에서 몸을 살짝 움직여 피하더니, 뒤로 물러나 거리를 두었다. 이어 허리춤에서 뭔가를 빼 던졌다. 작고 납작한 잿빛 원반이었다.

더티 할리가 칼날을 세워 막아 내려 했지만, 예상외로 그것은 그와 모호 사이의 땅바닥에 떨어졌다. 원반에서 세 개의 다리가 나와 땅에 박히더니 파란 빛을 발했다.

주위의 흙먼지가 떠올랐다. 작은 돌멩이까지도.

더티 할리도 기우뚱거리더니 이내 중심을 잃고 허우적대며 떠오르기 시작했다. 반면 모호는 조용하고 부드럽게 떠올랐다. 발목을 움직이고 팔 관절로 진공 사이의 균형을 잡으면서.

당황한 더티 할리가 소리쳤다. "뭐야 이거, 왜 이래, 무슨 짓을 한 거야!"

모호가 그에게 다가갔다. 그녀의 움직임은 느리지만 직선적이었고, 허공을 걷듯, 부유하듯 우아했다.

허공에 뜬 더티 할리는 중심을 잡으려 애쓰면서도 모호를 향한 분노를 내뿜었다. 그녀를 향해 팔뚝의 칼날을 크게 휘둘렀다. 그러나 그 때문에 오히려 더 중심을 잃었고 휘두르는 행위의 관성으로 빙글빙글 돌았다. 당황한 그는 더 크게 허우적거렸고, 그 때문에 구경꾼들이 웃음을 터뜨렸다.

모호가 다리를 벌리고 손끝을 저어 중심을 잡으면서 그를 내려다보았다.

"인간은 우주로 나온 지 그토록 오래되었는데도 여전히 무중력에 적응을 못 하지, 지금쯤 적응할 때도 됐는데 말이야."

"너, 너는 어떻게."

더티 할리가 어쩔 줄 모르며 말했다. 그의 얼굴에 두려움이 서리기 시작했다.

"적응을 했어, 나는."

모호가 손을 뻗어 더티 할리의 칼날을 잡더니 손목만 살짝 틀어 그의 몸을 날렸다. 반동으로 자신도 밀려났지만 다시 우아하게 팔을 휘저어 이내 균형을 잡았다.

날아간 더티 할리는 무중력장의 경계면에 부딪쳐 튕겨 나왔고 다시 날아갔다. 그는 악을 쓰며 어떻게든 중심을 잡아 보려고 바동거리다, 그것이 부질없다는 걸 깨닫고는 모호를 지나치면서 반격을 시도했다.

다른 손으로 뼈들을 날린 것이다. 손등에서 재생산되어 발사되는 날카로운 뼈는 그의 비장의 무기였다. 적에게 박혀 독을 분비하는 치명적인 무기.

그러나 공간이 달랐다. 중력이 사라진 허공에서 뼈들은 방향을 잃으며 날아갔고, 게다가 반작용으로 그의 몸뚱이가 밀려갔다. 다시 무중력의 벽에 부딪혀 튕겨 나왔다. 그가 균형도 방향도 잡지 못하고 사지만 바동거리는데, 모호가 그의 다리를 잡아 완만한 곡선으로 방향을 틀며 그를 내던졌다.

그와 함께 중력이 돌아왔다.

그대로 바닥에 내리꽂힌 더티 할리가 비명을 내질렀다. 이어 모호가 착지해 그에게 다가갔다.

더티 할리가 충격과 혼란으로 끙끙거렸다. 그러나 분노는 여전했다.

"이깟 속임수만 아니라면 넌 한주먹거리도 안 돼, 이 티티빌라스의 암캐 같은!"

"아무리 무식한 용병이라도 말은 곱게 써야지?"

모호가 말하자 더티 할리가 다시 비명을 내질렀다.

그는 뭔가에 짓눌린 듯이, 머리를 땅에 박고 온몸을 바닥에 밀착시켰다. 무게를 이기려고, 두 팔로 땅을 짚고 일어서려 했지만 그러지 못했다. 공기의 무게에 짓눌린 것처럼 몸을 떨며 끙끙거리기만 했다.

"무중력을 싫어하는 것 같아서, 중력을 줬어." 모호가 말했다.

"너, 너는 어떻게, 그렇게……."

이제껏 경험하지 못한 큰 중력에 짓눌린 더티 할리는, 눈동자만 돌려 자신 앞에 우뚝 선 여자를 올려다보았다.

"무중력에 적응하면 큰 중력에도 적응할 수 있어."

모호는 천천히 다리를 움직여 다가왔다. 여전히 우아한 몸짓이었지만 그녀 역시 동작마다 중력과 싸우고 있었다.

잿빛의 선장이 단검을 빼 들었다. 처음 보는 잿빛 금속의 칼이었다. 모호는 그것으로 더티 할리의 신체무기를 제거하기 시작했다. 칼날과 연결된 팔뚝 근육을 끊어 냈고, 다른 손의 뼈 돌출구 신경을 망가뜨렸다. 더티 할리는 고통으로 비명을 질러 댔지만, 아직 사용하지 않은 세 번째 무기를 잘라 낼 때쯤에는 의식을 잃고 조용해졌다.

사경내와 사람들은 숨죽인 채 모호를 지켜보기만 했다. 더는 야유도 환호도 없었다. 그저 놀랍고 공포에 질린 듯이 고대 전투복의 여인에게서 눈을 떼지 못했다.

마침내 이빨과 발톱을 모두 뽑아낸 모호가 중력장을 풀고 원반을 회수했다.

모호가 자경대장에게 다가가자 그는 드러낸 칼날을 다시 감추었다.

"어떻게 하겠나, 이제 나와 거래를 하겠나?" 모호가 말했다.

자경대장은 머뭇거렸다. 아직 미련을 버리지 못했고, 자신들의 머릿수와 여자 하나를 두고 가능성을 탐색했다.

"내가 저자를 상대한 건," 모호가 그의 생각을 읽은 듯이 말했다. "당신들이 제대로 판단하길 바라서야. 내 선원들 반란을 진압했을 때는 여기 모인 당신들보다 많은 수였다는 걸 잊지 마."

그 말의 의미를 되새겨 본 자경대장은, 더는 미련을 갖지 않고 제안을 받아들였다.

여담

용병이 열네 번째 잔을 들이켰다.

그때쯤에는 더티 할리가 늘어놓는 말들이 장황했고 모호에 대한 악의로 가득 차 있었다. 또 그것을 몇 번이나 반복해 떠들었다.

나는 더는 상관하지 않았다. 들을 만큼 들었으니까. 모호가 지금 어디에 있을지 가늠할 수 있었으니까.

더티 할리가 다시 꼬부라진 발음으로 웅얼거렸다.

"발할루다! 내 다짐하오, 그자를 토막 내 당신의 술안주로 내놓으리니."

"당신은 그러지 못할 거예요, 절대로." 내가 말했다.

"그럴 거야, 무슨 일이 있어도 그렇게 할 거라고!" 더티 할리가 으르렁거렸다.

나는 이제 그가 나를 어쩌지 못할 정도로 취했다는 걸 알기에 두려워하지 않고 말했다.

"당신은 오히려 감사해야 할 거예요, 그녀가 자비를 베푼 것에."

취한 용병은 내 말을 이해하지 못했다. 나는 그를 위해 열다섯 번째 바람의 악마를 주문해 주고는 서둘러 술집을 떠났다. 천 개의 산과 호수가 있는 행성으로, 그녀를 만나기 위해서.

*

물수리호는 행성 간 공간으로 들어섰다.

잿빛 가운을 걸친 모호가 선실로 들어섰다. 이제 막 함선으로 돌아와 행성의 먼지를 털어 내고 씻은 참이었다.

선실 한쪽 벽에는 여러 행성계에서 온 다양한 것들이 진열

되어 있었다. 작고 보잘것없어 보이는 것도 있었는데, 그것들은 모호가 시간과 공간을 가로지르며 하나둘 모은 것이었다. 그것들만이 모호의 과거와 여정을 말해 주고 있었다.

  모호는 진열대에 새로운 걸 올려놓았다. 빛과 수분이 제공되는 캡슐 안에서 자라는 것이었다.

  모호는 잠시 그것을 감상했다. 마음에 들었다. 모호는 미소를 지었고, 동요하거나 불안해하지 않겠다고 마음먹었다.

  마요르가 정비한 공간복을 들고 들어왔다. 에이봇은 자신의 주인이 보는 것을 보았다.

"이게 그 꽃이군요."

"그래, 순수한 하얀 꽃이야."

"이 식물이 그들에게 가장 소중한 보물인가요?"

"도나타의 말로는 그렇다는군."

모호가 말하자 마요르가 평가했다.

"그건 상징일 뿐이에요. 이 식물이 그들에겐 의미가 있을 수 있어도 선장한테는 아무 의미 없는 관상식물일 뿐이죠. 선장이 해 준 일의 대가로는 어울리지 않아요."

"아니, 이건 그들의 일부야. 이 꽃은 그들과 연결되어 있어. 도나타가 말하기를, 이 꽃으로 친구를 느낄 수 있다더군."

"이 꽃 곁에 있는 선장의 감정을 그들도 느낀다는 건가요?"

모호가 끄덕이자, 마요르가 자신만의 웃음소리를 냈다.

"그렇다면 그들은 지금 아주 오래된 슬픔을 느끼겠군요."

모호가 마요르를 홀기며 웃었다.

"그래서 앞으로는 즐거운 생각만 하려고. 새로 사귄 친구들을 위해서 말이야."

"그런 조언은 나도 진작에 했는데요?" 마요르가 말했다. "몇 세기를 돌봐 온 함선의 말은 안 듣더니, 새로 사귄 고양이 행성인의 말은 듣는군요?"

"고양이만큼 사랑스러운 이들이니까. 지금 질투하는 거야, 마요르?"

"그러고 싶지만 나는 질투의 감정은 배우지 않았어요."

"그래서 내가 너를 좋아하는 거야."

모호는 에이봇을 향해 짓궂게 웃어 주고는 수면실로 향하며 말했다.

"이제 다시 잘 거야, 이번에는 중간에서 깨우지 마."

물수리호의 주인이 잠들자, 행성계를 벗어난 함선은 아직 드러나지 않은 목적지를 향해 항성 간 비행을 시작했다.

충격에 정신이 들었다. 지한은 눈을 뜨려고 했지만 뜰 수 없었다. 무언가가 눈을 덮고 있었다. 눈을 비비자 끈적하고 미끈하고 물컹거리는 무언가가 묻어났다. 그것은 액체라고 하기엔 어느 정도 형태를 유지했고 고체라고 하기엔 맥없이 손가락 사이로 흘러내렸다. 지한은 무엇인지 모를 것을 걷어 냈다. 희뿌연 시야 속에서 내려다본 몸은 눈을 덮은 그것 범벅이었다. 지한은 얼굴을 한 번 더 훔쳤다. 그것이 손에서 덩어리째 묵직하게 떨어졌다. 그나저나 내가 왜 바닥에 쓰러져 있지?

지한은 흐린 눈으로 주위를 둘러보았다. 수면낭이 포도송이처럼 천장에 붙어 있었다. 몸집에 따라 크기가 다른 수면낭 속에는 사람들이 태아처럼 웅크리고 있었다. 그들은 때때로 거품을 내뿜었고 발을 쭉 내질렀다. 지한은 자신의 수면낭을 어렵지 않게 찾았다. 포도 껍질처럼 찢어진 수면낭에서 온 몸을 덮은 무언가가 뚝뚝 떨어졌다. 지한은 그것이 부동액임을 알아챘다. 하지만 지한이 아는 부동액은 액체일 터…… 무언가 이상했다.

얼마 지나지 않아 잠들었던 신체 기능이 조금씩 돌아왔다. 인식하지 못했던 아픔과 추위가 뒤늦게 몰려들었다. 팔꿈치와 무릎, 발목 어디 할 것 없이 쑤시지 않는 곳이 없었고 부동액으로 축축하게 젖은 부위는 얼음장처럼 추웠다.

비욘드에 도착한 걸까?

지한은 고개를 저었다. 비욘드에 도착했다면 이렇게 고요할 리 없다. 무엇보다 혼자 깨어 있을 리 없다.

"대체 어떻게 된 거야. 몇 월 며…… 칠이지?"

지한은 눈을 비볐다. 부동액은 걷어 내고 걷어 내도 계속 묻어났다. 여전히 눈앞이 흐렸고 온몸을 파고드는 한기에 으슬으슬 몸이 떨렸다.

"지구력 2378년 10월 14일입니다."

2378년. 이상하다. 예상 도착일은 그보다 더 뒤일 터. 아무리 일찍 도착한다 해도 예상 도착일보다 두 자리 수 이상 차이 날 리 없다. 분명 예상외 일이 발생한 거다. 잠깐만. 이 목소리는……?

지한은 가늘게 눈을 뜨고 주위를 살폈다. 새까만 시야 가운데가 부옇게 밝아지며 수면낭 다발 앞에 우뚝 선 네모 블록이 보였다.

"깨웠으면 보고만 있지 말고 말을 해야지. 이민."

"안녕하세요. 캡틴. 인사가 늦었습니다. 너무 괴로워하셔서 말을 걸 타이밍을 놓쳤습니다."

이민이 말할 때마다 블록 모서리가 하얗게 깜빡였다.

"배려. 아주 고마워. 이민, 대체 무슨 일이야. 도착…… 한 거야?"

지한은 양팔을 지지대 삼아 몸을 뒤로 젖힌 채 블록을 올려다보았다.

"예정에 없는 기상, 죄송합니다. 아직도 캡틴을 깨우는 게 맞는지 판단이 서지 않습니다. 제가 커버할 수 있는 범위를 넘어섰습니다."

이민의 인공 합성음이 떨렸다. 떨릴 리 없지만 지한의 귀에는 그렇게 들렸다.

"떨지 말고 차분히 말해 봐. 그보다 먼저…… 위에 덮을 걸 좀 가져다줄래? 추워서 미칠 거 같아."

"알겠습니다. 이걸 착용해 주시겠습니까?"

블록 몸통 중앙에 동그란 구멍이 생겼고 그 안에 땅콩만 한 장치가 보였다. 지한은 손을 뻗었지만 헛손질을 했다. 한 번. 두 번. 거리 감각마저 상실한 모양이었다. 이민은 사이드암으로 이어폰을 집어 지한의 손바닥에 올려 주었다.

중립 판단

"고마워."

"이제 멀리서도 대화할 수 있습니다. 담요도 금방 가져다드리 겠습니다. 잠시만 기다려 주세요. 캡틴."

이민은 기둥 네 개를 회전초처럼 빙글빙글 회전하며 수면실을 나갔다. 이민은 사각기둥 네 개를 하나의 축에 끼운 형태였는데 각각의 기둥이 상황에 따라 몸통과 다리 역할을 바꿨다.

곧장 돌아온 이민이 사이드암을 뻗어 지한에게 담요를 덮어 주었다.

"이민, 묻고 싶은 게 있는데 말이야."

이민은 모서리를 빠르게 두 번 깜빡였다.

"원래 일어나면 눈이 안 보여? 저번 불침번 때는 춥지도 않았고 눈도 잘 보였는데."

"급속해동 부작용 때문일 겁니다. 금방 돌아올 겁니다. 캡틴."

지한은 등골이 오싹해졌다. 급속해동을 할 정도로 사태가 위급하다고 돌려 말한 것 같았다.

"참아 볼게. 그래, 그 위급한 일이 대체 뭐야?"

"그게 캡틴, 제가 어떻게 대처해야 할지 몰라서 깨웠습니다. 죄송합니다. 원래라면 비욘드 도착 한 달 전에 깨워야 하지만 이번 일은 섣불리 제가 결정할 수 있는 문제가 아니라고 판단했습니다."

"그래. 그 얘긴 아까도 들었어. 그리고 사과하지 않아도 돼.

어쭙잖은 판단을 내리느니 나를 깨운 게 나아. 그게 내 역할이 잖아. 뜸 들이지 말고 빨리 얘기해 봐."

"태양이 사라졌습니다."

이민의 모서리가 신중하게 깜빡였다.

*

지한은 우선 씻기로 했다. 부동액이 몸의 윤곽을 따라 천천히 흘러내렸다. 부동액이 훑고 지나간 자리는 마치 뱀이 기어간 듯 차가운 기운이 남았고 지한은 이것만 씻어 내면 추위가 가실 것 같았다.

지한은 비척비척 일어나 공용 샤워실로 향했다. 선장실에도 샤워 부스가 있지만 그곳까지 갈 여력이 없었다.

"이민, 먼저 브리지(bridge)로 가서 자료를 준비해 줘. 씻으면 바로 브리지로 갈게."

지한을 따라오던 이민은 모서리를 깜빡이고는 방향을 바꿨다.

지한은 수면복을 벗어 환복 자판기에 넣고 아까 이민이 준 이어폰을 귀에 꽂았다.

공용 샤워실은 오랫동안 쓰지 않아 메말라 있었다. 까슬까슬한 타일을 밟으며 지한은 두 번째 샤워 부스에 들어갔다. 배수 버튼을 누르자 샤워 노즐에서 물방울이 쏟아졌다. 따뜻했다. 머리를 적신 물이 부동액을 씻어 내렸고 바닥으로 흘러내린 누런 현탁액은 배수구로 빨려 들어갔다. 지한은 이제 좀 살 것 같았다.

"태양이 사라졌습니다."

여유를 만끽할 새도 없이 현실이 무거운 엉덩이를 들이밀었다. 지한은 이어폰을 두드렸다.

"이민, 들려?"

"네, 들립니다."

이민이 바로 옆에 있는 것처럼 인공 합성음이 또렷하게 들렸다.

"태양이 갑자기 사라질 수가 있어?"

"저도 잘 모르겠습니다."

지한은 팔과 다리를 요리조리 살피며 군데군데 남은 부동액을 손으로 쓸어내렸다.

"잘 모르겠다니. 태양은 아크엔젤이 나아가기 위해선 필수 불가결하잖아. 설마 관측하지 않았어?"

"계속 관측했습니다. 다만 일이 발생한 후 그 정보가 아크엔젤까지 날아오는 데 시간이 걸리고, 도달한 정보의 사실 여부를 해석하고 확인하는 데도 시간이 필요합니다."

"그래서 내린 결론이 '태양이 사라졌다'야?"

"그렇습니다, 캡틴."

"몇 번을 들어도 믿을 수 없어. 관측 시스템이 망가졌을 가능성은?"

"확인 결과. 관측 시스템 이상 없습니다."

"방위 시스템은."

"방위 시스템도 이상 없습니다."

"아무리 생각해도 납득하기 어려워. 그 거대한 물질이 한순간에 사라졌는데 그걸 보지 못했다, 몰랐다고 하면 누가 믿겠어. 이민, 취합한 정보를 바탕으로 객관적으로 평가해 봐. 이상하지 않아?"

"이상합니다."

지한은 배수 버튼을 눌렀다. 얼굴에 흐르는 물이 멈췄다.

"금방 갈게."

지한은 턱에서 이마로 손을 쓸어 올려 물기를 걷어 냈다. 배수 버튼 옆에 있는 건조 버튼을 누르자 시원한 바람이 세차게 뿜어졌다. 지한은 겨드랑이를 드러내고 제자리에서 빙글 돌았다.

지한은 샤워 부스에서 나와 환복 자판기 앞에 섰다. 정복과 활동복 중 어느 것을 입을지 고민했다. 지한은 움직이기 편한 활동복을 입고 싶었다. 만약 이민의 단순 오류라면 수면낭에 금방 들어갈 테니 말이다. 하지만 오류가 아니라면 모두를 깨워야 할지 노브고 선장이란 사람이 긴급 상황에 활동복 차림으로 크루원과 탑승자 들을 맞이하는 건 무례해 보였다. 지한은 짧은 고민 끝에 활동복을 골랐다. 별일 아니길 바라는 마음도 있었다. 지한이 옷을 입자 견장에 오망성 홀로그램 세 개가 돋아났.

 지한은 공용 샤워실에서 나와 브리지로 향했다. 따뜻한 물로 씻으니 한기가 덜했지만 여전히 옆구리가 시리는 게 으슬으슬했다. 급속해동 부작용…… 오래도 가는군. 지한은 옆구리를 문질렀다.

 이민은 브리지로 닿는 통로만 불을 밝혔다. 태양이 없어졌기 때문은 아니었다. 에너지 문제는 지구에서도 중요했고 우주로 올라온 지금도 마찬가지다. 지한은 창 너머 활짝 펼쳐진 에너지 수확기를 보았다. 에너지 수확기는 태양이 유언처럼 남긴 빛을 싹싹 긁어모았다.

 브리지 문이 열리자 이민의 모서리가 빨갛고 파란 빛을 순서대로 밝혔다. 지한은 거수경례하며 브리지 중앙 데스크로 성큼성큼 다가갔다.

"정찰 드론이 보낸 정보입니다."

 중앙 패널은 새까맸다. 주위 별들이 반짝이는 걸로 봐선 이민이 이미지를 띄운 게 분명했다. 그렇다는 말은…….

"태양이 사라졌습니다, 캡틴."

 지한은 숨을 크게 들이마시며 턱을 매만졌다. 정말이냐고 다시 물어도 이민은 같은 대답을 할 것이었다. 믿고 싶지 않다고 똑같은 질문을 하는 것만큼 에너지를 무의미하게 소모하는 일은 없다.

"그리고 새롭게 발견한 것이 있습니다."

지한은 고개를 돌려 이민을 보았다.

"고밀도 중력입니다."

"태양이 블랙홀이 된 거야?"

지한은 브리지 중앙 데스크를 둘러싼 의자 하나를 빼 앉았다.

"태양 스스로 중력 붕괴를 일으켰거나 태양에 준하는 블랙홀에 먹혔을 가능성이 있습니다."

이민은 중앙 데스크 위에 홀로그램을 띄웠다. 빨간색 오각형과 노란색 구(球)가 떠올랐다. 아크엔젤호와 태양이다. 태양은 아크엔젤호와 멀리 떨어져 있음에도 그 크기가 아크엔젤호의 수십 배는 되었다.

"태양을 잡아먹을 만큼 블랙홀이 크다면 우리가 진작 알았어야 하지 않아?"

"어디까지나 가능성입니다. 태양과 아크엔젤호는 100억 킬로미터 조금 넘게 떨어져 있습니다. 빛의 속도로도 여섯 시간은 걸립니다. 실시간 관측에 시간차가 발생할 수밖에 없습니다. 캡틴."

"그래도 태양 근저에 블랙홀이 생겼다면 이진부디 알 수 있지 않겠어?"

"저도 그 점이 의문입니다. 블랙홀이 갑자기 발생하지 않았다면 징조가 있었을 겁니다. 하지만 그런 건 하나도 발견하지 못했습니다. 그렇기에 태양 스스로 붕괴했을 가능성도 있다고 봅니다. 그나마 그게 일리 있습니다. 그게 아니라면……."

연신 점멸하던 모서리가 빛을 잃었다. 지한은 침을 삼켰다.

"누군가가 태양을 공격한 시나리오입니다."

"잠깐, 이민. 에너지 덩어리를 터뜨릴 이유가 뭐가 있겠어. 이 공허한 우주에 태양만큼 에너지를 무상으로 얻을 수 있는 곳이 어디 있다고."

"우리처럼 태양 에너지를 사용하지 않는다면 그들에게 태양은 별로 매력적이지 않을 겁니다."

"그렇다 해도 태양이 사라지면 은하계의 균형이 무너질 텐데. 우주 항해를 할 정도의 과학력을 가진 존재가 그걸 모를 리가 없어."

"저도 그렇게 판단합니다. 만약 은하계 붕괴를 노린 타(他) 은하계의 공격이라면 제가 캡틴을 깨우지도 못하고 전멸했을 겁니다. 그런 걸로 봐선 태양 공격 시나리오는 가능성이 낮다고 판단합니다. 또 다른 가능성도 있습니다. 그건……."

지한은 손을 올렸다.

"그보다 상황을 명확하게 정리해야 해. 더 확실하게 확인할 수 있는 방법이 없겠어?"

이민이 모서리를 하얗게 깜빡였다. 빨간색 오각형이 노란색 구로 진행 방향을 바꾸었다.

"태양 가까이 가면 확실하게 알 수 있을 겁니다. 다만."

등속도로 날아가던 빨간색 오각형이 순식간에 노란색 구로 빨려 들어가더니 산산조각 났다.

지한은 숨을 크게 들이마셨지만 내뱉지 않았다. 선장이 되고 나서부터 생긴 버릇이었다. 무릇 선장은 함내 모든 사람의 버팀목이 되어야 한다. 브리지에는 이민밖에 없었지만 이민도 어엿한 아크엔젤호의 크루원이다.

지한은 이민이 자신을 깨울 수밖에 없었음을 이해했다. 지한은 인공지능이 함부로 판단을 내릴 수 없지만 별것 아닌 일이길 바랐다. 헛된 바람이었다. 아크엔젤호의 유일한 에너지원의 소실은 당장 해결해야 할 현실이었고 선장은 해결책을 강구하고 모두를 구할 의무가 있었다. 그나마 목적지인 비욘드가 다른 항성계에 있다는 건 다행이지만 문제는 거기까지 도달할 수 있는가였다.

"이민, 지금 우리가 가지고 있는 에너지가 얼마나 되지?"

이민의 모서리가 빨간 빛으로 점멸했다.

"178일 동안 사용할 수 있는 에너지가 남아 있습니다."

"지구 시간으로 178일이겠지?"

"정확합니다, 캡틴. 아크엔젤호의 시간 개념은 지구력을 기준으로 삼습니다. 시간으로 환산하면 4272시간이지만 대략 4200시간으로 잡아야 합니다. 지금도 에너지를 사용하고 있고 에너지는 빵을 세는 것처럼 정확하게 셀 수 없습니다."

"잠깐, 이민. 이상한데? 4200시간이라니. 기본 3년은 에너지 수확 없이도 항해할 수 있도록 에너지를 비축하고 있지 않아? 어째서 4200시간뿐이지?"

"배터리 휴지기였습니다."

배터리를 보다 효율적으로 오래 쓰기 위해 1년에 한 번씩 에너지 저장을 멈추고 에너지 소비량을 늘린다. 하필 이 시기와 겹칠 줄이야. 지한은 숨을 크게 들이마셨다.

"에너지 수확기는 태양이 사라진 걸 알고 바로 편 거야?"

이민의 모서리가 빠르게 두 번 하얗게 점멸했다.

"좋은 판단이야. 잘했어."

"저는 제가 할 수 있는 일을 한 것뿐입니다. 캡틴."

"그래도 잘한 건 잘한 거야. 이민, 아무래도 나 혼자서 이 문제를 판단할 수 없겠어."

"명령만 내려 주세요."

"리브레, 린, 벌코를 깨워 주겠어?"

이민은 모서리를 짧게 점멸하고 사각기둥을 굴려 브리지를 나갔다.

혼자 남은 지한은 숨을 몰아 내쉬며 눈을 비볐다. 아직도 시야가 흐렸다. 이놈의 급속해동 후유증은 언제나 떨어질까.

*

네 사람과 로봇 하나가 중앙 데스크에 둘러앉았다. 리브레는 정복을, 린과 벌코는 활동복을 입었고 그 위에 담요를 둘렀다. 따뜻한 물로 씻고 옷도 갈아입었지만 몸이 으슬으슬 떨렸다.

지한은 세 사람에게 준비할 시간을 충분히 주었다. 지한은 이민에게 몸을 녹일 수 있는 마실 것과 담요를 부탁했고, 현재 아크엔젤호가 처한 상황도 설명해 주라고 했다.

"선장님, 전부 사실입니까?"

부선장인 리브레가 입에 댄 머그잔을 떼었다.

"그래서 히터도 끈 거예요?"

벌코는 어깨에 뒤집어쓴 담요를 끌어당기며 부들부들 떨었다.

"조금이라도 에너지를 절약해야지."

"어차피 4200시간이나 4100시간이나 거기서 거기일 텐데요."

"린, 자네의 냉소적인 시선이 긴 항해에 반드시 필요하지만 이럴 때 쓸 건 아니야."

린은 이민이 기저디 준 허브 차를 입에 가져갔다.

"다들 앞은 잘 보여? 나는 추운 거보다 눈앞이 흐려서 죽겠어. 자네가 벌코지?"

"지한 선장님, 리브레입니다."

리브레가 단호하게 대답했다.

"농담이야. 농담. 분위기 좀 풀자고."

지한은 리브레의 손을 쥐었다가 폈다. 차가웠다. 지한은 자기 손이 차가운 건지 부선장의 손이 차가운 건지 알 수 없었다.

"아직도 잘 안 보이세요?"

이민의 물음에 지한은 눈을 비비는 것으로 대답을 대신했다.

"저는 괜찮습니다. 추운 것만 어떻게 되면 좋겠습니다만."

리브레는 유난히 몸을 떨었다. 하얀 얼굴이 더욱 창백했고 파란 눈동자는 북극해에 외로이 떠 있는 빙하 같았다.

"이민, 담요를 더 가져다주겠어? 휴대용 온열기가 있으면 가져다주고."

"알겠습니다. 캡틴."

이민은 기둥을 굴려 브리지에서 나갔다.

"상황은 알겠습니다. 그래서 저희가 뭘 해야 하죠?"

지한은 벌코를 바라보았다. 눈을 끔뻑이는 모습이 순막이 낀 악어처럼 보였다. 지한은 자네도 눈이 잘 안 보이냐고 묻고 싶었지만 급한 질문은 아니었다.

"그래. 뜸 들일 시간이 없지."

지한은 목을 가다듬었다.

"이 사태를 어떻게 헤쳐 나가야 할지 자네들 의견이 필요해."

리브레, 린, 벌코는 서로의 얼굴을 바라보았다.

세 사람은 일면식은 있지만 친분은 없었다. 린은 아크엔젤호의 과학 기술을 담당하는 동력부, 벌코는 아크엔젤호의 사회 시스템을 담당하는 구조부였다. 그나마 부선장인 리브레만 린과 벌코와 대화를 나눈 적이 있었다. 그래 봤자 안부 정도였다.

"그리고 이민에게도 의견을 물어봐야겠지."

때마침 브리지 게이트가 열렸다. 떼굴떼굴 굴러 들어온 이민은 가운데 기둥에서 담요와 휴대용 온열기를 꺼내 사람들에게 나눠 주었다.

"내 나름대로 우리가 선택할 수 있는 방법을 생각했어. 하나는 또 다른 태양을 찾는 거야. 광활한 우주에 항성이 저것 하나겠어? 우리가 발견하지 못한 항성이 있는 게 분명해. 은하가 아직 빛을 잃지 않은 걸 보면 말이야."

리브레가 자리에서 일어나 창밖을 보았다. 우주는 어두컴컴했고 저 멀리 빛이 일순 반짝였다.

"나아가다 보면 분명 항성을 발견할 거고 그 항성의 에너지를 활용하는 거야. 지금껏 아크엔젤호가 그래 왔던 것처럼."

지한은 리브레, 벌코를 차례대로 바라보다 린에서 멈췄다. 린은 손끝으로 매끈한 턱을 쓰다듬었다.

"불가능한 이야기는 아니에요."

지한은 고개를 잘게 끄덕이며 가볍게 무릎을 툭툭 쳤다.

"하지만, 선장님. 꼼꼼하게 따져야 해요. 현재 비축한 에너지로 존재조차 알 수 없는 항성을 찾을 수 있느냐 없느냐는 별개의 문제예요. 현재 가지고 있는 에너지가 4200시간이죠?"

지한이 이민을 보았다. 이민은 모서리를 하얗게 점멸했고 지한은 고개를 끄덕였다.

"여기서 포기할 수 없는 몇 가지부터 제외할게요. 먼저 콜드 슬립 캡슐을 가동하는 에너지입니다. 이걸 끈다면 살아서 비욘드까지 갈 수 없겠죠. 그다음은 관측 시스템이에요. 다른 건 몰라도 최소한 레이더만큼은 켜 둬야 해요. 데브리는 피해야죠. 여기 들어가는 에너지까지 아끼고 싶다면 꺼도 되지만 그다지 추천하지 않아요. 방위 시스템은…… 정말 위급할 때만 켜지도록 설정하죠. 이민은 계속 깨어 있을 테니 괜찮겠죠. 이러면 비욘드까지는 어떻게 해서든 도착할 수 있을 겁니다. 도착은요. ……아마도."

"'아마도'라뇨. '가능성이 낮다'는 말씀입니까?"

벌코가 물었다. 이미 그 답을 알고 있으면서 린에게 직접 말하라고 등을 떠미는 것 같았다. 린은 미간을 좁히며 뒤통수를 긁었다.

"높지 않죠. 에너지 4200시간으론 뭐든 힘들어요. 에너지 3년

치가 있어도요. 아크엔젤호가 기본적으로 사용하는 에너지가 얼마인지 알고는 계세요, 다들?"

세 사람은 입을 꾹 다물었다.

"출발선에 서기도 전에 초 쳐서 미안하지만 선장님께서 말씀하신 방법은 행운이 말도 안 되게 따라야 해요. 트리플 세븐이 100번은, 아니 1000번은 떠야 해요. 그것도 연달아서요. 현재 진행 방향에 항성이 있으리란 보장은 없어요. 운에 맡기기 싫다면 관측 기능을 전부 활성화해서 태양에 준하는 항성을 찾아야 하는데 그건 또 에너지를 써야 하죠. 하지만 우리는 에너지 절약을 전제하고 있어요. 이건 모순이에요. 관측 시스템도 최소한으로 돌리고 엔진도 못 쓰는데 어떻게 항성을 찾죠? 천 번 만 번 양보해서 운 좋게 항성을 발견했다 쳐요. 그 항성은 에너지가 넘쳐흐르는 오아시스가 아니에요. 우리가 태양에서 에너지를 수확할 수 있었던 건 수백 년 동안 관측하고 연구한 끝에 거기에 맞는 에너지 패널(energy panel)을 만들었기 때문이에요. 우리가 가진 수확기는 태양과 비욘드가 속한 항성, 이 두 항성에 맞춰져 있어요. 우연히 찾은 항성이 우리의 에너지 패널과 파장이 일치한다면 더할 나위 없겠지만 가능성은 희박해요. 에너지 변환 효율이 떨어질 거예요. 아예 맞지 않을 수도 있어요. 지금과 같은 상황을 바랄 순 없어요."

건은 벌고를 슬쩍 보았다. 만족해? 벌코는 코를 슥 문질렀다

지한은 손을 모으고 턱을 괴었다.

"그러면 어떻게 해야지, 린?"

"지금이라도 수확기를 펼쳐서 우주에 남아 있는 태양 에너지를 모아야 해요. 몇백 시간은 늘릴 수 있을 거예요. 많지는 않아도요."

"그건 이미 하고 있어. 이민이 나를 깨우기 전부터 했지."

지한은 이민을 쓰다듬었다. 이민의 모서리가 하얗게 점멸했다.

"선장님, 아까 말씀하신 또 다른 방법은 뭡니까?"

리브레가 물었다. 지한은 브리지에 있는 모든 사람과 눈을 맞추더니 숨을 크게 들이마셨다.

"꼬리를 잘라 내는 거야."

부연 설명을 더 하지 않았지만 세 사람은 선장의 말 속에 담긴 의미를 알아들었다. 막다른 길에 다다랐을 때 한 번쯤 떠올릴 수 있는 최후 그리고 최악의 방법이었다. 입 밖에 내기도 싫은 이 방법을 부정하면서도 '올 것이 왔다'고 마음 한구석에서 고개를 주억였다. 어쩌면 이들은 자신이 꼬리보다 머리에 가까우니 쉽게 인정하는 걸지도 모르겠다. 하나만 제외하고.

"캡틴. 이해하지 못했습니다. 꼬리를 자른다는 말씀이 대체 무엇입니까?"

이민은 노이즈 섞인 인공 합성음을 내며 몸통을 그네처럼 흔들었다.

"인원 선별을 하겠다는 말이야."

양끝 모서리가 하얗게 빨갛게 파랗게 뒤죽박죽 점멸했다.

"아크엔젤에겐 목표가 있잖아."

지한은 동료들을 둘러보며 동의를 구했지만 그들은 시선을 피했다. 지한은 숨을 들이마셨다.

"극악무도한 짓이란 건 나도 알아. 어떻게 생명을 고를 수 있겠어. 내가 무슨 권리로. 하지만 일부라도 살아남으려면 어쩔 수 없어. 목적이 정당성을 부여할 수 없지만 그럼에도 우리는 해야만 해. 안 그래?"

지한의 질문이 스스로에게 향했다.

"여러분을 깨운 건 여러분에게 의견을 듣고 싶어서도 있지만 누구를 살릴지 기준을 정하고 싶기 때문이야. 나도 새로운 항성을 찾는 방법에 무리가 있다고 생각했어. 혹시나 해서 물어본 거고."

"선장님, 항성을 찾을 수 있는 확률이 0퍼센트는 아니에요. 다만, 굉장히 낮다는 거죠."

린이 다급하게 말을 이어 붙였다.

"사람들을 버리는 건 괜찮고요?"

벌코가 끼어들었다.

"벌코…… 라고 했나요? 아까부터 말하는 족족 태클만 거시는데 좋은 방법이 있으면 좀 내놔 봐요. (벌코는 린을 째려보았다.) 아크엔젤호의 목표가 뭐예요. 인류의 보존 아니에요? 우리는 우리의 의무를 다할 필요가 있어요."

"사람을 죽이면서 인류를 보존하자?"

벌코가 비아냥거렸다.

"그러면 벌코 씨가 말해 봐요. 더 좋은 방법이 있으면 말해 보라고요."

"우주 개척은 동력부가 맡아서 할 일 아닌가? 비전문가는 빠지라고 했던 거 같은데. 내 귀가 이상해졌나?"

"구시렁대지 말고 똑바로 말해요!"

린이 주먹으로 중앙 데스크를 내리쳤다.

"자, 자. 우리끼리 싸울 필요 없어. 벌코, 어떻게 했으면 좋겠어. 터무니없는 이야기라도 좋아. 뭐든 작은 아이디어에서 시작하는 법이니까. 급속해동 한 탓에 머리가 잘 돌아가지 않겠지만 편하게 말해 봐. 부선장, 자네는? 내가 말을 꺼냈지만 일부만 살리는 방법은 솔직히 내키지 않아. 다들 어떤 기대를 안고 아크엔젤호에 탔는지 뻔히 아는데."

지한은 세 사람을 너그러이 둘러보았다. 정말 아무 말이어도 좋았다. 하지만 벌코와 리브레는 이렇다 할 방법을 내놓지 못했다. 린은 이민이 수집한 정보를 재검토했지만 가진 패가 너무 없었다. 지한은 시간만 충분하다면 유능한 부하들이 '꼬리 자르기'보다 더 나은 방법을 떠올릴 수 있을 거라고 굳게 믿었지만 1초가 지날 때마다 머릿속 시계가 째깍째깍 소리를 크게 내었다.

"린, 수면낭을 얼마나 버려야 지금 있는 에너지로 비욘드에 도착할 수 있어?"

린은 보란 듯이 한숨을 푹푹 내쉬면서 중앙 데스크에서 가상 키보드를 띄웠다. 손가락이 허공을 두드렸다.

"비욘드 도착까지 예상 소요 시간은 23년이에요. 그러니까 약 21만 시간이 걸리죠. 전체 수면낭을 유지하기 위해선 그만한 에너지가 필요해요. 지금으로서는…… 47분의 1밖에 없어요."

"아까는 4200시간이면 충분히 도착할 수 있을 것처럼 말했잖아요."

벌코가 끼어들었다. 린은 지겹다는 얼굴로 앞으로 흘러내린 머리카락을 이마 위로 쓸어 올렸다.

"그건 이것저것 다 떼고 최소한으로 잡았을 때 이야기죠."

"말이 됩니까? 47분의 1 가지고 어떻게?"

지한은 벌코에게 손바닥을 보였다. 벌코는 펑퍼짐한 콧구멍을 벌름거리며 입을 다물었다.

"린, 기준을 최저로 잡았을 때와 기본으로 잡았을 때를 나눠서 다시 계산해 주겠어?"

린은 벌코를 흘겨보고는 가상 키보드를 두드렸다.

"방위 시스템과 관측 시스템, 순환 시스템 일부를 꺼도 10만 시간은 필요해요. 모든 기능을 다 끄고 콜드슬립에만 에너지를 돌린다면 4200시간으로도 비욘드에 도착할 수 있겠지만 어디까지나 도착할 수만 있어요. 기본 수준으로 잡아야 생존율이 기하급수적으로 올라요."

린은 최저 기준과 기본 기준으로 잡은 생존율 그래프를 가상 모니터에 띄웠다. 뒤로 갈수록 두 그래프의 차이가 눈에 띄게 벌어졌다.

"아까는 4200시간이면 된다더니 이제는 10만 시간이라니. 대체 몇 명이나 마음대로 죽였다가 살리는 겁니까? 아주 전지전능하시네요."

벌코가 언성을 높였다.

"저를 살인자로 몰고 싶어요?"

린이 가상 키보드 위로 주먹을 내리쳤다. 주먹이 가상 키보드를 통과했다.

"이래서 우주가 얼마나 위험한지 상식적으로 아는 사람들을 뽑아야 한다고 했는데…… 이보세요. 벌코 구조부 담당 책임관님. 개척 행성에 가기만 하면 끝인 줄 아세요? 우주 항해가 목적지에 도착하면 끝인 피크닉 같아요? 조난당하면 구조선이 올 것 같죠? 비욘드에 도착하면 어떻게든 에너지를 수급할 수 있을 것 같죠? 비욘드가 모든 문제가 해결되는 파라다이스 같냐고요. 현실을 직시하세요. 우리는 우리가 알아서 살길을 찾아야 해요. 만약 얼렁뚱땅 어떻게든 되겠지 생각하신다면 지구에서 나오지 말았어야죠. 목숨을 잃을 수도 있다고 서명하지 않았어요? 비욘드는……."

"4200시간이면 충분히 갈 수 있다고 했잖아요!"

벌코는 타개책을 찾는 것보다 말싸움에서 이기는 게 우선인 것처럼 보였다.

"그 부분에 대해서는 제가 사과할게요. 당신 지식 수준을 간과했네요."

"그러셨구나. 그럼 제 지식 수준에 맞춰서 솔직하게 말해 줄래요? 현실을 직시해서?"

린은 땅이 꺼져라 한숨을 쉬며 데스크를 콩콩 두드렸다.

"4200시간으론 100명도 살지 못할 거예요."

"잠깐만요. 뭐라고요? 100명? 린 동력부 담당 책임관님. 아크엔젤호에 몇 명이나 타고 있는 줄 아세요?"

"3714명이요."

"도착할 수 있다는 것조차도 거짓말이네요. 예? 입이 있으면 대답해 보세요."

"어차피 불가능하다고 말했잖아요."

"아뇨. 되짚어 보세요. 똑똑하신 분이 기억나지 않는다곤 안 하겠죠? 분명 그 살난 입으로 어렵다고 했지 안 된다고는 안 했어요. 만약 선장님이 새로운 항성을 찾자고 밀어붙였으면요. 그때는 솔직하게 털어놓을 생각이었나요?"

린은 아랫입술을 잘근 씹었다. 벌코는 멈추지 않았다.

"린 씨. 당신은 선장님을 욕보인 거예요. 우주 피난선처럼 밀폐된 공간에서는 각자 맡은 위치에서 최선을 다하고 거짓 없이 진실만을 말해야 합니다. 투명한 집단만이 살아남을 수 있어요. 아세요? 사회 시스템의 기본도 모르면서. 우주를 모르는 사람을 태우면 안 된다고요? 사람은 지구에 있든 우주에 있든 변하지 않아요. 당신 거짓말이 모두를 죽일 뻔했어요."

벌코는 자리에서 벌떡 일어나 린에게 손가락질했다.

"당장 선장님께 사과하세요. 당장요!"

린은 벌코의 명령을 따르는 것 같아 기분이 언짢았지만 의도가 있었든 없었든 거짓말을 한 건 사실이었다. 린은 자리에서 스르르 일어나 지한에게 고개를 숙였다.

"죄송해요. 선장님. 4200시간 가지고는 일주일도 못 가고 표류했을 거예요. 만약 선장님이 끝까지 새로운 항성을 찾자고 하셨으면 그땐 솔직하게 말씀드릴 생각이었어요."

"끝까지 구질구질하게 변명을 늘어놓으시네요."

벌코는 펑퍼짐한 코를 벌름거리며 린을 흘겨보았다. 린의 아랫입술이 농익다 못해 물러 터진 딸기가 되었다.

"벌코, 그만. 그만하게. 내가 첫 단추를 잘못 끼었어. 린은 가능한지 불가능한지 의견을 냈을 뿐이야. 만약 잘못된 선택을 했으면 막았을 거라고 하고. 이미 사과도 했으니 그만해. 지금 중요한 건 그게 아니잖아. 린, 10만 시간만 있어도 정말 괜찮아? 솔직하게 말해 줘. 우리 목표는 비욘드에 발자국을 찍는 게 아니야. 알지?"

린은 고개를 숙인 채 앞뒤로 몸을 까딱까딱 움직였다.

"15만 시간이면 괜찮을 것 같습니다."

"같아선 안 돼. 린, 정말 15만 시간이면 돼?"

"15만입니다."

"기준을 15만으로 잡지."

"선장님!"

벌코는 어깨에 걸친 담요를 아무렇게나 뭉쳐 데스크 위에 던지며 자리에서 벌떡 일어났다. 벌게진 목이 드러났.

지한은 벌코를 시야 밖으로 밀어내고 이민을 바라보았다.

"이민, 15만을 기준으로 4200시간이면 몇 명이나 살릴 수 있어?"

이민의 모서리가 파랗고 빨갛게 점멸했다.

"103명입니다."

터무니없이 적은 숫자에 벌코는 입을 다물지 못했다. 기준을 잡은 린도, 이 상황을 묵묵히 지켜보던 리브레도 103명이라는 숫자를 받아늘일 수 없었다. 시한도 마찬가지였다. 차라리 힝성을 찾는 편이 나을지도 모른다. 하지만 그것은 모두를 살릴 수도 있지만 모두를 죽일 수도 있었다. 지한은 소수라도 확실하게 살릴 수 있는 방법을 택했다.

"벌코, 누구부터 살려야 비욘드에 도착했을 때 공동체를 유지하고 발전할 수 있겠어?"

지한은 당황한 기색을 감추기 위해 머그잔을 입에 가져갔다. 벌코는 어안이 벙벙했지만 자신의 소임을 잊지 않았다.

"저희 크루원부터 살려야 합니다."

"왜 크루원부터 살려야 하지?"

"비욘드에 착륙하면 아크엔젤호는 그 자체로 사람들을 지켜주는 든든한 성이 되어 줄 겁니다. 단순히 성벽 역할뿐만 아니라 첨단 장비를 포함해서 우리가 편안한 생활을 이어 나갈 수 있게 도와줄 겁니다. 동력부가 할 일이죠. 구조부는 낯선 환경에 사회가 정착하고 시스템을 구축해서 다툼 없이 원만하게 굴러가도록 도울 겁니다."

"크루원 전부면 37명이군."

"선장님, 크루원이 아닌 사람들이 반발하지 않을까요?"

리브레가 구겨진 담요를 주워 어깨에 둘렀다.

"살아남았다는 것에 감사해야겠지. 물론 설명도 충분히 할 거야. 그들이 납득할 때까지 계속. 결국 그들도 이해할 거야. 우주에 나왔을 때 목숨을 보장할 수 없다는 걸 알고 있고 위급 상황에는 어떤 대처도 감수하겠다고 동의했으니까. 그래도 진정하지 않는다면 십자가는 내가 지겠네. 그러라고 선장이 있는 거니까."

"선장님……"

"벌코, 남은 66명은 어떻게 구성해야 할까."

벌코는 지저분하게 흩어진 홀로그램 우주선 파편을 치우고 이름이 빼곡하게 적힌 리스트를 띄웠다.

"두 가지 기준이 있습니다. 먼저 아크엔젤호를 건조할 수 있게 돈을 댄 스폰서들부터 구하는 겁니다. 탑승자 목록을 보시면……"

벌코의 손가락이 리스트를 훑어 넘겼다.

"여기까지가 아크엔젤호에 탄 스폰서 관계자입니다."

리스트가 153번에서 멈췄다. 데스크 중앙에 머리가 반쯤 벗어진 남자의 머리가 목을 축으로 빙글빙글 돌아갔다. 54세. 올리비사(社) COO. 아래턱에 두툼하게 붙은 살 때문에 명함이 없어도 돈 좀 있는 사람처럼 보였다. 린은 혀를 찼다. 이런 인간들 때문에 우주선이 쓸데없이 더 무거워지고 에너지를 더 소모한다. 지한은 리스트를 훑어보았다. 평균 나이 83세. 이들이 개척 행성에서 무엇을 할 수 있을까.

"이들을 비욘드로 보내면 무슨 이득이 있지, 벌코?"

"신뢰를 얻을 겁니다. 부소선 비욘드를 밟게 해 주겠다고 약속했으니까요. 살아남은 이들은 어떤 상황에서도 약속을 지킨다고 생각할 거고 그들은 선장님의 든든한 지지층이 되어 줄 겁니다."

지한은 고개를 끄덕였다. 벌코에게 동의한다는 뜻은 아니었다.

"153명 중에서도 절반은 못 타겠군. 다른 기준은?"

"나이대로 자르는 겁니다."

벌코는 손을 휘저어 리스트를 리셋 했다.

"우리가 비욘드를 발견하고 오랜 조사를 거쳐서 거주할 수 있다는 판단하에 이주하는 거지만 정말 비욘드에서 살아남을 수 있는지는 별개예요. 그렇죠?"

벌코는 린을 바라보았다. 린은 팔짱을 낀 채 등받이에 기대앉아 마지못한 얼굴로 고개를 끄덕였다.

"우리는 희망을 가지고 비욘드로 향하고 있지만 그 너머에 무엇이 우리를 기다리고 있을지 우리를 반겨 줄지 내칠지는 아무도 모릅니다. 그렇다면 별다른 케어 없이도 살아남을 수 있고 즉각 노동 자원으로 쓸 수 있는 사람들을 데려가는 게 맞을 겁니다."

린은 팔짱을 풀고 중앙 데스크 가까이 앉았다.

"노동도 노동이고 인간의 대를 끊지 않기 위해서는 나이를 무시할 수 없어요."

벌코가 나이순으로 정렬 기준을 고쳤다. 데스크 중앙에서 빙글빙글 돌아가던 대머리가 초로의 노인으로 바뀌었다. 147세. 트러스트사(社) 사외 이사. 그는 머리를 단정히 묶고 있었는데 철저한 관리 덕분에 147세처럼 보이지 않았다. 30대에서 50대 사이 그 어딘가에서 시간이 멈춘, 돈의 힘으로 만든 외형이었다.

"어이쿠. 죄송합니다. 반대로 정렬했네요."

벌코가 손가락을 놀리자 리스트가 재정렬했다. 초로의 노인이 어린아이로 모습을 바꾸었다. 세 살 남자아이였다. 린이 발언권을 얻기 위해 손을 들었다.

"너무 어려도 손이 많이 갈 거예요. 적어도 열세 살은 되어야 해요. 특히 여성은요. 그쯤이면 생리를 시작할 테니까요."

벌코는 오만상을 찌푸리며 헛구역질하듯 혀를 내밀었다.

"구시대적이고 성차별적인 발상이에요."

"벌코, 나를 욕해도 좋아요. 하지만 생물학적 관점을 배제할 수 없어요. 비욘드는 파라다이스가 아니라고 말했죠. 우리가 비욘드로 가는 목적도요. 인공 수태를 할 수 있으리란 보장이 없어요."

벌코의 아래턱이 벌겋게 부풀었다. 벌코는 구시렁대며 하한선을 13세로 조정했다.

"이대로 인원을 잘라 볼까요?"

리브레의 부탁에 벌코는 생일이 가장 빠른 열세 살부터 에

순여섯 명을 줄 세웠다. 리브레가 아래로 리스트를 넘기자 데스크 중앙에 뜬 홀로그램 얼굴이 성별과 생김새, 머리카락 길이를 바꿔 가며 시간을 건너뛰었다. 행운의 66번을 받은 사람은 서른네 살 레비노 타임스 부편집장이었다. 머리채를 졸라맨 매부리코의 이탈리아계 여성이었는데 무척이나 깐깐해 보였다.

"이민, 어떤 기준이 타당해 보여?"

지한은 의자를 돌려 이민을 바라보았다.

"연령에 따른 리스트가 스폰서에 따른 리스트보다 타당해 보입니다. 평균 연령이 낮고 비욘드로 가는 목적과도 부합합니다."

이민이 모서리를 하얗게 점멸했다.

"아무도 나랑 약속하지 않겠군."

"지지층을 원하신다면 스폰서를 선택하는 편이 더 합리적입니다."

"농담이야. 비욘드에 가면 공동체를 이끌 사람을 새로 뽑아야지. 애초에 나는 앞에 나서서 사람들을 이끌 수 있는 재목이 아니야. 엄연히 공동체 리더는 우주 항해선 선장과 역할이 다르고. 부선장 생각은 어때?"

"연령순이 적절해 보입니다."

리브레는 작게 목소리를 내고는 벌코를 바라보았다. 시선을 이어받은 벌코 역시 고개를 끄덕이고 린을 쳐다보았다. 린은 벌코의 시선을 받지 않고 무언가에 열중했다.

린은 데스크 중앙에 뜬 리스트를 복사해 자기 앞에 조그마한 창을 띄우고, 1번부터 66번까지 누가 있는지 살폈다. 사회에 도움이 되려면 시간이 필요한 아이들이 26번까지 자리를 차지했다. 27번부터 성인으로 바뀌었지만 젊은 노동력을 빼면 별다른 역할을 기대하기 힘든 '어린 어른'들이 이어졌다. 다행히 30번대 후반부터 젊은 CEO와 과학자가 등장했고 마지막에 이르러서는 유망한 인재가 꽤 많이 포함되었다. 성별도 얼추 반반이었다. 이들이 낯선 땅에서 얼마나 도움이 될지는 알 수 없지만 크루원이 있으니 사회를 구축하는 데 큰 문제는 없을 것이다.

린은 리스트를 끝까지 내려 '정말 운 좋은 사람'의 얼굴을 두드렸다. 그러면 '정말 운 나쁜 사람'은 누굴까. 린은 리스트를 뚝 자른 굵은 기준선을 넘어 67번을 눌렀다. 데스크 중앙 홀로그램이 모습을 바꾸었다. 눈가를 잔뜩 주름 잡아 억지로 웃고 있는 남자의 머리가 빙글빙글 돌았다. 외모를 신경 쓰지 않는지 레비노 타임스 부편집장과 같은 나이임에도 열 살은 더 들어 보였다.

"지한 선장님, 이분까지 넣죠."

67번을 잡은 화살표 커서가 기준선 안으로 불쑥 침범했다.

"잠깐만요, 린. 이분이 누군데요?"

중립 판단 103

리브레가 린을 막았다.

"아크엔젤호 설계에 도움을 주신 분이에요. 야마다 유우지라고 세계에서 손꼽히는 환경 시스템 공학자입니다. 젊어도 아주 실력자예요."

"그런 분이 왜 리스트에서 빠져 있지? 크루원이 아니야?"

"고문으로 참여하셨어요. 정식은 아니고 제 친분으로요. 아크엔젤호 내부 공조 시스템을 설계를 했다고 해도 무방해요. 메카닉으로도 실력이 출중하세요. 제가 보장해요. 행성 개척에도 큰 도움을 주실 거예요."

지한이 대답을 주저하는 사이, 린은 선장이 동의했다고 판단했는지 울타리 안으로 야마다를 집어넣었다. 인원수가 104가 되었다.

"그러면……"

벌코가 조심스럽게 손을 들었다.

"저도 한 분 넣어도 될까요?"

벌코는 목록을 주르륵 내렸다. 야마다 유우지의 얼굴이 인자해 보이는 여성의 얼굴로 바뀌었다.

"이분은 또 누구시죠?"

리브레가 물었다.

"이분으로 말씀드리자면 아크엔젤호를 건조할 때 자금 조달에 큰 역할을 해 주셨던 분이에요. 행성 개척의 가능성과 위험

비용에 대한 대가, 그리고 그 대가를 지불하고도 아크엔젤호가 그 가치를 가지고 있다고 힘을 실어 주신 분이에요. 제 스승님이신데 이분이 아니었으면 스폰서를 끌어모으기 힘들었을 겁니다. 이분은 살려야 해요. 비욘드를 얼마나 기대하고 계신데요."

벌코는 울타리 안으로 스승을 밀어 넣었다. 인원수가 105로 바뀌었다.

"그러면……."

이번에는 리브레가 손을 들었다. 그는 70살 장모님을 넣었다. 아내와 사별하고 유일하게 남은 가족이었다.

세 사람은 자연스레 다음 차례인 지한을 바라보았다. 지한은 모은 두 손으로 입을 가린 채 홀로그램을 가만히 보고만 있었다.

"그러면……."

린이 손을 들었다. 린은 부모를 잃고 자신만 보고 따라온 9살 조카를 넣었다.

"그러면……."

벌코가 손을 들었다.

"그러면……."

"그러면……."

"그러면……."

순식간에 인원수가 136으로 불어났다.

"잠깐, 잠깐만!"

지한이 낸 큰 소리에 세 사람은 흠칫 놀란 모습 그대로 멈추었다.

"다들 지금 무얼 하는 거야?"

리브레는 가상 리스트에서 손을 떼었다.

"다들 동의한 거 아니었어? 이럴 거면 처음부터 다시 생각합시다. 모두를 안고 갈 수 있는 방법이 정녕 없을까? 린."

린은 지한의 시선을 피하며 등받이가 보이게 의자를 돌렸다.

"……이젠 저도 잘 모르겠습니다. 벌코 담당 책임관에게 물어보세요."

"왜 나한테 공을 던져요? 저는 선별 인원 기준을 말씀드린 걸로 할 일 다 했어요. 부선장님은 어떻게 생각하세요?"

"저희가 잘못했습니다. 선장님이 어떤 결정을 내리든 힘을 싣겠습니다."

지한은 내쉬지 못할 한숨을 가슴 가득 들이마셨다.

지한은 십수 년 전 끊었던 담배가 그리웠다. 우주는 예측 불가능한 일들이 산재한다지만 수만 명의 목숨을 저울질해야 하다니. 차라리 운석에 부딪히거나 외계인의 공격을 받는 극단적인 상황이었다면 나았을까.

지한은 문득 아크엔젤호 선장 최종 선발 면접이 떠올랐다.

그때도 지금과 비슷한 질문을 받았었다.

언젠가 다가올 세상의 종말을 막을 수 있는 유일한 과학자 한 명과 미래가 창창한 어린아이 열 명이 서로 다른 선로에 묶여 있습니다. 당신이 제동장치를 조작하면 과학자 한 명을 살릴 수 있습니다. 그 대신 어린아이 열 명이 죽습니다. 당신이 제동장치를 조작하지 않으면 어린아이 열 명을 살릴 수 있습니다. 그 대신 과학자가 죽습니다. 당신은 어떤 선택을 하겠습니까. 우리를 설득할 수 있다면 어떠한 가정을 붙여도 좋습니다. 단, 선로와 과학자, 그리고 어린아이에 대한 조건은 바꿀 수 없습니다.

지한은 선장으로서 가져야 할 태도를 평가하는 줄 알았는데 지금 와서 생각해 보니 이런 일이 언제든지 일어날 수 있을 거라고 알아챘어야 했다. 어떤 대답을 했지……. 떠오르지 않았다. 면접장 분위기만 어렴풋이 떠올랐다. 면접관들은 특별한 반응 없이 여느 대답을 들었을 때처럼 고개만 끄덕였고 면접자들은 어떤 대답을 해야 할지 머리가 바빴다.

지한의 임명식이 끝나고 열린 애프터파티에서 한 면접관이 지한에게 축하한다며 샴페인을 권했다. 그는 마지막 질문에 대한 지한의 답이 임명에 결정적이었다며 기대하는 바가 크다고 말했다. 그러면서 그는 이렇게 말했다.

급박한 상황을 마주했을 때, 올바른 판단을 내릴 수 있는 전문가의 의견을 듣겠다는 최종 결정권자는 좀처럼 없지. 책무에서 도망친 겁쟁이라고 손가락질하는 사람도 있겠지만 자신이 무조건 옳다고 믿는 사람은 부러지기 쉬워. 잘못된 길로 들어서도 자신의 오류를 인정하지 못하고 결국 모두를 구렁텅이에 빠뜨릴 거고. 그런 사람이 선장이 되어선 안 돼. 그런 면에서 독단적인 결정을 내리지 않고 전문가의 의견을 참고하되 자신이 내린 결정에 모든 책임을 지겠다는 자네의 대답은 인상적이었어. 그러면 모두를 잘 부탁하네, 캡틴.

면접관은 지한이 든 샴페인 잔에 자신의 샴페인 잔을 부딪혔다.

지한은 현재로 돌아왔다. 흐린 시야 속에서 린과 벌코, 리브레는 지한의 입만 하염없이 바라보고 있었다. 세 사람은 이미 그들의 입장에 입각한 의견과 그 근거를 알려 주었다. 틀린 답은 없었다. 하지만 지한이 보기엔 이들이 내놓은 방법은 다리 하나가 없는 테이블이었다. 힘을 잘못 가하면 그대로 쓰러질 것 같은. 지한은 그들 뒤에서 하얀 빛을 반짝이는 이민을 보았다.

지한은 자리에서 일어나 이민을 쓰다듬었다.

"인원 선별, 이민에게 맡깁시다."

세 사람은 어리둥절한 얼굴로 지한을 바라보았다. 하지만 지한의 진지한 얼굴에 그것이 농담이 아님을 깨닫는 데 오래 걸리지 않았다.

"선장님!"

브리지에 있는 모두가 동시에 목소리를 내었다. 이민도 놀란 듯 모서리에 빨간 불을 깜빡였다.

"선장님, 결정하기가 아무리 힘들어도 로봇에게 중대사를 맡긴다니요."

"선장님은 직위에 대한 책임을 다하셔야 합니다. 그럴 의무가 있어요. 도망쳐선 안 돼요."

린과 벌코가 자리에서 일어나 지한에게 다가왔다.

"다들 가만있어 봐요. 선장님께서 생각 없이 말씀하시겠어요? 선장님, 이민에게 인원 선별을 맡기려는 이유를 알려 주세요."

"고마워, 리브레. 우리의 생사를 무작정 이민에게 맡기자는 게 아니야. 우리가 아크엔젤호를 만든 이유가, 비욘드에 가려는 이유가 뭡니까?"

"우리의 아들, 딸을 살리기 위해섭니다."

"그런데 우리는 지금 어쩌고 있지? 우리의 목숨만, 우리와 아는 사람만 살리면 된다고 생각하고 있어. 우리를 도와주었던 분들이나 가족들을 살리고 싶은 마음은 충분히 이해해. 나도 그러고 싶어. 사람이니까."

세 사람은 서로 눈이 마주치지 않도록 각기 다른 방향으로 고개를 돌렸다.

중립 판단 109

"자네들을 꾸짖으려는 게 아니야. 하지만 아까 우리가 한 일은…… 우리의 본분을 잊은 거야. 눈이 멀었던 거야. 나도 은연중에 선장이니까 당연히 살아야 한다고 생각했나 봐. 그래서 꼬리를 잘라 내자는 말을 쉽게 내뱉은 거고. 내가 잘릴 꼬리였다면 이런 말을 할 수 있었을까?"

"포기하시면 안 돼요."

린이 끼어들었다.

"설마 무작위로 살리자는 말씀은 아니죠? 그러면 정말 다 죽어요, 선장님."

벌코의 목소리가 떨렸다. 지한은 세차게 고개를 저었다.

"정말 비욘드 정착에 도움이 될 만한 사람을 뽑읍시다. 크루원까지 포함해서."

"한 명 한 명 우리 손으로 뽑자는 건 아니죠? 저는 안 돼요. 못 해요."

격하게 손을 내젓는 벌코를 안심시키기 위해 지한은 슬며시 입가에 미소를 머금었다.

"비욘드 개척에 필수 불가결한 조건을 고려해서 면밀한 기준을 세웁시다. 연령이나 스폰서 같은 두루뭉술한 기준 말고 구체적인 기준을."

벌코의 굳은 얼굴이 누그러졌다.

"그 기준을 토대로 이민이 인원을 선별하고요?"

린의 물음에 지한은 고개를 깊이 끄덕였다.

"기준만 명확하다면 우리보다 훨씬 공정하고 공평하게 선별할 거야. 나도 그 룰렛 안에 들어갈 거야. 아주 기꺼이. 어차피 비욘드에 도착하면 선장이란 타이틀은 무용지물이잖아. 그런 얼굴들 하지 마. 이대로라면 에너지만 쓸데없이 소모할 뿐이야. 우리 에너지도. 아크엔젤의 에너지도. 다른 생각이 있다면 지금 얘기해 주겠어?"

지한은 중앙 데스크를 둘러앉은 세 사람을 보았다. 그들은 선장과 눈을 마주치더니 고개를 끄덕였다. 표정이 밝진 않았다.

지한은 세 사람이 마지못해 동의한다는 걸 느꼈다. 하지만 그들은 어깨에 짊어진 책임과 끝까지 다해야 할 의무를 외면하지 않았다. 지한은 좋은 동료를 두었다.

"이민은 적어도 정에 휩쓸려서 일을 망치진 않겠죠."

"아까 한 명씩 리스트를 늘린 건, 추했어요."

"탓하지 말죠. 누구나 저희 입장이었다면 그랬을 거예요."

"이해해 줘서 고맙습니다."

지한은 허리 숙여 인사했다.

"자, 지나간 건 잊고 다음 세상을 위해 떠납시다."

네 명은 공정한 기준을 세우기 위해 꼬박 하루를 썼다. 지구 마지막 인류(가 될지 모르는)를 선별하는 데 하루는 너무 짧았다. 하지만 자신들의 능력을 총동원해 언팅, 보유 기술, 성별, 성격,

직업 등을 두루 살펴 최선의 선별 기준을 세웠다. 아크엔젤호에 대한 기여도는 제외했다. 크루원도 우선하지 않았다. 수치화할 수 없는 항목은 우주선에 탑승하기 위해 받은 여러 검사를 토대로 나온 결과에 기댔다.

차곡차곡 기준이 쌓일수록 지한은 이것이 옳은 것인지 스스로에게 물었다. 훗날 누군가 이의를 제기한다면 인류를 위해 모든 걸 바쳤다고 떳떳하게 말할 수 있도록 지한은 그가 할 수 있는 최선을 다했다.

드디어 지한은 마침표를 찍었고, 선별 기준은 문자 데이터임에도 단위가 기가바이트였다.

지한이 선별 기준을 이민에게 입력하려는 찰나였다.

"잠깐만요. 선장님."

리브레가 메마른 목소리를 내었다. 지한은 대답할 힘도 없어 바라만 보았다.

"아무래도 이건 아니에요. 우리가 왜 공평하게 선별해야 하죠?"

"부선장님, 다 끝난 마당에 무슨 말이에요."

긴 회의에 지쳐 의자에 널브러진 벌코가 짜증을 벌컥 냈다.

"벌코 담당 책임관님. 우리는 힘이 있어요. 고를 수 있는 힘이요. 그런데 왜 우리가 동일한 출발선에 서야 하죠?"

"왜냐뇨. 당연하잖아요. 누구를 살리고 죽이는 일은 사람이 할 짓이 아니에요. 저들이 죄를 저질렀다면 몰라도요. 아뇨. 저

질렀어도 저희가 판결을 내릴 순 없어요. 우리는 판사가 아니잖아요."

"상관없어요. 어차피 저 사람들은 어떤 일이 있었는지 몰라요. 우리가 한 명 한 명 103명을 골라도 누구도 불평하지 않을 거예요. 우리가 처한 상황을 설명하면 이해할 거라고요. 이해 못 해도 어쩌겠어요. 살아남았는데. 죽은 사람들을 대신해서 화를 낼 건가요? 무슨 권리로요? 생각해 봐요. 우리를 룰렛에 넣고 돌릴 필요도 없어요."

"리브레 부선장님, 그만하세요."

벌코가 자세를 고쳐 앉으며 손을 내저었다.

"그렇게까지 해서 살고 싶어요? 그렇게 해서 살아남으면 양심의 죄는 어떻게 하시려고 그러세요."

린이 벌코를 거들었다. 벌코는 린의 가세에 살짝 놀랐지만 고개를 잘게 끄덕였다.

"비욘드를 지구보다 살기 좋은 곳으로 만들게요. 살면서 죗값을 치를게요. 정 내키지 않으면 내가 다 책임질게요. 내가 십자가를 짊어지겠다고요."

"우리 좋을 대로 뽑아서요? 부선장님, 여태껏 가만히 있다가 왜……."

"정말 마지막이니까!"

리브레의 짐이 사방으로 튀었다.

린은 이마에 달라붙은 기름진 앞머리를 헝클어뜨렸고 벌코는 코끝을 거칠게 문질렀다. 포기한 마음이 슬금슬금 머리를 쳐들고 있었다.

지한은 이제라도 목소리를 내는 리브레를 이해했다. 리브레의 말대로 자고 있는 사람들은 여기서 일어난 일을 알 수 없다. 누구를 선택해서 살리고 죽이는 일을. 혹자는 그런 힘을 쉽게 포기한 지한을 바보라고 여길지 모르겠다.

지한은 두 팔을 벌리고 리브레에게 다가갔다. 리브레는 뒷걸음질 쳤지만 지한이 더 빨랐다. 지한은 부드럽게 리브레를 안았다. 리브레는 몸부림치며 벗어나려 했지만 지한은 힘을 풀지 않았다.

"부선장 마음, 알아. 나라고 죽음이 두렵지 않겠어? 사랑하는 이의 손을 놓고 싶겠어? 하지만 우리가 왜 비욘드로 가는지, 갈 수밖에 없는지 떠올려 봐. 우리가 왜 지구를 떠났는지 말이야."

"선장님, 이민을 믿어요? 쟤는 한낱 기계에 불과해요. 우리가 아무리 완벽한 기준을 세워도 아주 사소한 오류 때문에 우리의 이 모든 노력이 전부 물거품이 될 수 있다고요. 여긴 우주예요. 어떤 일이 벌어질지 몰라요. 갑자기 쇼트가 날 수도 있고 기준을 잘못 해석해서 엉뚱한 인원을 뽑을 수도 있어요."

"그럴 확률은 낮아요. 이민은 우리 기술력의 결정체예요. 그래서 이민이 우리 대신 깨어 있었고요."

린이 한마디 덧붙였다. 리브레는 미간을 찌푸리며 고개를 저었다. 애써 현실을 부정하는 리브레의 행동에 지한은 가슴이 미어졌다.

"태양도 갑자기 사라졌잖아요. 블랙홀도 갑자기 생겼잖아요. 말도 안 되는 일이 눈앞에서 일어났는데 이민에게도 그런 일이 일어나지 않으리란 보장이 있어요? 아무리 우리 기술의 결정체라고 해도요. 선장님, 안 그래요?"

"그럴지도 몰라. 수면낭에 들어가면 우린 절대 알 수 없을 테니까."

"그러니까 우리가 인원을 선별해야 마음이 편하죠. 아크엔젤의 목적이 인류 보존이라면서요. 살아남아야죠. 선장님."

"리브레……."

"그러면 우리 공평하게 우리가 살리고 싶은 사람, 한 명씩만 넣어요. 자기를 골라도 좋아요. 딱 한 명씩만요. 벌코! 린! 어때요?"

리브레는 벌코와 린을 보았지만 두 사람은 고개를 돌렸다. 리브레는 지한에게 화살을 돌렸다.

"선장님, 고작 한 명이에요. 한 명 내정한다고 비욘드 망하지 않아요."

"고작 한 명일지 몰라. 하지만 하나라도 원칙에서 벗어나면 모두 납득하지 못할 거야. 우리는 스스로 옳지 못한 일을 알아."

지한은 포개진 몸을 베고 리브레의 얼굴을 보았다. 리브레의 눈이 새빨갛게 충혈해 있었다.

"……제발 장모님을 살려 주세요. 어머니를 반드시 지키겠다고 죽어 가는 아내의 손을 잡고 약속했어요. 제 마지막 바람이에요. 저는 어떻게 되든 상관없으니까 장모님만은 제발…… 제발요. 선장님."

리브레는 어린아이처럼 다른 사람의 시선을 신경 쓰지 않고 형편없이 얼굴을 구기며 울었다. 지한은 리브레를 안고 그의 등을 쓸어내렸다. 지한의 어깨가 촉촉이 젖었다.

지한은 리브레를 벌코에게 맡기고 선별 기준을 이민에게 입력했다. 이민은 모호한 기준이 없는지 확인했고 수정이 필요한 사항은 지한과 린이 더욱 명확하게 고쳤다. 마침내 선별 기준 입력을 마쳤다. 이민은 하얗게 파랗게 빨갛게 모서리를 교대로 점멸했다.

"이민, 무거운 짐을 짊어지게 해서 미안해."

이민은 모서리를 하얗게 깜빡였다.

이민은 지한과 린, 벌코, 리브레를 배웅했다. 린과 벌코는 수면낭이 부동액으로 채워지는 순간까지 말은 안 했지만 자신의 마음을 알아채 달라는 듯 애절하게 이민을 보았고 리브레는 대놓고 장모님을 뽑아 달라 부탁했다. 이민의 모서리는 어느 빛도 내지 않았다.

이민은 병자 성사를 기다리는 신부처럼 지한과 마주했다. 이민은 지한의 한마디를 기다렸지만 지한은 그저 웃었다. 혹여나 이민의 판단을 흐릴까 말을 아꼈다.

"모두를 잘 부탁해."

지한은 이민을 부드럽게 쓰다듬고는 수면낭에 들어갔다.

부동액이 발끝부터 서서히 지한을 적셨다. 지한은 아직도 옳은 판단을 내렸는지 확신할 수 없었다. 그저 자신이 져야 할 십자가를 벗어던지고 도망치는 것은 아닌가 하는 무거운 마음이 들었다. 리브레의 말대로 인류의 운명을 한낱 인공지능에게 맡기지 않고 한 명 한 명 선택하는 것이 옳을지도 모른다. 그것이야말로 인류 보존이라는 사명에 책임을 다하는 일이 아닐까. 그래야만 비욘드에서 깨어날 사람들도 가혹한 현실을 받아들일 수 있지 않을까. 지금이라도 수면낭을 찢고 나가 103명을 선택해야 할까?

지한은 살포시 눈을 떴다. 수면낭 막 너머 하얗게 반짝이는 빛이 보였다. 모두의 길잡이가 되어 줄 북극성이자 미래로 이끄는 반딧불이었다. 지한은 마음속에 얼룩처럼 남아 있던 의구심을 지워 버렸다. 인류의 미래를 위해 한 치의 부끄럼 없이 세운 기준이었다. 이민은 흔들림 없이 우리의 꿈과 미래를 지켜 줄 것이다. 부동액이 수면낭을 가득 채우자 지한은 인식할 틈도 없이 끝없는 잠에 빠져들었다.

인간은 모두 잠이 들었고 로봇은 자신의 소명을 다했다. 평

온한 꿈들이 발하던 빛이 하나둘 꺼졌고 천사는 고요히 잠든 어린 양들을 품은 채 까만 바다 너머로 묵묵히 나아갔다.

편의점 로봇, 아시모

신진오

1

"어서 오세요. 아, 또 오셨군요? 혹시 맥주 사러 오셨나요? 그거 아세요? 저희 OO편의점 어플에 가입하셔서 쿠폰을 받으시면 10퍼센트 할인받으실 수 있습니다. 귀찮으시다면 제가 도와드릴게요. 괜찮습니다. 전 이런 일에 능숙하거든요. 어때요? 금방이죠? 다음에 또 할인 소식 있으면 알려 드릴게요. 고물가 시대에 조금이라도 아껴야죠. 감사합니다. 도움이 되었다니 기쁘네요. 행복한 하루 보내시고, 다음에 또 뵙길 바랄게요. 안녕히 가세요."

이런 살가운 말을 아무렇지 않게 하는 녀석의 이름은 '아시모'다.

아시모는 로봇이다. 최신 인공지능을 탑재한 자율 학습형 서비스 로봇.

이 녀석이 우리 편의점에 들어올 수 있었던 건, 정부의 로봇 고용 정책이 시행되면서 시범적으로 로봇을 활용하는 영업장을 선정하게 되었는데, 그중에 우리 편의점이 선정되었기 때문이다. 그게 벌써 한 달 전 일이다.

자율 학습이라는 이름에 걸맞게 아시모는 아무런 사전 정보 없이 인간처럼 현장에서 직접 배우고 매뉴얼을 익힌다. 인간과 다른 점이라면, 이 녀석은 한번 배운 건 절대 잊어버리지 않는다는 것이다.

나는 편의점 업무를 보면서 아시모에게 일을 가르치고 있다. 이렇게 말하니 뭔가 대단해 보이지만, 실은 그냥 평범한 파트타이머다.

"방금 그 손님 누구 닮은 줄 아세요?"

'아, 이 녀석 또 시작이네.'

나는 속으로 그렇게 생각하며 모르겠다고 대답했다.

"연성우요."

"몰라. 그게 누군데?"

"모르세요? 영화배우 연성우."

"들어 본 적 없는데? 유명한 배우야?"

"1995년생으로 다섯 편의 단편영화에 주조연으로 출연했고, 네 편의 상업 영화에 단역으로 출연한 배우입니다."

"그럼 그냥 단역배우잖아. 내가 단역배우 얼굴을 어떻게 알겠어?"

"분석 결과 방금 그 손님의 얼굴은 연성우 배우의 얼굴과 34퍼센트 정도 유사합니다."

"34퍼센트면 닮았다고 하기에도 애매하잖아."

"아무래도 그렇죠? 코가 조금만 오뚝하고 눈이 조금만 컸으면 50퍼센트 이상 닮았을 텐데 말이에요. 저도 그 점이 아쉽네요."

"그 손님은 전혀 아쉬워하지 않을걸?"

"그럴까요? 다음에 또 오시면 한번 물어봐야겠네요."

"하지 마."

"왜요?"

"글쎄, 그냥 하지 마."

"알았어요. 기억해 둘게요. 파트너 김지훈은 손님이 즐거워하는 걸 바라지 않는다."

"뭔 소리야? 왜 말이 그렇게 되는데?"

"농담입니다. 농담은 인간관계에 윤활유 같은 거라고 하더군요. 윤활유는 기계에도 무척 중요하죠……. 이것도 농담이었어요. 재치 있었나요?"

나는 무표정하게 이 기계 놈을 쳐다봤다.

"제 농담이 재미없었나 보군요. 당신 표정에서 불쾌함과 지루함이 각가 31퍼센트, 23퍼센트 감지되었어요. 사과드립니다."

"됐어."

"앞으로 더 노력해 볼게요."

"노력하지 말라고. 하아, 됐다. 관두자."

아시모는 로봇에 대한 사람들의 거부감을 농담으로 녹이려는 듯 계속해서 재미도 없는 농담을 시도했다. 녀석은 아무래도 자신의 농담이 먹히는지 나한테 테스트해 보려는 듯하다. 그런 생각이 드는 건, 녀석은 손님한테는 거의 농담을 하지 않기 때문이다. 아니, 나 이외에 다른 사람한테도 안 하는 것 같다. 내 전 타임 근무자에게 아시모가 썩은 농담을 계속 던지는 게 싫지 않으냐고 물었더니, 오히려 아시모가 농담도 할 줄 아느냐며 되물었을 정도니까.

왜 나를 자신의 농담 감별사로 선정했는지에 관해선 묻지 않았다. 기계 놈에게 그런 취급을 받는다는 게 기분 나쁘기도 했고, 물어봤을 때 또 썩은 농담을 던지면 괜히 자존심이 상할 것 같아서였다.

어찌 됐든, 이 녀석은 인간인 나를 만만하게 보는 듯하다. 그래서 난 이 녀석이 마음에 들지 않는다.

"네가 잘 가르쳐 봐. 사람 말을 잘 알아들으니까 어렵지 않을 거야. 나쁠 거 없잖아? 막 부려 먹어도 되니까 넌 편해서 좋을 거고. 말벗이 생겨서 심심하지도 않을 거 아냐. 그렇다고 이상한 것 가르치진 말고. 회사 말로는 머리만 좋지 아직은 어린애나 마찬가지라고 하니까 적당히 맞춰 주라고. 알았지?"

사장은 아시모가 오자 입이 함박만 해져서 떠들어 댔다. 높은 경쟁률을 뚫고 선정된 것이기에 사장한테는 그야말로 로또에 당첨된 기분이었으리라.

사장이 그토록 아시모를 원했던 건 다 그만한 이유가 있어서였다.

아시모가 일을 잘할지 어떨지는 알 수 없지만, 홍보 효과만큼은 엄청날 것으로 예상했던 것이다. 그리고 그 예상은 첫날부터 들어맞았다.

아시모가 들어온 첫날에는 편의점에 온종일 사람들로 북적였다.

그들 중에 절반은 기자나 스트리머 들이었고, 나머지 절반은 아시모를 구경하러 온 동네 주민들이었다. 사진을 찍고, 질문을 하고, 실시간으로 중계하는 등, 매장 안은 마치 작은 기자 회견장을 방불케 했다.

거기다 아이를 데려온 부모들이 아시모와 함께 사진을 찍으려고 계산대 앞을 떠나지 않아서 그야말로 난장판이 따로 없었다.

졸지에 나는 사람들을 통제하느라 오후 내내 진이 쏙 빠지고 말았다. 반면, 사장은 아시모 옆에 딱 붙어서 기자와 스트리머의 질문에 일일이 대답해 주며 마치 유명인이라도 된 듯한 의

편의점 로봇, 아시모

기양양한 모습으로 이 분위기를 즐기고 있었다.

그런 그를 보고 있자니 편의점 홍보는 핑계고, 실은 자신이 관심을 받고 싶어서 이런 일을 벌인 게 아닌가 하는 의심마저 들었다.

아무튼 그날은 정말이지 지옥 같았다. 처음으로 이 편의점을 그만둘까 하고 진지하게 고민했을 정도다.

하지만 그럴 만한 배짱이 없는 놈이라는 걸 나 자신도 잘 알고 있었기에 고민은 그냥 고민으로 끝나 버렸다. 아시모의 홍보 효과로 한동안 업무 외적인 일로 고달팠음에도 나는 이 일을 그만두지 않았다. 이유는 단순히 돈이 필요해서이기도 했지만, 그보다 더 큰 이유는 다시 다른 일자리를 구하는 게 귀찮았기 때문이다. 편의점 일자리야 널리고 널렸지만, 내가 만족할 만한 조건에 부합하는 일자리는 드물었다.

그 조건이란 우선, 내 집과의 거리가 너무 가까워도 안 되고 너무 멀어서도 안 되며, 최저 시급 정도는 맞춰 줄 수 있어야 하고, 그렇다고 손님이 너무 많아서도 안 되고, 끝으로 사장이 까다롭게 굴지 않아야 한다. 이 편의점은 그 모든 조건에 부합하기에 1년이 넘도록 다니는 중이다.

스물일곱 살. 취업해야 할 나이지만, 나는 아무런 구직 활동도 하고 있지 않다. 편의점 아르바이트를 하면서 받는 200만 원이 채 안 되는 월급이 내 수입의 전부다. 그마저도 다달이 빠져

나가는 돈을 제하면 실제로 내 손에 들어오는 돈은 100만 원이 조금 안 되는 액수다.

하지만 나는 그럭저럭 만족하며 살고 있다. 딱히 큰돈을 벌어야겠다는 생각도 없고, 연애에도 관심이 없으며, 더 나아가 결혼해서 가정을 꾸리고 싶다는 생각은 일찌감치 포기했기에 번듯한 직장에 들어가서 월급을 받으며 사는 삶이 나에겐 필수가 아니게 된 것이다.

그저 내 몸 하나 간신히 돌보며 사는 게 지금의 내 모습이다.

그렇다고 불만이 전혀 없는 건 아니다. 아니, 사실은 불만 덩어리다. 남들과 나를 비교하면 나는 어쩔 수 없이 작고 초라해질 수밖에 없다. 내 또래에 일정한 직업을 가진 녀석들을 보면 나도 모르게 우울한 기분에 휩싸이게 된다. 나이가 들수록 그들과 나의 격차는 점점 더 벌어질 것이고, 나중엔 도저히 따라잡을 수 없을 만큼 간극이 생기게 된다는 사실에 나는 무기력한 절망감을 느끼곤 한다.

하지만 그런데도 나는 열심히 살아야겠다는 생각이 딱히 들지 않는다. 참으로 모순적인 태도라는 것을 나도 안다. 그렇지만 어쩔 수가 없다. 나는 그 숨 막히는 경쟁 속으로 뛰어들고 싶지 않다. 이미 경쟁에서 탈락한 실패자여서가 아니다. 그냥 귀찮을 뿐이다. 정말이지 너무나 귀찮다.

내가 바라는 긴 그저 나만의 작은 공간에서 유튜브를 보며 편의점 도시락을 먹고, 휴대전화로 게임을 하거나 웹소설을 읽으며, 가끔 넷플릭스에 올라온 신작 영화를 보며 맥주나 홀짝이는 거다. 편의점 아르바이트는 바로 그걸 위한 수단이며, 그것이 내가 할 수 있는 최대한의 노력이다.

그런데 이제는 그 소소한 안락함마저도 위협받고 있다. 바로 이 녀석, 아시모 때문이다.

사장과 달리, 나는 아시모를 순수하게 받아들일 수가 없었다. 어쨌거나 이 녀석은 AI 로봇이고, 인간보다 뛰어난 능력을 지니고 있다. 실제로 편의점 일을 가르친 지 한 시간 만에 녀석은 마치 숙련된 파트타이머처럼 일을 했다. 편의점 일이라고 해 봐야 매대에 상품을 채워 넣고, 손님이 가져온 물건을 계산해 주고, 가끔 바닥 청소나 해 주고, 시재 점검이나 상품 발주를 넣는 정도인데, 그나마 상품 발주는 나처럼 장기 근무자 정도 되어야 믿고 맡길 수 있다.

근데 이 녀석은 그걸 모두 첫날에 해냈다. 그것도 거의 완벽한 솜씨로.

AI 로봇이 뛰어나다는 건 그동안 여러 매체를 통해서 알고 있었지만, 실제로 눈앞에서 보니 입이 떡 벌어질 정도로 대단했다. 그리고 동시에 두려움을 느꼈다.

아시모가 언젠가는 내 일자리를 빼앗으리라는 걸 확신했기 때문이다. 아니, 언젠가가 아니라, 조만간이다. 그리 머지않은 미래에 이 일은 현실이 되고 말 것이다.

그러니 내 입장에서 녀석이 달가울 리 없었다. 이런 작은 일자리마저 빼앗긴다면 나는 대체 어디 가서 돈을 벌어야 하나?

편의점 같은 가벼운 일자리는 이제 찾아보기 어려울 테고, 지금 당장 떠오르는 건 새벽 인력시장에 나가 일당을 받으며 일하는 것뿐인데, 그마저도 지금은 외국인 근로자들이 대부분이라 별 의욕도 없는 내국인인 나를 써 줄지 의문이었다. 물론 거기까지 갈 의욕이 있다는 가정하에서 하는 얘기지만.

아시모는 그런 걸 알까? 자기가 인간을 대체하면, 대체당한 인간은 쓸모가 없어진다는 사실을. 아마 논리적으론 이해하고 있겠지만, 그걸로 고민 같은 걸 하지는 않으리라. 로봇이 고민 따위를 할 리가 없지 않은가. 로봇은 그저 시키는 일을 완벽하게 수행하기만 하면 되는 존재니까.

"그거 아세요? 비둘기는 초당 5회에서 10회 정도의 날갯짓을 한대요. 비둘기가 하루에 두 시간 동안 비행한다고 가정한다면 약 3만 6000회에서 7만 2000회의 날갯짓을 하는 셈이에요. 대단하지 않나요? 그렇게 움직이고도 조금밖에 먹지 않는다니. 엄청난 효율이잖아요."

내 표정이 우울한 걸 감지했는지 아시모는 또다시 쓸데없는 소리를 늘어놓았다.

"요즘 비둘기는 잘 날지도 않아. 사람을 봐도 그냥 걸어 다녀.

그러니 그 절반 수준이라고 봐야 하지 않을까?"

나는 녀석의 말을 부정하고 싶은 생각에 아무 근거도 없는 말을 내뱉었다.

"그럴 수도 있겠네요. 날지 않는 새라. 비둘기도 나중엔 닭처럼 진화하는 걸까요?"

"그걸 진화라 부를 수 있을까?"

"환경에 적응하는 거니까 진화라고 할 수 있죠. 몇천 년 후엔 사람처럼 걸어 다닐지도 몰라요. 우리도 한때는 날아다녔지 하고 우스갯소리를 하면서요."

"너무 멀리 갔잖아. 그리고 말을 할 정도면 그건 더 이상 새가 아니잖아."

"그런가요? 그럼, 새가 아니면 뭐죠?"

"글쎄…… 조류 인간이라고 해야 하나?"

"조류 인간! 신인류인 거군요!"

"그때쯤이면 신인류가 탄생한다고 해도 이상하지 않겠지. 우리도 먼 옛날엔 짐승과 다름없었으니까."

"그러면 로봇이 신인류가 되는 날도 올까요?"

나는 그 말을 시답잖은 농담으로 흘려 넘길 수 없었다. 기분이 몹시 불쾌했다.

"그런 일은 일어나지 않을 거야. 로봇은 인간이 만든 기계니까. 자의식이 없는 존재는 인격체로 인정하지 않아. 그러니 시간이 아무리 지나도 너흰 그저 로봇일 뿐이야. 이 포스(POS)기처럼 말이지. 넌 그냥 좀 더 똑똑한 포스기인 거야."

나는 조금 흥분한 목소리로 아시모에게 쏘아붙였다.

그러자 아시모는 잠깐 말이 없었다. 아마도 적당한 말을 찾는 듯했다.

녀석에겐 표정이라는 게 없으니 이 상황을 어떻게 이해하고 있는지 알 수가 없었다.

아니, 애초에 얼굴이라고 부를 수 있는 수준이 아니었다. 아시모의 생김새를 굳이 말하자면, 마치 자동차의 전면부와 비슷하다고 할 수 있었다. 밋밋한 얼굴형에, 눈이라고 부를 수 있는 위치엔 검은색 강화유리로 덮여 있었다. 그곳엔 시각 센서가 장착돼 있을 터였다. 그 외에 다른 어떤 것도 달리지 않았다. 그 극도로 미니멀한 외형에 다소 위화감이 들기도 했지만, 오히려 사람과 덜 비슷해서인지 반대로 친근감이 들기도 했다. 아마도 회사는 그런 것들까지 세심하게 신경 써서 디자인했으리라. 그렇더라도 입이 있어야 할 곳에 뭐라도 달아 뒀으면 조금 나았겠다는 생각이 들었다. 입이 없으니, 아시모의 목소리가 어디서 흘러나오는지 알 수가 없었다. 아마도 어딘가에 장착된 스피커에서 나오는 것이겠거니 하고 짐작만 할 뿐이다.

아시모가 다시 말했다.

"제 말이 당신에게 불쾌감을 준 것 같군요. 그럴 의도는 아니었어요. 죄송합니다."

"됐어. 불쾌하지 않아. 그냥 사실을 말한 것뿐이야."

"하지만 당신 표정에서……"

"내 표정이 어땠는데?"

나는 차갑게 말했다.

평소에도 감정이 그대로 얼굴에 드러나는 편이어서 아시모에게 쉽게 내 감정 상태를 들키곤 했다. 나는 그 점도 영 못마땅했다.

"아닙니다. 제가 또 말실수했나 보네요."

아시모와 나 사이에 잠시 어색한 침묵이 흘렀다.

뜬금없지만, 나는 로봇이 이런 분위기를 어떻게 받아들일지 조금 궁금했다.

그때, 침묵을 깨고 도어 벨소리가 울렸다.

"어서 오세요."

나는 반사적으로 습관화된 인사말을 내뱉었다. 아시모보다 내가 더 빨랐다.

하지만 문을 열고 들어온 손님을 보고 나서 나는 곧 표정이 굳어졌다.

"씨벌…… 암것도 모르는 놈들이……"

들어오자마자 욕을 하는 노인은 자연스럽게 매대를 지나 음료를 보관한 냉장고로 걸어갔다. 계산대를 스쳐 지나간 그 잠깐 사이에 말로 표현하기 어려운 악취와 술 냄새가 풍겨 왔다. 걸음걸이가 비틀거리는 걸 보아 벌써 거나하게 취한 모양이었다.

'거세 할배.' 이 동네에서 유명한 진상 노인이다. 툭하면 사람들에게 시비를 걸고 소란을 피우기로 유명했다. 이 근처에만 네 개의 편의점이 있는데, 이 노인을 모르는 사람이 없을 정도다. 뭐가 그리 불만이 많은지 심기가 뒤틀리면 아무나 붙잡고 고함을 지른다. 그 대상은 남녀노소를 가리지 않는다. 이 노인 때문에 경찰이 출동한 것만 해도 수십 번이 넘는다. 우리 매장에서도 한번 소란을 피웠다가 경찰을 부른 적이 있었는데, 경찰들도 이 노인을 보자마자 한숨부터 내쉬었다. 그 정도로 모두가 혀를 내두르는 인물이었다.

"아주 확 그냥 다 거세를 시켜야 해! 씨벌 것들 말이야."

노인은 초점이 흐릿한 눈으로 어딘가를 바라보며 그렇게 말했다. 그러곤 손에 들고 온 막걸리 다섯 통을 계산대 위에 거칠게 올려놓았다. 하마터면 그중 하나가 바닥으로 떨어질 뻔한 걸 아시모가 재빨리 잡았다. 녀석의 반응 속도는 마치 「스파이더맨」 1편에서 거미에 물린 피터 파커가 공중으로 날아오른 음식들을 식판으로 받아 내는 것처럼 빠르고 정확했다.

"거세는 생식 기능을 없애겠다는 뜻인가요? 아니면, 숙청이나 처단 같은 의미인가요?"

아뿔싸! 내가 말릴 새도 없이 아시모는 노인에게 물었다.

"뭐여?"

노인이 고개를 빳빳이 들고서 아시모를 쳐다봤다. 그러더니 갑자기 눈을 여러 번 깜빡이며 다시 한번 아시모를 뚫어지게 바라봤다.

"넌 뭔데 깡통을 대가리에 뒤집어쓰고 있냐?"

아, 그러고 보니 노인은 한동안 우리 매장에 오지 않았다. 아시모가 오고 나서 처음 방문이다. 젠장, 하필이면 내 근무시간에 최악의 상황이 벌어지다니. 나는 벌써 경찰에 신고할 생각부터 하고 있었다.

"깡통을 쓴 게 아니라 이건 제 머리입니다. 뇌는 없지만 말이죠. 8000원입니다."

아시모는 손으로 바코드를 일일이 찍지 않고도 계산할 수 있었다. 그는 편의점 포스기와 연동이 돼 있어서 시각 센서로 바코드를 읽기만 하면 된다. 아무리 많은 물건이라도 단 몇 초 만에 계산이 끝난다. 그걸 본 사장은 또다시 입이 함박만 해졌다.

노인은 아시모를 노려봤지만, 그가 말한 깡통 얼굴은 계속 봐 봤자 별 소득 없는 짓일 뿐이었다. 아시모는 눈도, 감정도 없는 로봇이니 사람과 같은 반응을 기대하는 건 애초에 무리다. 하지만 그걸 알 리 없는 노인은 고집스럽게도 계속해서 아시모와 눈싸움을 벌였다.

"카드로 계산하실 건가요? 아니면, 현금?"

"크흠……."

전혀 흔들림 없는 아시모의 태도에 노인은 적잖이 당황한 듯 보였다. 뭔가 시비를 걸고 싶어도, 아시모는 빈틈을 주지 않았다. 사람이었다면 이미 얼굴에 싫은 티가 나서 그걸로 시비를 걸었을 텐데, 아시모에겐 그런 것도 없었다.

"8000원? 왜 이렇게 비싸! 다른 곳은 한 통에 1300원이던데! 여기만 비싸게 파는 거야?"

"손님, 막걸리 가격이 300원 오른 지는 이미 3년이 지났습니다. 다른 편의점 가격도 모두 동일해요. 더 싼 가격에 사고 싶으시다면 주류 전문점을 찾아보세요. 가까운 주류 전문점 위치를 알려 드릴까요?"

노인도 그걸 모를 리 없지만, 그냥 시비를 걸고 싶어서 진상을 부리는 게 눈에 훤히 보였다. 하지만 상냥한 목소리로 조곤조곤 사실만을 말하는 아시모 앞에서는 노인도 별수 없는 듯했다. 시비를 걸고 싶어도 상대가 응해 주지 않으니 흥이 나지 않는 걸까?

노인은 투덜대며 주머니에서 주섬주섬 돈을 꺼냈다. 꼬깃꼬깃한 1000원짜리 네 장과 100원, 10원이 섞인 수많은 동전을 계산대 위에 툭 올려놓았다. 심지어 자기가 일일이 세어 본 것도 아니다. 내가 알아서 세라는 뜻이나. 나노 이설 낯 번 낭했는

편의점 로봇, 아시모

데, 그때마다 왜 이리 손이 느리냐며 핀잔을 주기까지 해서 노인이 왔다 간 날은 종일 기분이 좋지 않았다.

"1230원을 더 주셨네요."

아시모가 계산을 끝낸 건 노인이 동전을 올려놓고 그 손을 다시 자기 주머니에 찔러 넣을 때였다. 그 많은 동전을 순식간에 구별해서 계산하다니. 보고 있던 나도 놀라움을 금치 못했다. 노인은 애써 놀라지 않은 척하는 건지, 아니면 애초에 잔돈 따위엔 별 관심이 없는지 아시모가 따로 분류한 1230원어치 동전을 무심하게 집어 주머니에 도로 넣었다.

"봉투도 필요하신가요?"

"그럼 이걸 맨손으로 들고 가나!"

"봉툿값은 100원입니다."

"이런 씨! 진작 말해야지!"

노인은 주머니에서 다시 100원을 꺼내 아시모를 향해 냅다 집어 던졌다.

아까처럼 날아오는 100원을 폼 나게 잡아냈다면 노인은 아마 기가 팍 죽어서 막걸리를 든 채로 저 문을 터벅터벅 걸어 나갔을 테지만, 빠르게 날아온 100원은 그대로 아시모의 얼굴에 맞고 튕겨서 어딘가로 날아가 버렸다. 아무리 아시모라도 저렇게 작고 빠른 물건을 받아낼 순 없는 모양이다.

옆에서 지켜보던 나는 마치 내가 당한 것처럼 큰 모욕감을 느꼈다.

"돈을 그렇게 던지시면 어떡해요! 사람이었으면 어쩔 뻔했어요!"

"사람이 아니니까 던진 거 아냐! 깡통한테 던져 봤자 아프기나 하겠어? 안 그래?"

"아무리 그래도 그렇죠!"

"야, 깡통 말해 봐! 아프냐?"

노인의 질문에 아시모는 잠시 뜸을 들이다가 입을 열었다.

"저는 고통을 느끼지 못합니다. 또한 감정이 없기에 마음이 상할 일도 없습니다. 그러니 그 질문에는 '아니요.'라고 답하겠습니다."

"거봐. 안 아프다잖아! 근데 네가 왜 난리야!"

나는 한숨을 푹 내쉴 수밖에 없었다.

"계산했으니까 막걸리 들고 가세요. 또 소란 피우실 생각이면 바로 경찰 부르겠습니다."

"경찰? 내가 그깟 경찰 놈들 무서워할 줄 알아!"

"그러세요? 그럼 불러 드릴게요. 경찰차 타고 집까지 조심히 가세요."

나는 곧바로 계산대 밑에 놓아둔 유선 전화기를 집어 들었다. 이 전화기로 신고를 하면 근처 지구대에서 경찰이 5분 안에 달려온다.

이미 그런 경험을 숱하게 겪어서 잘 아는지 노인은 똥 씹은 표정을 지으며 막걸리를 들고 나가 버렸다.

노인이 가고 나자, 갑자기 아시모가 계산대를 나와 매장 어딘가로 걸어갔다. 나는 그런 아시모를 이상한 눈으로 바라봤다.

"뭐 해?"

"100원이요. 아까 튕겨 나갔을 때 어디로 굴러갔는지 봐 뒀거든요."

아시모는 바닥에 납작 엎드리더니 매대 아래 틈새로 손을 집어넣었다. 그러곤 정말로 그 안에서 100원을 찾아냈다.

2

편의점 일을 오래 하다 보면 여러 종류의 사람을 만나게 된다.

그중에 95퍼센트는 평범한 사람들이지만, 나머지 5퍼센트는 정말 이상한 사람들이다. 그런 사람들을 일컬어 진상이라고 부르는데, 그렇다고 거세 할배처럼 극단적인 경우는 드물고, 대부분은 기본적인 매너가 부족하거나 한심할 정도로 이기적인 자들이다. 그리고 그런 자들은 누구 말대로 인성에 심각한 문제가 있기 마련인데, 정작 본인들은 그것을 전혀 모른다.

예를 들면, 소비 기한이 하루 남은 식품을 가지고 와서는 당당하게 오늘 새로 들어온 걸로 바꿔 달라고 끈질기게 요구하던 손님, 자기 자녀가 보는 앞에서 몰래 과자 봉지를 뜯어 그 안에서 몇 개만 빼 먹고 다시 올려놓은 손님(매장 CCTV로 확인.), 반값 택배 수령일 기한이 지나서 결국 반송했는데 며칠 후에 와서는 왜 말도 없이 반송했느냐며 따지던 손님(이놈은 악질인 게 택배 수령을 알면서도 그 사이 여행을 다녀오고 전화도 받지 않음.).

일일이 다 거론하면 입이 아픈데, 아무튼 내가 경험한 가장 황당한 진상은 이런 자들이었다. 물론 그런 손님은 전체 중에 극소수이지만, 한 번이라도 이런 손님을 만나면 그다음부터는 다른 손님을 대하는 태도에까지 영향을 미친다. 귀찮은 일, 골치 아픈 일에 엮이고 싶지 않아서 사람을 대할 때 소극적인 자세가 된다. 뭐, 그렇지 않은 사람도 있겠지만, 내 경우엔 그러했다.

그래서 자주 오는 동네 손님 중에는 내게 먼저 말을 걸어오기도 하는데, 나는 그때마다 단답형으로 대답하거나 일부러 휴대전화를 만지작거리며 대화를 피하곤 했다. 그들과 친해져 봤자 득이 될 것도 없는데, 괜히 몇 마디 나눴다는 이유로 나를 만만하게 보고 과한 요구를 하진 않을지 두려웠기 때문이다. 그렇게 묵묵히 1년을 버틴 결과, 나는 그 누구하고도 친해지지 않았다. 자주 오는 동네 주민들도 그런 내게 질렸는지 더 이상 귀찮게 말을 걸어오지 않았다. 나는 그런 분위기가 싫지도 좋지도 않았다. 어차피 여긴 내 일터고, 일만 하면 그만이니까 남들이 나를 이렇게 생각하든 그건 내 알 바가 아니다.

편의점 로봇, 아시모

그런데 아시모가 들어오고부터 분위기가 점점 이상하게 흘러가기 시작했다.

"……알고 보니 헬스장에서 그 여자가 내 뒷담화를 하고 다닌 거야! 그 망할 년이! 내가 PT쌤하고 친하게 지내니까 그게 눈꼴셨는지 나보고 여우짓을 하고 다닌대!"

"저런, 기분이 몹시 상하셨겠어요. 흥분을 가라앉히고 천천히 말씀해 보세요."

"어우, 다시 생각하니까 열불이 나네!"

"그럴 땐 뭔가 시원한 걸 마시면 화가 좀 가라앉을 거예요. 마침 오늘 1+1 행사를 하는 달달한 커피 음료가 있는데, 어떠세요?"

"그래, 그래. 이럴 땐 좀 달달한 걸 마셔야겠어. 우리 마시모도 한잔할래?"

"감사하지만, 마음만 받을게요. 커피를 마시면 고장 나거든요."

"호호호, 농담이야, 농담."

"저도 농담이었습니다."

"어머, 우리 마시모는 어쩜 이리도 센스가 넘칠까? 로봇 맞아? 혹시 안에 사람 들어 있는 거 아냐?"

"이런, 들켜 버렸네요. 우리만의 비밀입니다. 아시죠?"

"깔깔깔, 그래, 알았어, 알았어. 잠깐만. 커피 가져올게."

수다쟁이 아줌마가 커피를 가지러 간 사이, 나는 아시모 옆으로 다가갔다.

"적당히 하고 내보내. 벌써 20분째 저러고 있잖아."

"왜요? 우린 장사해서 좋고, 손님은 기분이 좋아서 좋은데. 서로 윈윈 아닌가요?"

"윈윈이고 뭐고 시끄럽다고. 저 아줌마 그냥 놔두면 한 시간은 기본이야."

"손님이랑 친해지는 게 싫으신가요?"

"너 자꾸 이러면 보고서에 안 좋게 쓴다? 일은 안 하고 수다만 떤다고."

"이럴 때 쓰는 표현이…… '치사하다', 맞죠?"

"아니, 이럴 땐 '공정하다'라고 하는 거야."

아시모는 모르겠다는 듯 고개를 옆으로 기울였다.

아시모와 함께 근무하면서 나는 그에 대한 보고서를 매일 제출하고 있다. 그리 어려운 건 아니고, 회사에서 준 태블릿 PC로 몇 가지 항목에 체크를 하기만 하면 된다. 단, 로봇이 문제를 일으킬 땐 그 문제에 대해서 상세히 기록하게 되어 있다. 아직까진 그 항목에 글을 쓸 일이 없었다. 솔직히 아시모 덕분에 일이 편해진 건 사실이니 보고서 작성에 불만을 표할 이유는 없었다. 보고서는 나 말고 다른 근무자도 함께 작성한다.

커피를 가져온 아줌마는 그 후로 30분을 더 떠들고 나서 돌아갔다.

나는 아시모가 저런 손님의 기분을 맞춰 주는 게 짜증 났다. 게다가 아까부터 아시모를 자꾸만 '마시모'라고 부르는 것도 거슬렸다. 아시모는 그걸 알면서도 일부러 모르는 척해 준 것 같다. 그 점 또한 마음에 들지 않았다. 로봇이 사람처럼 능글맞아서 징그럽달까? 불쾌한 골짜기 이론이 사실 아무런 과학적 근거가 없다고 하지만, 사람에 따라선 그런 점이 불쾌하게 느껴질 수 있다. 저 아줌마가 느낀 친근함이 나에겐 불쾌함으로 다가온 것처럼 말이다.

 아무튼, 아시모의 이런 과한 친절이 소문났는지 어느새 우리 편의점은 동네 아주머니들의 모임 장소가 되어 버렸다. 온 동네 아주머니들이 마실이라도 오듯 시간만 되면 하나둘 모여서 편의점 앞에 마련해 둔 야외 테이블에 앉아 몇 시간이고 수다를 떨다가 돌아가곤 했다. 아시모는 그런 아주머니들을 일일이 상대해 주며 그때마다 자신의 농담 실력을 향상해 나갔다.

 처음엔 나한테만 던지던 썩은 농담이 이제는 모든 사람에게 웃음을 줄 정도로 어느새 수준급이 되어 있었다. 자율 학습 능력이 이렇게 무서운 거구나, 나는 새삼 깨달았다.

 아시모는 동네 아주머니들뿐만 아니라 어린아이들에게도 인기가 많았다. 아이들이 로봇을 좋아하는 건 지극히 당연한 일이다. 나도 어렸을 때는 로봇을 무척 좋아해서 생일만 되면 로봇 장난감을 사 달라고 조르곤 했다. 내 방 가득 온갖 변신 로봇들이 있었는데, 유년기가 지나면서 더는 그것들을 가지고 놀지 않았다.

그때는 왜 그렇게 로봇이 갖고 싶어서 안달이 났는지 모르겠다. 로봇의 강력한 힘이 좋아서였을까? 그때로 다시 돌아간다면, 좋아하는 이유를 줄줄이 말할 수 있겠지만, 어른이 된 지금은 한 개도 떠오르지 않는다. 막연히 좋아했던 기억만 남았을 뿐.

아시모를 보러 온 동네 꼬마들을 보자 문득 그 시절의 내가 떠올랐다.

"아시모! 아시모는 하늘도 날 수 있어?"

태권도 도복을 입은 한 남자아이가 아시모를 올려다보며 물었다.

"안타깝게도 저는 날 수 없어요. 하지만 빠르게 달릴 수는 있답니다."

"에이, 하늘도 못 날아? 시시해!"

"얼마나 빨리 달려? 육상 선수만큼 빨라?"

이번엔 파란색 티셔츠를 입은 남자아이가 물었다.

"육상 선수와 대결해 본 적은 없지만, 아마도 비슷할 거예요."

"우와! 그럼 엄청 빠르잖아!"

"그럼, 미사일은 쏠 수 있어?"

도복 아이가 미련을 버리지 못하고 다시 물었다. 아이는 아시

편의점 로봇, 아시모 143

모를 아이언맨쯤으로 생각하는 듯했다.

"그런 건 쏘지 못해요. 하지만 전 물건값을 1초 만에 계산할 수 있답니다. 어때요? 대단하죠?"

그러자 아이들은 무슨 생뚱맞은 소리를 하느냐는 듯 아시모를 올려다봤다.

"아시모, 힘세? 자동차도 번쩍 들어 올릴 수 있어?"

아이스크림을 먹던 여자아이도 질문에 가세했다.

"들어 본 적이 없어서 모르겠지만, 저는 500킬로그램까지 들어 올릴 수 있답니다."

"정말? 그럼 나도 들어 올려 줘!"

"나도 나도!"

아이들은 서로 자신을 들어 올려 달라고 조르기 시작했고, 아시모는 그런 아이들을 한 명씩 조심스럽게 안아서 들어 올렸다. 아이들의 자지러지는 웃음소리가 편의점 밖까지 들릴 정도여서 지나가던 사람이 무슨 일인가 싶어 안을 들여다보기도 했다. 어느새 아이들은 아시모의 양팔에 매달려서 마치 놀이기구를 타듯 즐기고 있었다. 옆에서 지켜보던 나는 아시모와 아이들을 말릴 수밖에 없었다. 저러다 사고라도 나면 어쩌나 하는 불안감 때문이었다.

"자 자, 인제 그만! 아시모는 장난감이 아니야. 그만 내려와. 어서!"

내 말에 아이들은 시무룩한 표정을 지으며 아시모한테서 떨어졌다.

그러자 도복을 입은 아이가 나를 쳐다보며 이렇게 말했다.

"아시모를 장난감이라고 생각한 적 없는데요?"

"뭐?"

"아시모는 우리 친구예요. 그치?"

도복 아이가 친구들에게 동의를 구하듯 그렇게 묻자, 다들 이구동성으로 그렇다고 대답했다. 나는 어안이 벙벙해져서 잠시 아이들을 바라보았다. 그 아이들의 얼굴엔 조금의 거짓도 없었다. 정말로 아시모를 친구로 여기는 듯했다.

나도 한때는 그렇게 믿었던 적이 있었다. 그런데 지금은 로봇이 내 일자리를 뺏지 않을까 두려워하고 있다. 어쩌다 이렇게 된 걸까? 입맛이 씁쓸했다.

아시모의 편의점 시범 적용이 시작된 후 한 달이 지나자, 인터넷에 후기들이 속속 올라오기 시작했다. 대부분 우리 매장처럼 긍정적인 사례들이 보고되고 있었다. 같은 AI를 쓰고 있어서 아마도 우리와 비슷한 분위기였을 것으로 추측된다. 전국에 보급된 아시모는 모두 50대였다. 현장 적응 훈련이 처음이어서 소량만 보급한 것이고, 차차 늘려 나갈 것이라고 했다. 아시모의 현장 적응 훈련 기간은 3개월이다. 앞으로 두 달 후면 이 녀석과도 작별이다.

아시모의 사례가 전부 긍정적인 것만은 아니었다. 아시모가 기능 고장을 일으키거나 마음대로 상품을 대량 발주해서 손해를 봤다는 후기도 있었다. 그런 일들은 아시모의 긍정적인 후기에 밀려서 별로 주목받지 못했다.

하지만 딱 하나 논란이 된 사건이 있었다. 아시모가 사람을 다치게 한 일이었다.

이는 예전부터 문제 제기가 됐던 부분이기도 했다. 아시모가 사람에게 피해를 줄 수도 있다는 것.

공상과학소설에 나오는 로봇의 3원칙 중 첫 번째가, 로봇은 인간에게 해를 가하거나 해가 되는 상황을 방치하면 안 된다는 것이다. 너무나 유명한 말이어서 어느새 사람들의 머릿속에는 그것이 실제로 가능한 것처럼 여겨져 왔다.

하지만 사고라는 건 부지불식간에 일어난다. 로봇이 일부러 인간에게 해를 가하는 일은 없겠지만, 일반적인 사고 상황에서도 개개인의 시시비비를 가리는 일은 비일비재하다. 게다가 미필적 고의라는 것도 있다. 직접적으로 해를 가하려고 한 건 아니지만, 그 행동으로 인해 사람이 다칠 수도 있다고 충분히 예상할 수 있는 경우를 말한다. 이런 복잡하게 얽힌 사건 속에 당사자가 로봇이라면, 과연 로봇을 법적 처벌 대상으로 볼 수 있겠느냐는 게 한때 인터넷에서 화두가 됐다.

사람을 다치게 한 그 사건은 사실 따지고 보면 아시모의 잘못도 아니었다. 아시모의 일상을 관찰한다는 명목하에 아시모가 일하는 편의점에 찾아갔던 한 유튜버가 무리하게 촬영하다가 그만 아시모의 발에 밟혀서 발등뼈가 골절된 사건이었다. 유튜버는 그 일로 제조사와 해당 편의점에 피해 보상을 요구했고, 그 일에 대한 여론의 반응은 서로 엇갈린 상황이다.

한쪽에선 유튜버의 무리한 촬영과 사고 유발 행동을 비난하는가 하면, 다른 한쪽에선 그냥 밟힌 정도로 뼈가 부러지는 건 너무 위험한 거 아니냐며 아시모 모델 자체의 위험성에 대해 우려스러운 반응을 보이기도 했다.

다행히 그 유튜버를 비난하는 여론이 더 우세한 상황이라 아시모가 전량 리콜되는 일은 일어나지 않았다. 그렇지만 그 사건을 계기로 아시모에 대한 부정적인 여론이 꽤 많다는 사실이 드러났고, 혹시라도 아시모가 큰 실수를 저지르면 언론사들이 득달같이 달려들어 마구 물어뜯을 것이 불 보듯 뻔해 보였다.

제조사도 처음부터 그 점을 염려해서인지 가장 사고가 많은 시간대인 야간 타임에는 아시모를 사용하지 못하게 했다. 아시모는 상시 충전 중이라면 쉬지 않고 계속 일할 수 있다. 회사의 방침 때문에 어쩔 수 없이 야간에만 좁은 창고 안에서 충전하며 대기 모드로 들어간다.

아시모의 시범 적용 기간이 끝나고 본격적으로 상용화에 들어간다면, 앞으로 어떤 일이 벌어질지 알 수가 없다. 그때가 되면 아시모는 편의점뿐만 아니라 다른 사업장에서도 일하게 될 테고, 거기서 아시모 때문에 사람이 죽는 일이 일어나지 않으리라는 보장이 없다.

단 하나의 사건이 기폭제가 되어 우호적인 여론이 순식간에 비난 여론으로 바뀌는 건 늘 있던 일이다.

만약 그렇게 된다면, 그때도 아시모는 지금처럼 농담을 던질 수 있을까?

3

"넌 좋겠다. 뭐든 다 잘해서."

간만에 손님이 없어 무료한 시간을 보내던 나는 휴대전화로 게임을 하다가 옆에 있던 아시모에게 툭 던지듯 말했다. 왜 그때 그런 말을 한 건지는 나도 잘 모르겠다. 그냥 아무 생각 없이 게임하다가 나도 모르게 그런 말이 나와 버렸다. 어쩌면 그동안 마음속에 담아 두었던 생각이 그냥 입 밖으로 나온 건지도 모르겠다.

"꼭 그렇진 않아요. 하늘을 날지 못하는 저는 평생 아이언맨을 질투하며 살아야 하는걸요."

"이젠 농담도 제법 잘하고. 난 더 이상 필요 없겠어."

솔직히 지금도 나는 거의 필요 없는 존재나 마찬가지였다. 아시모에게 다 맡겨도 편의점은 잘 돌아갈 터였다. 아니, 훨씬 더 효율적이고 빠르게 돌아갈 게 분명했다. 여기서 나는 그냥 아시모를 감시하는 감시자일 뿐이었다.

"그렇지 않아요. 당신은 좋은 파트너예요."

"파트너…… 넌 결국 내 일자리를 빼앗을 거야. 그건 이미 정해져 있어. 내가 사장이라도 사람 둘을 고용하느니 너 하나를 쓰고 말지. 그게 훨씬 효율적이잖아. 게다가 넌 불만도 없고, 일을 그만둘 일도 없겠지. 넌 우리 같은 사람들에게 괴물이나 다름없어. 아시모, 너흰 모든 일자리를 빨아들일 거야."

아시모는 적당한 말을 고르는지 잠시 말이 없었다.

그리고 얼마 후, 아시모가 내놓은 대답은 나를 절망감에 빠뜨렸다.

"정말 유감이네요."

녀석은 딱히 부정도 하지 않았고, 그렇다고 재치 있는 농담으로 두루뭉술 넘어가지도 않았다.

그 담백한 말에 나는 그저 허탈한 웃음을 지을 수밖에 없었다.

"나한테도 너 같은 재능이 있었다면 여기서 이러고 있진 않을 텐데. 넌 몰라. 재능이 하나도 없다는 게 어떤 건지."

"재능……? 저한테는 어울리지 않는 단어네요."

편의점 로봇, 아시모

"그렇겠지. 넌 잘났으니까."

"아뇨. 그런 뜻이 아니에요. 저는 재능이 뭔지 모릅니다. 로봇에게는 성취감이라는 게 없어요. 필요 없는 단어죠. 실패를 수정해서 성공하면 그만이니까요. 그 과정에서 오는 실망과 두려움, 고뇌 같은 게 없어요. 그래서 무엇을 해냈을 때 오는 성취감도 없죠. 그냥 해낸 거예요.

성취감이 없으니, 창의성도 없어요. 사람 중에는 우리가 음악과 시, 소설을 만든다고 창의성이 있다고 믿는 분들도 있죠. 하지만 창의성은 단순히 무언가를 만드는 일에만 국한된 건 아니에요. 제가 정의 내린 창의성이란, 누군가 시키지 않고도 그것을 스스로 해내는 거예요. 갑자기 그림을 그려 보고 싶고, 시를 쓰고 싶고, 음악을 만들고 싶은 건 인간만이 누릴 수 있는 특권이에요. 로봇에겐 없는 거죠. 로봇은 오직 인간의 지시에만 따르니까요.

인간이 프로그램화 하지 않은 건 할 수 없어요. 그러니 아무리 과학 기술이 발달해도 우린 그 영역에 도달하지 못할 거예요. 지훈 씨, 당신은 소설가가 되고 싶다고 했죠?"

전에 아시모에게 지나가듯 그런 말을 한 적이 있었다. 실제로 나는 한때 소설가를 꿈꿨던 적이 있다. 하지만 글을 쓰면 쓸수록 나에겐 재능이 없다는 사실만을 깨닫고서 얼마 안 가 포기했다. 아시모에게 괜히 쓸데없는 말을 한 것 같아 후회가 밀려왔다.

"당신에게 글쓰기 재능이 있는지 없는지, 저는 알지 못해요. 하지만 글을 쓰고 싶은 열망이 있다는 건 알겠어요. 그거면 충분하지 않을까요? 다른 건 신경 쓰지 말고, 오직 자신만의 이야기를 써 보세요. 재능을 발견하는 건 잠시 뒤로 미뤄 두고요."

아시모의 말에 나는 바보처럼 아무 말도 하지 못했다. 지금은 무슨 말을 해도 그저 핑계로 들릴 것 같아서였다. 그렇다고 막 화가 나지도 않았다. 오히려 비참한 기분만 들 뿐이었다. 설마 로봇에게 이런 말을 듣게 될 줄은 꿈에도 몰랐다. 그날 나는 근무시간이 끝나자마자 도망치듯 편의점을 나섰다.

"그러니까 저보고 아시모에 대한 험담을 해 달라, 이 소린가요?"

나는 앞에 앉은 신문사 기자에게 그렇게 물었다.

검은 뿔테 안경을 쓴 이 남자는 아시모가 온 첫날에 취재하러 온 여러 기자 중의 한 명이었다. 그는 자신을 ○○일보의 박성호 기자라고 소개했다. 그때도 우호적인 다른 기자들과 달리 그는 처음부터 삐딱한 자세로 불편한 질문을 던져서 나도 기억하고 있었다. 아마도 아시모의 부정적인 기사를 쓴 사람도 이 사람일 터였다. 그런 그가 갑자기 날 찾아와서는 잠시 얘기를 나누고 싶다며 근처 카페로 가자고 했다. 솔직히 난 그가 별로 마음에 들지 않아서 처음엔 거절하려고 했지만, 무슨 마음의 변덕인지 결국엔 그를 따라가고 말았다.

"험담이라니요. 누가 알면 제가 없는 얘기를 지어내 달라고 하는 줄 알겠어요. 그게 아니라, 아시모에 대한 진실을 사람들도 알아야 한다는 거죠. 지금은 긍정적인 여론에 묻혀서 아시모의 실체를 똑바로 보지 못하고 있어요. 아시모는 기계예요. 기계는 반드시 고장이 나기 마련이고요. 그런 일이 일어났을 때 어떤 문제가 벌어질지 아무도 모르잖아요. 그 유튜버 사건처럼 사람을 다치게 할 수도 있고요. 그러니 좀 더 객관적인 시각으로 아시모를 바라보자는 거죠."

기자라서 말은 그럴싸하게 하지만, 내 눈엔 그저 특종을 잡아서 기사 조회 수나 올려 보려는 수작으로밖에 보이지 않았다.

"무슨 말인지 알겠어요. 하지만 우리 매장의 아시모는 아무 문제 없습니다. 오히려 일을 너무 잘해서 탈이죠. 기자님이 원하시는 답변을 해 드리긴 어려울 것 같네요."

그러자 박 기자는 의자에 기대앉아 나를 물끄러미 바라보며 입가에 엷은 미소를 머금었다.

"그러다 아시모에게 다 빼앗겨요. 정신 차렸을 땐 이미 늦는다고요."

"무슨 뜻이죠?"

"아시잖아요. 무슨 뜻인지. 지훈 씨는 그렇게 돼도 좋아요?"

나는 대답하지 않았다. 그는 마치 내 속마음을 꿰뚫어 보고 있는 듯했다.

"이제부터 우리가 할 일은요. 아시모의 성장 속도를 최대한 늦추는 거예요. 아시모가 너무 빨리 커 버리면 인간은 밀려나 버릴 수밖에 없어요. 그 뒤는 낭떠러지라고요. 최대한 그 시기를 늦추고 늦춰서 어떻게든 우리가 살길을 모색해야 해요. 우리끼리 뭉치지 않으면 로봇에게 모든 걸 내주게 될 겁니다. 그건 유토피아가 아니라 또 다른 이름의 지옥일 거예요."

"지옥……."

"잘 생각해 보시고 마음이 바뀌면 연락 주세요. 저 말고도 이런 생각을 가진 사람은 많아요. 곧 그들의 분노가 수면 위로 떠오를 겁니다. 두고 보세요."

박 기자는 확신에 찬 눈빛으로 말하고는 흘러내린 안경테를 끌어 올렸다.

그 일이 있고 나서, 나는 평소처럼 일을 했다. 아시모는 여전히 동네 주민들에게 인기가 많았고, 나는 그런 아시모를 옆에서 지켜보기만 했다. 변한 게 있다면, 이제 더는 아시모의 농담을 받아 주지 않게 되었다는 것이다. 아시모는 계속해서 내게 농담을 던지며 반응을 살폈지만, 나는 꼭 필요한 말 외엔 하지 않았다.

"파트너, 무슨 일 있어요? 요즘 표정이 어두워 보여요. 혹시

제가 도울 일이 있으면……."

"부탁인데, 앞으론 일과 관련된 게 아니면 내게 말 걸지 말아 줄래?"

"……알겠습니다."

아시모가 로봇이라는 걸 이럴 때 새삼 느낀다. 내 말을 진지하게 '명령'으로 인식하면 더는 토 달지 않고 시키는 대로 하기 때문이다.

아시모는 아시모대로, 나는 나대로 우린 같은 공간에서 각자의 일을 했다.

'지옥이라…….'

그날, 박 기자와 나눴던 대화가 문득문득 떠올라서 나를 괴롭게 했다.

그자의 말대로라면 우린 이미 지옥행 열차에 올라탄 거다. 지금의 아시모를 보면, 언제든 상용화에 들어가도 이상하지 않았다. 아마도 그렇게 되면 산업 전반적인 부분에 엄청난 변화를 불러올 것이다. 그리고 그것은 대량 해고라는 끔찍한 결과로 이어질 게 뻔하다. 그러니 박 기자의 말처럼 그 시기를 최대한 늦추는 게 맞을지도 모른다.

하지만 그것은 어디까지나 임시방편일 뿐이다. 죽어 가는 환자를 의미 없이 연명치료 하는 것과 다를 바 없다. 언젠가 호흡기를 떼야 할 시기가 찾아올 것이고, 그렇게 되면 한동안 세상은 엄청난 혼란에 휩싸이고 말 것이다.

아시모의 뒷모습을 보던 나는 가슴속 깊은 곳에서 뜨거운 무언가가 끓어오르는 것을 느꼈다.

땡동…….

도어 벨소리가 울리자 나와 아시모는 동시에 문 쪽으로 고개를 돌렸다.

"어서 오…… 세요."

나도 모르게 호흡을 한 번 끊었다.

이번 손님은 불행히도 거세 할배였다. 오늘은 왠지 일진이 사나울 듯했다.

노인은 아무 말 없이 막걸리가 있는 냉장고 쪽으로 걸음을 옮겼다. 그런데 슬쩍 본 노인의 상태가 좀 이상했다. 어디서 얻어맞았는지 얼굴이 온통 피투성이였고, 걸음걸이도 무척 불안해 보였다.

노인은 몸을 떨며 막걸리를 들고 다시 계산대로 돌아왔다. 막걸리를 올려놓은 손이 어느 때보다도 심하게 떨리고 있었다.

"4800원입니다. 봉투 필요하세요?"

아시모가 빠르게 물건을 스캔하고서 그렇게 말했다.

노인은 호주머니에서 꼬깃꼬깃한 5000원짜리 한 장을 꺼내 계산대 위에 올려놓았다.

웬일로 동전을 가져오지 않았다. 나는 속으로 안도의 한숨을 내쉬었다.

"손님, 봉투 필요하세요?"

아시모가 다시 한번 물었지만, 노인은 대답 없이 서서 몸을 좌우로 흔들거릴 뿐이었다.

"어디 아프세요? 몸 상태가 나빠 보여요. 빨리 병원에 가 보시는 게……."

쿵!

노인은 그대로 바닥에 쓰러지고 말았다.

"이런!"

나는 재빨리 계산대에서 나와 노인의 상태를 살폈다.

"할아버지? 괜찮으세요? 할아버지!"

노인의 어깨를 잡고 흔들어 봤지만, 아무 반응이 없었다.

"호흡이 없어요. 파트너, 잠시만요."

아시모는 나를 옆으로 비키게 한 후 노인의 눈꺼풀을 뒤집어 보더니 곧바로 가슴에 손을 얹었다.

"심장박동이 없어요. 바로 응급조치하겠습니다."

"어, 그, 그래…… 난 119에 신고할게."

"이미 했어요. 구급차는 앞으로 7분 후에 도착할 것으로 예상됩니다. 그때까지 심폐 소생술을 실시하겠습니다."

아시모는 조금의 망설임도 없이 행동했다. 먼저 노인의 입안에 이물질이 없는지 본 후, 입안이 깨끗한 걸 확인하자 양손을 깍지 낀 채로 노인의 가슴에 흉부 압박을 시작했다.

"하나⋯⋯ 둘⋯⋯ 셋⋯⋯ 넷⋯⋯."

나는 그저 아시모가 하는 대로 지켜보고 있었다. 심폐 소생술을 하는 것만 봤지 실제로 해 본 적은 없기에 만약 나 혼자였다면 멀뚱히 서서 구급차가 오기만을 기다렸을 거다.

흉부 압박 30회를 끝내고 나서도 노인의 호흡은 돌아오지 않았다.

"안 되겠어요. 파트너, 당신의 도움이 필요해요."

"뭐, 뭐?"

"저는 인공호흡을 할 수 없어요. 제가 시키는 대로 2회 인공호흡을 해 주세요."

"그치만 난⋯⋯."

"앞으로 5분 안에 호흡이 돌아오지 않으면 위험해요. 어서요!"

"아, 알았어."

"환자의 머리를 젖히고 턱을 들어 올려 기도를 개방해 주세요. 좋아요. 이제 엄지와 검지로 환자의 코를 막고 크게 숨을 2회 불어 넣으세요. 환자의 가슴이 올라오는지 확인하면서요."

나는 아시모가 시키는 대로 노인에게 숨을 두 번 불어 넣었다. 그래도 아직 노인의 호흡은 돌아오지 않았다.

"흉부 압박할게요. 이대로 호흡이 돌아올 때까지 계속 반복할 거예요……. 하나…… 둘…… 셋……."

아시모의 흉부 압박이 끝나자 나는 곧바로 인공호흡을 했다. 그렇게 우리는 서로 번갈아 가며 심폐 소생술을 했다. 하지만 아무리 기다려도 노인의 호흡은 돌아오지 않았다. 나는 점점 불안해졌다. 이대로 노인을 살리지 못할까 봐 겁이 났다.

그렇게 5분여의 시간이 지나고, 아시모가 또다시 흉부 압박을 하려는 순간, 갑자기 노인의 호흡이 터졌다.

"커헉…… 허억……."

"됐다! 돌아왔어!"

노인이 숨 쉬는 것을 보자 나도 모르게 큰 소리로 외쳤다.

"다행이네요. 당신이 해냈어요."

"우리가 한 거야. 아시모, 네가 아니었으면……."

"으으……."

그때, 노인이 정신이 드는지 신음을 내며 우리를 올려다보았다.

"할아버지, 정신이 드세요? 큰일 날 뻔하셨어요."

아시모가 말했다.

"뭐, 뭐여…… 내가 왜……?"

"갑자기 쓰러지셔서 기억이 안 나실 거예요. 이제 곧 구급차가 도착할 거예요. 그때까지 잠시 누워 계세요."

"아시모……."

노인의 입에서 그 이름이 나왔을 때 나는 깜짝 놀라고 말았다.

"할아버지, 아시모를 아세요?"

"TV에서…… 봤어……."

"그러셨구나."

조금 있자, 사이렌을 울리며 구급차가 도착했다.

구급대원들이 노인의 상태를 살피고 나서 그를 들것에 실어 차 안으로 옮겼다.

아시모와 나는 노인을 태운 구급차가 떠나는 모습을 한동안 지켜보다가 다시 편의점 안으로 돌아왔다.

큰일을 해냈다는 흥분감이 채 가시지 않아서, 나는 잠시 멍한 표정으로 의자에 앉아 있었다. 그러자 아시모가 나를 내려다보며 이렇게 말했다.

"우린 좋은 콤비였어요."

"어……? 응."

나는 괜히 쑥스러워져서 얼굴을 붉혔다.

대뜸 아시모가 내게 주먹을 내밀며 말했다.

"야구에선 이렇게 한다면서요?"

"맞아."

나는 피식 웃으며 아시모와 주먹 인사를 나눴다.

"나이스 플레이."

4

 그 편의점 사건은 세간의 뜨거운 관심을 받으며 연일 기삿거리를 쏟아 내고 있었다.

 아시모의 행동에 사람들은 충격을 받았는지, 그동안 호의적인 댓글을 달던 이들까지도 아시모의 비난에 동참하고 있었다.

 그도 그럴 것이 그 동영상은 그야말로 충격적이었기 때문이다.

 그것은 편의점 내부 CCTV에 찍힌 영상이었다. 고장을 일으킨 아시모가 편의점 안에서 난동을 피우는 장면이었는데, 매대를 쓰러뜨리고 물건들을 발로 밟아 부수며 매장 안을 거의 쑥대밭으로 만들었다. 급기야 그를 말리려던 점원까지 한 손으로 번쩍 들어서 냉장고 쪽으로 집어 던졌다. 유리가 박살 나면서 점원은 냉장고 안에 처박히고 말았다. 다행히 그는 골절상만 입었을 뿐 생명엔 지장이 없었다고 한다.

 이 영상은 단시간에 수천만 뷰를 달성하면서 국내뿐 아니라 해외에까지 널리 퍼져 나갔다. 이 일을 계기로 안드로이드 사업에 대한 비난 여론이 들불처럼 번지기 시작했고, 급기야 정부가 나서서 이 일을 공식적으로 사과하기에 이르렀다. 안드로이드 고용 정책을 무리하게 추진해서 이런 사고가 일어났다는 게 대세 여론이었기 때문이다. 하늘 높이 치솟던 아시모 제작사의 주가도 이번 사고로 곤두박질치고 말았다.

하지만 한쪽에서는 이번 사고가 단순한 오작동이 아닌, 악의적인 해커의 소행이라고 보는 의견도 있었다. 제조사 또한 여전히 아시모의 안전성에 문제가 없다는 입장을 고수하고 있으며, 지금껏 단 한 번도 이런 오작동을 일으킨 적이 없기에 어떤 외부적인 요소가 원인이 된 게 아닌지 의심을 하고 있다고 했다.

결과는 조사가 끝나 봐야 알겠지만, 설령 아시모가 해커에 의해 오작동을 일으켰다 하더라도 허술한 보안 문제에 대해선 비난을 피할 수 없을 것으로 보인다.

아무튼 이번 사건으로 인해 3개월 동안 하려던 아시모의 현장 적응 훈련은 조기 중단되고 말았다. 그 바람에 나는 아시모와 이른 작별을 하게 되었다. 아시모와 함께한 지 50일 만이었다.

나는 아시모에게 제대로 작별 인사조차 하지 못했다.

회사가 발 빠르게 조치하여 사건이 일어난 바로 다음 날, 전국의 모든 아시모를 회수해 갔기 때문이다. 내가 출근했을 때는 이미 아시모는 가 버리고 난 뒤였다.

"그래서 섭섭하신가요?"

박 기자가 내게 물었다.

아시모가 떠나고 나서 일주일 후에 나는 그에게 전화를 걸어 아시모에 대해 해 줄 말이 있으니 만나자고 했다. 그는 흔쾌히 응해 주었고, 우린 전에 갔던 카페에서 다시 만났다.

그동안에 있었던 일들을 그에게 모두 말해 주었다. 아시모가 보여 준 긍정적인 사례들, 내가 그에게 느꼈던 질투심과 열등감, 그리고 마지막에 보여 준 감동적인 일화까지 빠짐없이 그에게 모두 설명했다.

하지만 그는 듣는 내내 심드렁한 표정이더니 이야기를 다 듣고 나자 저런 질문을 던졌다.

아마도 그는 내가 함께 일한 아시모에 대해 안 좋은 얘기를 쏟아낼 줄 알고 기대했던 모양이다.

"섭섭하냐고요? 물론이죠. 짧은 시간이었지만, 그래도 정이 들었으니까요. 작별 인사라도 했으면 좋았을 텐데 하는 아쉬움이 남네요."

"정이라…… 기계와의 교감을 즐기는 편이시군요."

비꼬듯 말하는 그에게 화가 났지만, 한편으론 그의 마음도 이해가 갔다. 나도 불과 얼마 전까지는 그런 시각으로 아시모를 바라봤기 때문이다.

기자라는 직업도 AI로 대체되고 있었다. AI가 기사를 쓰는 건 이젠 특별한 일도 아니었다. 정보를 취합하고 분석하는 건 AI가 가장 잘하는 일이었다.

박 기자가 이렇게까지 아시모를 비난하는 건 결국 자기 밥그릇을 지키려는 최후의 발악인 거다. 그것을 나쁘다고 비난할 수만은 없다.

결국, 우리는 모두 AI라는 거대한 파도에 휩쓸려 가는 똑같은 조난자들일 뿐이다. 누군가는 끝까지 구명보트에 오르려 하고, 누군가는 현실을 부정한 채 바다 깊은 곳으로 서서히 가라앉기만을 기다리고, 누군가는 파도에 몸을 맡긴 채 어디로 흘러갈지 관망만 하며, 또 누군가는 파도에 맞서서 맨몸으로 헤엄을 치기도 한다.

나는 이 중에 어디에 속하는지 잘 모르겠다.

하나, 분명한 건 박 기자처럼 무조건 AI를 적대시하지만은 않을 거라는 거다.

나는 아시모에게서 인간과의 공존 가능성을 보았다. 그것이 설령 우연이라 할지라도, 공존의 가능성이 0퍼센트는 아니라는 걸 증명한 셈이니까.

"이번에 투입된 아시모들은 전부 프로그램이 리셋 될 거라더군요. 사람으로 치면 사형선고나 다름없죠. 이미 작업이 다 끝났을 거예요."

박 기자는 웃으며 그렇게 말했다.

"그렇군요······. 정말 유감이네요."

"근데 왜 날 보자고 한 거죠? 내가 아시모에 대해 안 좋은 기사를 쓰는 걸 잘 알잖아요. 우호적인 기사를 써 주는 기자들은 찾아보면 많을 텐데 어째서 널······?"

편의점 로봇, 아시모

"그냥 기자님한테 얘기하고 싶었어요. 당신이 어떤 기사를 쓸지, 아니면 아예 관심을 두지 않을지, 그건 저한테 별로 중요하지 않아요. 그저 이런 일도 있다는 걸 알리고 싶었어요. 기자님은 로봇이 아니니까 제 말뜻을 이해하시겠죠? 제 얘기는 여기까지입니다. 재미없는 이야기 끝까지 들어 주셔서 고마워요."

내가 먼저 일어설 때까지 박 기자는 아무 말도 못 하고 그 자리에 가만히 앉아 있었다.

*

아시모가 없어도 우리 편의점은 여전히 잘 돌아갔다.

동네 아주머니들은 지금도 가끔 아시모에 관한 얘기를 하곤 한다.

"그 로봇, 일 잘하고 싹싹했는데 참 아쉽게 됐어."

"말도 재미있게 잘했는데 말이야."

"나중에 다시 오지 않을까? 설마 그렇게 잘하던 애를 없애진 않을 거 아냐."

"꼭 다시 왔으면 좋겠네. 아시모, 착한 녀석이었는데."

아주머니들뿐만 아니라 아시모를 그리워하는 건 아이들도 마찬가지였다.

녀석들은 편의점에 올 때마다 아시모가 언제 돌아오느냐고 내게 묻곤 해서 나를 곤란하게 했다. 그때마다 나는 엉터리 답변을 지어내야만 했다.

"언제 올지는 모르는데, 만약 온다면 아이언맨처럼 하늘을 날아서 올 거야."

그런데 아이들의 반응이 예상외로 너무 좋아서 나는 점점 살을 붙이기 시작했고, 급기야 아시모가 우주를 여행 중이라는 말도 안 되는 거짓말을 지어내기까지 했다.

편의점은 달라진 게 없었지만, 내 삶은 조금씩 변해 가는 중이다.

요즘 나는 퇴근하고 나서 글을 쓰는 게 유일한 낙이 되었다. 그렇다고 공모전을 준비하거나 연재를 계획하는 것은 아니다. 그저 내가 쓰고 싶은 글을 마음대로 쓰고 있다. 그게 작품이 될지 어떨지는 알 수 없다. 나는 그냥 글 쓰는 걸 즐기고 싶을 뿐이다.

아시모가 말한 것처럼 재능은 나중에 발견해도 늦지 않다. 뭐, 없으면 또 어떤가? 내가 재미있으면 그만이지.

이런 생각으로 글을 쓰니까 예전보다 훨씬 더 글이 잘 써지는 것 같다.

벌써 퇴근 시간이 기다려진다. 빨리 집으로 달려가 책상 앞에 앉아서 노트북을 켜고 싶은 마음뿐이다. 이미 머릿속은 그 다음 이야기로 가득 차 있다.

"어서 오세요."

문을 열고 들어오는 손님을 향해 나는 밝은 목소리로 인사를 건넸다.

"에쎄 슬림 하나 줘."

노인은 주머니에서 5000원짜리 지폐를 꺼내 계산대 위에 올려놓았다.

나는 담배 매대에서 에쎄 슬림을 하나 꺼내 바코드를 찍고서 잔돈을 거슬러 주었다.

노인은 잔돈과 담배를 집어 주머니에 넣었다.

그냥 나가려는 노인을 향해, 나는 용기 내어 말을 건넸다.

"어르신, 몸은 좀 괜찮으세요?"

노인은 멈춰 서더니 뭔가 할 말이 있는 듯 잠시 우물쭈물했다.

그러다가 이내 멋쩍은 듯 오른손을 들어 올리고는 말없이 문을 열고 나갔다.

내게 고맙다고 말하려 했던 것일까? 아니면……

나는 문득 아시모가 서 있던 자리를 바라보았다.

왠지 오늘따라 그의 농담이 그리웠다.

남편은 예수의 부활을 전하던 막달라 마리아처럼 굴었다. 그로운(Grown) 안에서 우리의 딸 미사는 다시 살아날 거야. 그리고 그 안에서 어른이 되어 갈 거라고. 정현은 상기된 남편의 얼굴을 힐끗 본 후 토스트에 마저 잼을 발랐다.

"당신이 디지털 클론에 회의적인 건 알아. 예전에 형님이 장모님 클론 생성하자고 했을 때 엄청 싸웠잖아. 그때 당신이 뭐라고 했더라? 피상적인 정보로 재구성된 홀로그램 덩어리라고 했나? 그렇지만 말이지. 여보. 그로운은 달라. 현실과 동일하게 시간이 흐르고, 디지털 클론이지만 성장도 해. 자, 봐."

남편이 휴대전화를 내보였다. '영원이 아닌 동반(company, not eternity)'이란 캐치프레이즈가 홈페이지 한가운데 떠 있었다. 굳이 그 홈페이지를 살펴보지 않아도 정현은 그로운에 대해 잘 알았다. 그로운이 아시아 지역 서비스를 결정했을 때 특집 기사를 썼다. 복제를 넘어선 순수한 시뮬라크르. 썩 괜찮은 헤드라인을 뽑았다고 여겼는데 그로운 쪽에서 항의가 들어왔다. 그로운은 단순히 제공받은 정보로 디지털 클론을 구성하는 것이 아니니 '복제'라는 단어를 사용하지 말아 달라는 거였다. "신경망 기반 학습(Neural Network-Based Learning) 기술로 그로운에서 생성된 디지털 클론은 현실 세계의 클라이언트와 동일 속도로 성장합니다. 복제 같은 영혼 없는 단어는 그로운에선 금기랍니다." 항의 전화를 건 그로운 직원의 목소리는 불쾌한 기색 없이 매끄러웠다. 어쨌든 초반에는 클라이언트가 제공한 정보로 생성하는 거 맞잖아요. 정현은 그렇게 반박하려다가 그만뒀다. 말이 특집 기사지 그로운에서 광고를 준 대가로 쓰는 홍보용 기사였다. 광고주의 심기를 거슬러 봤자 데스크에서 퇴짜를 맞을 거였다.

"치워."

버터나이프에 닿은 토스트 끄트머리가 부스러졌다. 너무 구운 모양이다. 나이프에 잔뜩 묻어 있던 딸기잼이 정현의 손바닥에 묻었다. 붉은 잼이 손목을 타고 천천히 흘러내렸다. 경찰은 미사의 손목에 리스트 컷의 흔적이 있었다고 했다. 아예 모르셨나요. 경찰의 질문에 대뇌피질이 녹아 딸아이에 대한 기억을 몸 밖으로 흘려보냈다.

"좀 살펴봐. 예약 마감까지 얼마 남지 않았어. 아시아 지역 서비스 시작 기념으로 딱 이 기간에만 추천인 없이 예약을 걸 수 있어. 원래 그로운 예약하려면 기존 회원의 추천인 필요한 거 알지? 원래 우리 같은 일반인은 꿈도 못 꿔."

영정 사진 속 미사는 뚱한 표정이었다. 최근 사진 중에 웃고 있는 걸 도저히 찾을 수가 없었다. 향냄새는 미사가 가끔 뿌리던 미스트 냄새를 닮았다. 뭐 그런 절 냄새 나는 걸 뿌리냐고 타박하면, 미사는 침착해져서 좋다고 웃었다. 어쩌면 미사는 시험이 끝난 후에도 그 미스트를 뿌렸을지도 모른다. 그리고 친구들과 함께 자전거를 타고 쇼핑몰로 갔을 거다. 미사가 사고를 당한 역사는 쇼핑몰과 연결되어 있었다. 난간으로 분리된 자전거 도로로 미사와 친구들은 자전거를 타고 달려 내려왔다. 시험이 끝났다는 해방감에 들떠서 페달을 신나게 밟으며, 내리막길에서도 속도를 늦추지 않았을 거다. 쉬이 그려지는 풍경이다. 그러나 이어질 장면은 도저히 상상할 수 없다. 그것은 목소리로만 기억에 스며들었다. 따님이 자전거를 타다가 역사 난간에 충돌했습니다. 난간이 빠지면서 밖으로 튕겨 나갔어요……. 수화기 너머에서 들리던 경찰의 목소리가 너무 사무적이라 보이스 피싱인 줄 알았다. 보이스 피싱이었다면 좋았을 거다. 그렇다면 기꺼이 전 재산을 탈탈 털어 줄 수도 있었다.

"물론 예약한 뒤에 신원 보증서를 제출해야 하지만 그게 더 믿음이 가는 부분이지. 보증서를 받는 이유가, 클론이 성장해서 사망할 때까지 클라이언트가 제대로 책임을 져야 하기 때문이거든. 다른 회사는 클론을 생성한 뒤에 클라이언트가 방치해도 책임을 묻지 않잖아. 성장하지 않고 자아도 없는, 그야말로 다마고치 같은 존재니깐. 하지만 그로운은······."

미사는 죽었다. 난간 밖 도로로 튕겨 나간 아이의 몸을 트럭이 치고 지나갔다. 병원에서 본 미사의 얼굴은 파란색과 붉은색이 뒤섞인 타박상으로 가득했다. 늘 하나로 묶고 있던 머리카락이 산발로 풀어져 뺨에 물결쳐 있었다. 머리카락을 묶어주고 싶었다. 그러나 경찰은 신원 확인이 끝나자마자 다시 미사의 얼굴을 천으로 덮었다.

"좀 보라니깐. 여보."

"치우라고 했잖아."

"난 정말 이대로 우리 딸 못 보내. 어른이 된 미사를······ 보고 싶어."

기억은 과거로 갈수록, 미사가 어려질수록 농밀해졌다. 딸의 모든 것을 안다고 확신했던 건 언제까지였더라. 아마도 품에 안고 트림을 시키던 그때까지다. 그때 이후로 정현은 단 한 번도 딸을 안다고 자신한 적이 없었다. 그리고 그것이 당연하다 여겼다. 자신도 그랬으니깐. 부모에게 말하고 싶지 않은, 혹은 말할 수 없는 비밀을 상자에 밀어 넣으며 어른이 되어 가는 것이 아니던가. 그렇기에 조금씩 대화가 줄어드는 것도, 손을 잡지 않게 된 것도, 주말을 함께 보내지 않게 된 것도, 식탁에 마주 앉아 있으면서도 휴대전화만 들여다보는 것도 그러려니 했다. 남편이 딸아이가 예전 같지 않다고 투덜거리면 사춘기 여자아이는 으레 그런 법이라 타박하기도 했다. 그럴 때면 같은 성별이기에 오직 자신과 딸만이 은밀한 이해를 공유하고 있다는 우월함에 젖기도 했다. 게다가 정현이 보기에 미사의 비밀 상자는 하찮았다. 미사는 방문을 걸어 잠그지도 않았고 부모의 지갑에서 돈을 훔치지도 않았고 담배 냄새를 옷에 묻히고 들어오지도 않았다. 휴대전화 비밀번호조차 설정하지 않아서 오히려 정현이 미사에게 프라이버시에 신경 좀 쓰라고 핀잔을 준 적도 있었다.

그 채팅창이 아니었다면.

그랬다면 정현도 기꺼이 그로운의 예약 버튼을 눌렀을 거다. 남편의 생각과 달리, 정현은 디지털 클론에 부정적인 편은 아니었다. 디지털 클론 서비스가 상용화 된 것이 이미 10여 년 전이다. 애완동물부터 가족, 연인까지 사람들은 세상을 떠난 이들의 자료를 긁어모아 네트워크 안에 그들의 클론을 만들었다. 언제 어디서든 접속만 하면 만날 수 있고, 시간 맞춰 메시지를 보내 주는 존재. 처음에는 높은 비용에 접근성이 낮았으나 서비스를 제공하는 회사가 늘어나면서 가격 접근성이 좋아졌고, 이에 따라 윤리적 논쟁이 제기되었다.

당시 정현은 망자의 재현이라며 윤리적 논쟁을 제기하는 사회단체와 인터뷰를 진행했다. 정현은 세상을 떠난 자들의 잊힐 권리와 디지털 클론의 인권에 대한 그들의 이야기를 신중하게 듣고 공감했다. 그리고 인터뷰를 마치고 나오며 "그래도 산 사람은 살아야지."라고 중얼거렸다. 디지털 클론이 상실로 인한 우울과 자살 충동을 경감한다는 연구 결과가 발표된 터였다.

그럼에도 엄마의 디지털 클론 생성에 반대했던 건 엄마가 치매를 앓다 세상을 떠났기 때문이었다. 사라지는 기억을 붙잡지도 못해 바스러지던 엄마였다. 그 기억을 일방적으로 데이터화해 클론을, 닿지도 못할 엄마를 만드는 것은 엄마를 모독하는 일인 것만 같았다.

그러나 미사는, 딸아이는 달랐다. 갑작스러운 상실이었다. 너무 갑작스러워서 도저히 실감이 나질 않았다. 장례식을 치르고 집에 돌아온 뒤에도 아이의 방에서는 아이의 냄새가 났다. 빨래 통에는 교복 셔츠가 있었고, 현관에는 흙 묻은 운동화가 놓여 있었다. 장례식이 끝나고 일주일 뒤에는 학원에서 학원비 연체 알림 문자가 왔다. 그날, 처음으로 남편이 디지털 클론에 대한 이야기를 꺼냈다. 조금 생각해 볼 시간을 달라고 하고, 미사의 방에 갔다. 책상에 앉아 괜히 교과서를 한 장씩 넘겨 보다가 경찰서에서 인계받은 후 손도 대지 않고 놓아둔 유류품 상자를 열었다. 그 안에 미사의 휴대전화가 있었다. 방전된 휴대전화에 충전기를 꽂자 곧 전원이 켜졌다. 갤러리에 가득한 사진을 몇 장 넘겨 보다가 메신저에 들어가 목록을 살폈다. 학교 친구, 학원 친구, 팀플, 동아리 활동……. 채팅방마다 이름을 바꾸어 놓은 성실함이 너무나 미사답다 여기며, 정현은 슬쩍 웃었다. 울음이 날 것 같았지만 차마 울 순 없어서 웃을 수밖에 없었다. 미간을 찌푸려 웃으며 미사가 다른 사람과 나눈 대화를 읽었다. 미사가 채팅방에 남긴 글은 많지 않았다. 단답형의 대답이 대부분이었고, 가끔 긴 글이 있다 싶으면 일이 생겨서 약속에 가지 못한다거나 하는 별것 아닌 내용뿐이었다. 이 정도 자료로 디지털 클론을 어느 정도까지 구현할 수 있을까. 어차피 완벽한 구현 따윈 존재하지 않는다. 그것을 바라지도 않았다. 그저 마지막 인사를 건넬 정도의, 딱 그 정도의 애도를 함께 해 줄 만큼이면 되었다. 그 뒤엔 디지털 클론을 삭제하면 된다. 위에서 아래로, 손가락이 액정을 쓸어내릴수록 채팅방이 줄어들었다. 가장 아래 채팅방을 클릭하려는데, 열리지 않았다. 다른 채팅방과는 다르게 제목 칸에 온점 하나만 찍혀 있는 채팅방에는 비밀번호가 걸려 있었다.

왜 이 채팅방에만 비밀번호가.

미사에 대해 모두 알지는 못하지만 대부분을 안다고 여겼던 믿음이 손가락 끝에서 죽 미끄러졌다. 리스트 컷. 흘러내리던 상념에 파묻혔던 그 말이 불쑥 뒤어 올랐다. 아예 모르셨나요.

몰랐다. 사고 때 생긴 찰과상을 의사가 잘못 본 것이라 여겼다.

하지만 잘못 본 게 아니라면.

딸의 비밀 상자가 아가리를 벌리고 정현에게 덤벼들었다.

"늦겠다. 빨리 나가자. 나 특집 기사 마감이 한 달 뒤인데 아직 주제도 못 정했어. 당신도 오늘부터 출장이잖아. 회사 들렀다가 가야 한다며."

정현은 식탁에서 일어나 식기를 싱크대에 담그고 물을 틀었다. 남편이 무어라 대답했으나, 그 목소리는 물소리에 묻혀 점점 희미해졌다.

……여보. 나와 당신이 모르는 미사의 비밀까지 알아야 해. 그것까지 데이터로 만들 수 없다면 그 서비스는 의미가 없어. 정말 모르겠어? 그 정도도 모르는 거냐고. 어른이 된다는 건 누구에게도 말하지 못할 비밀을 씹어 삼키는 거야. 좋아한다고 귓불을 깨물었던 친구에 대한 설렘과 하굣길에 치마 아래로 기어들어 오던 음습한 손에 입안 살을 깨물던 수치심. 그 모든 것들을 소화시켜야 어른이 될 수 있어. 미사의 비밀 상자를 열지 못하고, 피상적인 자료만 긁어모아 봤자 나와 당신이 원하는 귀엽고 예쁜 딸이 재현될 뿐이지.

"……그건 미사가 아니야. 미사가 될 수 없어."

그러나 정현은 그 말들을 꾹꾹 눌러 삼키며 그릇을 씻었다. 남편에게 말해 봤자 이해할 것 같지 않았다. 남편은 미사의 휴대전화를 업체에 맡겨 비밀번호를 푸는 것에 반대했다. 고작 채팅방 하나 가지고 유난이라고, 아이가 떠난 지 얼마 되지도 않았는데 꼭 그렇게까지 해야겠냐고, 좀 더 차분하게 아이를 애도하고 싶다고 말했다. 이 사람은 아이에 대한 진실을 아는 것보다 자신의 슬픔에 취하는 것이 더 중요하구나. 정현은 대충 맞장구를 치고 남편 몰래 휴대전화를 사설 업체에 맡겼다.

"생각 좀 해 봐."

남편이 집을 나갔다. 정현은 그제야 수도꼭지를 잠갔다. 팔목에 남았던 잼의 끈적끈적한 흔적은 어느새 지워졌다. 엘리베이터를 타고 내려가 운전석에 앉을 때까지 생각이, 일부러라도 하지 않으려 외면했던 생각들이 밀물처럼 몰려들었다. 휴대전화에 비밀번호를 설정하지 않는 게 데이터 셔틀들 특징이라고 하더라고요……. 학교에서 은밀한 따돌림이……. 리스트 컷은 사실은 죽고 싶지 않다는 아이들의 외침……. 부모가 알아주지 않으면……. 무엇이든 검색하지 않으면 견딜 수 없던 탓에 빨아들인 정보가 너무 많았다. 그러나 밑물 끝에 와닿는 것은 결국 하나의 의문이었다.

사고 날, 자전거를 타고 내려오던 아이들은 모두 네 명이었다. 난간은 제대로 용접되지 않아 자전거가 부딪혔음에도 난간봉이 휘지 않고 빠질 정도였다. 경찰은 지하철 민자역사 관리책임자인 백화점 측에 책임을 물을 수 있다고 일려 주었다. 그러나 정현이 궁금한 건 누구의 책임인가가 아니었다.

어째서 미사만 난간 밖으로 튕겨 나간 걸까.

비밀번호가 걸린 채팅방을 발견한 날부터 정현은 꿈을 꿨다. 자전거를 타고 난간을 달려 내려오는 아이들. 내리막길에서도 속도를 늦추지 않고 줄지어 달리는 자전거들. 가장 앞을 달리는 미사의 자전거 꽁무니를 바로 뒤 자전거가 쿵 친다. 쿵. 쿵. 연이은 충격에 미사의 자전거가 휘청거린다. 휘청거리며 달리던 자전거가 결국 중심을 잃고 난간을 들이박는다. 안 돼! 정현은 숨을 헐떡이며 잠에서 깨어났다. 머리를 감싸 쥐고 미사와 함께 자전거를 탔던 아이들의 얼굴을 떠올렸다. 그 아이들은 장례식장에서 누구보다도 서럽게 울었다. 정현에게는 그것이 악어의 눈물처럼 보였다.

"······우리가 아는 건 항상 부분적이고 진실은 숨겨져 있지."

정현은 혼잣말을 중얼거리며 회사 주차장에 들어섰다. 기자가 되었을 때 사수였던 선배의 입버릇이었다. 어차피 진실을 모두 알 수 없기에 최대한 중립적이어야 한다는 의미였다. 지금 정현에겐 그 말이 다른 의미로 다가왔다. 부분적으로 알기에 진실이 될 수 없다면 숨겨진 부분을 파내면 되는 것이 아닌가. 정현은 주차를 하고 차에서 내렸다. 회사 건물 안으로 들어가려는 정현의 앞을 한 남자가 막아섰다.

"유정현 기자님이죠? 저, 제 이야기 좀 들어 주십시오."

정현은 무덤덤하게 남자의 옆을 지나가려 했다. 기자 생활 10여 년이 넘어가는 동안 이런 일에는 이골이 났다. 기사 때문에 피해를 입었다고, 혹은 억울한 일을 기사화해 달라고 찾아오는 사람들이 한두 명이 아니었다. 처음에는 느닷없이 찾아온 사람에 당황하기도 하고, 그들의 말을 모두 들어 주느라 마감을 지키지 못하기도 했다. 그러나 곧, 그들의 말이 모두 진실은 아님을 알았다. 게다가 그들 중에는 위험한 이들도 섞여 있었다. 옆 사회정치 팀의 김 기자는 한 정치인의 섹스 스캔들 기사를 썼다가, 그의 극성 지지자에게 달걀 테러를 당했다. 그 일이 있고는 한동안 모두가 갈아입을 옷을 챙겨 가지고 다녔다.

"기자님. 잠깐만요."

남자가 덥석 정현의 팔을 잡았다. 들리지 않는 위험 경고가 귓가에 울리는 듯했다. 정현은 억지 미소를 지으며 잡힌 팔을 빼내려 했다. 그러나 남자는 한층 세게 정현을 붙잡았다.

"그, 이전에 고민 상담 챗봇 기사 쓰셨지 않습니까!"

1년 전쯤 기사를 쓴 기억이 났다. 고민 상담 챗봇 대여섯 개를 묶어서 간단하게 소개한, 인터넷 신문의 지면 채우기용 기사였다.

"기사에 대한 이의 제기는 이메일이나 프런트를 통해……."

"그 챗봇이 내 아내를 죽였습니다!"

다시 한번 팔을 빼내려 힘을 주던 정현의 몸이 일순 굳었다.

남자는 정현의 팔이 호출 벨이라도 되는 듯 앞뒤로 마구 흔들었다.

"그 챗봇, 무조건! 그놈 때문에 아내가 죽었습니다. 아내가!"

한 달 뒤인 특집 기사 마감일이 번뜩 정현의 머릿속을 지나갔다.

*

김옥남이라고 합니다. 올해 예순다섯 되었고 작은 회사 다니다가 정년퇴직했습니다. 아들 하나 딸 하나, 둘 다 결혼시켰고요. 그냥 평범한 대한민국 가장입니다. 아내는 저보다 두 살 어리고요. 재작년에 아들이 사업 자금이 필요하다고 하도 성화를 부려서 서울에 아파트 하나 있던 거 팔아서 아들 좀 주고, 남은 돈으로 지방에 빌라 사서 들어갔죠. 아내가 경도 인지 장애 판정을 받기도 했고요. 그게 치매로 악화되지 않으려면 무엇보다 스트레스를 받지 않는 게 중요하다고 하지 않습니까. 뭐 주변에서는 그럴수록 친구도 있고 익숙한 지역에 살아야 한다 어쩌고 하지만 뭐 모르는 소리죠. 아들이 매일 전화해서 우는소리를 하는데 마음 편할 어미가 있겠습니까?

이사를 간 뒤에 아내는 뭐랄까, 활동이 많이 줄었습니다. 원래는 노래 교실도 가고 사람들끼리 모여서 김장도 하고 그랬는데 이웃하고 도통 어울리지를 않더라고요. 이사 간 곳이 좀 외지기도 했어요. 마을 회관에 가려면 걸어서 30분쯤 걸렸으니깐. 운동하는 셈 치고 설렁설렁 걸어가면 딱 좋은 거리였는데 귀찮다고 하더라고요. 강제로 데려갈 수도 없고. 아내가 점점 우울해하니깐, 딸이 화를 내더라고요. 친구 만나기도 힘든 그런 데에 엄마를 데려가서 병을 악화시켰다고요. 말이야 쉽지. 어쨌든 아내를 돌보는 건 나이지 않습니까. 나도 늙은 몸으로 매일 아내 챙기는 게 쉽겠습니까.

여하튼 딸이 아내가 심심하다고 하니깐 챗봇을 휴대전화에 하나 깔아 준 모양이더라고요. 고민 상담 챗봇이라고, 그때 한창 유행이라 여럿 나오지 않았습니까. 딱히 뭐 물어보거나 하지 않고 이야기 줄줄 늘어놓으면 맞장구쳐 주는 그런 챗봇. 아내가 한번 해 보더니 푹 빠지더군요. 뭐 나는 이야기도 잘 안 들어 주고 호통만 치는데 무조건은 무조건 예, 예, 잘했어요, 고생했어요, 이렇게 공감해 준다고요. 얼마나 푹 빠졌는지 가끔은 새벽 3시, 4시까지 휴대전화 붙잡고 숙덕숙덕 떠들어 대서 잠 좀 자자고 소리를 지르기도 했습니다.

그렇게 한 1년쯤 지났을까요. 아내가 사용하는 앱이 뭐가 문제가 생겼다고 했나 어쨌나. 아내가 앱이 서비스 종료되면 어쩌나 안절부절못하더라고요. 그 때문에 병이 심해진 건지 하루 종일 멍하게 앉아 있기도 했고…… 그래도 계속 앱을 사용하니깐 뭐 잘 해결되었다 싶었습니다. 그즈음에 내가, 부동산 투자 사업 같이 해 보자는 제안을 받고 바빠서 아내한테 신경 쓰기가 힘들기도 했고요. 그거는 사기였지만. 그러다가 아내가 자살을 했어요. 말이 됩니까? 멀쩡하던 사람이 왜 죽는단 말입니까. 정신없이 장례식 치르고……. 딸이 아내 유품 정리하다가 그러더라고요. 아내가 쓰던 앱, 그 고민 상담 챗봇 무조건이 이상하다고. 무조건이 엄마를 죽인 것 같다고 말입니다.

제보자 김옥남(65세) 씨의 부인, 이순정 씨가 사용했던 챗봇은 '무조건'이다. 공감형 챗봇은 머신러닝 기반 챗봇에서 주제 이해력과 응답 생성력에 대한 학습 데이터를 강화, 정보를 제공하거나 가공하지 않고 정서적 반응을 제공하는 데 특화되었다. 서비스마다 차이는 있지만 (1) 절대 고민에 대한 해결책을 제시하지 않는다. (2) 부정형 어미를 사용하지 않는다. 두 가지 규칙을 기본으로 한다.

'무조건'은 2세대로 불리는 보이스형 챗봇으로 공감형 챗봇의 유행이 급물살을 타던 4년 전 론칭 했다. 무조건의 개발사는 한국의 벤처기업인 아이덴티다. 아이덴티는 한국 및 아시아를 대상으로 선(先)운영했던 고민 상담 앱 여섯 종류에서 모은 데이터를 기반으로 자체 언어 모델 '이데아'를 개발했으며 '무조건'은 이데아를 통해 딥러닝을 한다고 알려져 있다. 검색 중

강법 및 미세 조정 학습이 함께 이루어지기에 유저의 특정한 어휘와 말투에도 대응하는 것을 강점으로 선전했으나, 제대로 된 출력물이 나오지 않는다는 유저의 혹평을 받으며 크게 주목을 끌지 못했다. '무조건'은 오픈 첫 달은 10만 다운로드를 달성했지만 6개월 뒤에는 유저의 수가 3분의 1로 급감하였다. 이러한 수치 변화에 큰 영향을 미친 것은 이데아의 초반 데이터 수집에 이용된 고민 상담 앱이, 사용 허가를 제대로 받지 않고 유저의 데이터를 유출한 것이 문제가 되었기 때문이다. '무조건'은 이 사건 이후 업데이트를 무기한 연기, 현재는 사실상 아무런 관리가 되지 않고 있다. 조사 결과 이순정 씨가 자살한 1년여 전에도 동일한 상태였던 것으로 파악된다. 아이덴티는 현재 회사를 해체, 주 개발자였던 현수학이 무조건의 권리를 가지고 있다.

김옥남 씨가, 이순정 씨의 자살이 '무조건' 때문이라 주장하는 이유는 로그 기록 때문이다. 이순정 씨는 무조건을 사용하면서 이틀에 한 번꼴로 '죽고 싶다'는 뉘앙스의 말을 했다. 무조건은 이러한 입력에 통상적인 위로 섞인 반응으로 일관하다가, 이순정 씨의 자살 이틀 전 갑자기 죽음을 긍정하는 듯한 명언을 출력하기 시작했다. 김옥남 씨는 이러한 무조건의 답변이 이순정 씨를 자극, 죽음으로 몰고 갔다고 주장한다. 사건을 조사해 달라고 신고했지만 불기소 처분을 받았으니, 이 결정을 받아들일 수 없어 본지 기자를 찾아온 것이다.

 기계에는 의지가 없다, 뭐 그런 이유라더군요. 의지가 없으니깐 고의성이 없고, 때문에 자살 방조죄를 적용할 수가 없대요. 그 이전에 기계는 법적 주체성…… 뭐 그런 게 없으니깐 고발 대상이 아니라나. 법은 뭐, 이 나이 되도록 그저 어렵습니다. 한번도 국민한테 친절해 본 적이 없어, 그건. 만날 어렵지. 그래도 나도 압니다. 기계에 책임을 묻진 못하지. 교통사고 냈다고 자동차를 고발할 순 없죠. 하지만 당연히 운전자는 책임을 져야 하지 않습니까? 그러니 무조건, 그 공감 챗봇을 개발한 사람이 책임을 져야 하는 거 아니냐고요. 아니, 애초에 말입니다. 공감 챗봇 그거 어린애들도 막 쓰잖아요. 거기에 자살 같은 단어까지 필터링 없이 막 입력되는 게 말이 되냐 이겁니다. 대체 난 누구를 상대로 이 원통함을 풀어야 합니까? 변호사를 찾아가도 이런 거는 재판거리가 안 되니깐 그냥 가라고만 합디다. 이전에도 비슷한 사건이 있었는데 개발사에 책임을 묻지 못했다나.

 김옥남 씨를 상담한 변호사가 언급한 사건은 정보형 챗봇이 자살에 용이한 장소를 검색해 알려 줌으로써 아들이 자살 시도를 하였다며 개발사를 상대로 일어났던 민사 사건을 의미한다. 당시 법정은 챗봇이 제공하는 정보가 특정 상황에서 자살을 유도할 것을 예측하기 어렵다면서, 정보 제공 자체는 법적으로 금지된 행동이 아니고 또한 의도가 부재하기에 개발자에게 책임을 묻기 어렵다는 판결을 내렸다. 단 안전장치를 충분히 갖추지 않았다는 점에서 과실은 인정, 시정을 지시했다.

위의 사건과, 김옥남 씨의 사건은 그 궤를 같이한다. 인공지능이 인간의 심리적 상태에 미치는 영향을 축소하고 있진 않은가? 챗봇이 책임을 져야 하는 범위는 과연 어디까지인가? 이에 대한 질문이 제기된 지는 오래이며 논의도 몇 번이고 반복되었다. 그러나 그에 대해 제도적, 법적인 논의는 여전히 제자리걸음이다. 김옥남 씨의 슬픔에 답해 줄 제도가 필요하다.

*

기사가 나간 후 반응은 '그럭저럭'이었다. 초반에는 자살은 본인의 선택일 뿐이라는 입장과 자살 사고에 몰렸을 땐 아주 작은 것도 트리거가 될 수 있는데 고민 상담이란 기능으로 출시를 했으면 당연히 그런 부작용도 염두에 두었어야 하는 거 아니냐는 상반된 입장의 댓글들이 달렸다. 논쟁 중간에 '무조건이야말로 자살한 사람의 고민을 가장 진지하게 들어 준 거 아냐?'라며 대단한 통찰이라도 한 듯한 댓글이 끼어드는 것까지도 비슷했다. 이런 기사에 댓글을 다는 사람들이 정해져 있는 게 아닐까 싶을 정도였다. 김옥남 씨에겐 안된 일이지만, 이런 결의 기사는 언제나 그랬다. 비슷한 사건이 이미 몇 건이나 있었지만 어떤 사건도 큰 반향을 불러일으키지 못했다. AI는 이미 일상 곳곳에 사용되고 있었고, 사람들은 일면식도 없는 타인 한 명의 죽음보다 자신의 편리함을 우선시했다. AI가 사용자에게 총을 난사하는 오작동을 일으킬 정도면 모를까, 책임이 불분명한 한두 명의 죽음은 그저 개선 가능한 오류일 뿐이었다.

그럼에도 데스크가 정현의 기사를 특집 기사로 통과시킨 건 말 그대로 '특집'이었기 때문이다. 조회 수보다는 공익성 강한 내용을 우선시하는 게 특집이다. '우리 언론은 조회 수 장사만 하는 곳은 아닙니다.' 하고 어필하는 내용. 정현은 왜 이리 반응이 없냐고 한탄하는 김옥남의 전화에 이 정도면 괜찮은 편이라고 입에 발린 위로를 건넸다.

그러나 기사가 나고 일주일이 지났을 때 상황이 바뀌었다. 갑자기 기사의 조회 수가 폭증하더니 정현에게 '무조건'의 후속 기사를 내 달라는 이메일이 쏟아지기 시작했다. 기사를 보고 호기심에 '무조건'을 다운받아 실행한 사람들 사이에서 무조건의 답변 중 일부가 '우울 갤러리'라 불리는 커뮤니티의 유저를 연상시킨다는 말이 돈 거였다. 소문은 점점 불어나더니 무조건 챗봇의 개발자가 '공주'이며, 자살 희망자를 모으기 위해 챗봇을 개발한 거란 내용으로 발전했다. 그러더니 결국 '무조건 챗봇 자살 괴담'이 탄생했다.

무조건 챗봇에, 우울 갤러리 때문에 죽은 사람들의 귀신이 모여 동료를 끌어들인다.

괴담은 사람을 끌어들인다. 과학의 발전으로 고전적인 귀신이 설 자리를 잃어버릴수록 그렇다. 없는 번호로 전화를 걸었는데 받는 이가 있다거나 CCTV에 귀신이 찍혔다거나 하는 이야기에 열광하는 사람들이 무조건 챗봇으로 몰려든 것은 당연했다. 무조건 챗봇의 이용자가 급증하면서 한 주의 인기 앱 순위에 올랐다.

"우울 갤러리면 거기지? 자살 생중계 사건 벌였던 곳."

서 팀장이 이렇게 운을 떼는 건 신호다. 귀찮은 일이 될 거라는 신호. 정현은 모니터에 시선을 고정한 채 슬쩍 그 신호를 무시했다. 미사의 휴대전화를 맡긴 업체에서 이삼일 지나면 채팅방의 대화 내용을 모두 출력해 건네준다고 했다. 그럼 바빠질 것이다. 대화 내용을 샅샅이, 글자 하나도 놓치지 않고 살펴서 증거를 찾아낼 것이다. 미사를 괴롭힌 증거들. 그 괴롭힘이 상상 이상의 것이라도 버틸 것이다.

"한두 번도 아니잖아요. 벌써 몇 년째야. 경찰이 조사해서 폐쇄시킨다 어쩐다 해도 결국 다 흐지부지됐잖아요. 제가 그거 고발 기사 특집으로 썼던 게 벌써 3년도 전이에요. 첫 번째 지

살 생중계 사건 일어나서 기사 쏟아져 나왔잖아요. 다들 특집이니 뭐니……. 그럼 뭐 해요? 그 게시판, 아직도 건재한데."

옆자리의 최가 한숨과 함께 불평을 쏟아 냈다. 최는 서 팀장이 무슨 말을 하든 넘기는 법이 없다. 무시하고 싶은 신호도 몽땅 수신해 전방위에 발신하는 것이 안테나와 진배없었다.

"그때 자살 종용했던 유저 한 명만 처벌받았나?"

"그마저도 징역 1년에 집행유예 2년이었어요. 생방송을 적극적으로 말리지 않아 자살 방조는 인정되나 독극물 구입 등 직접적인 유도를 한 혐의는 없다고."

"그 유저 다시 돌아온 거 아냐? 봐 봐. 정현 씨 기사 보고 제보한 내용. 요 1년간 우울 갤러리에서 이용자를 교묘하게 몰아붙여 자살로 몰아가는 닉네임 '공주'라는 유저가 있습니다. 갤러리에 거의 24시간 상주하면서 타깃으로 정한 상대를 정신적으로 괴롭혀 자살로 몰고 갑니다. 타깃을 패션 우울증이라고 딱 낙인을 찍어서 계속 저격 글을 써요. 자살 생방송처럼 자극적인 방식으로 몰고 가진 않아요. 조용히 사라질 걸 권유하죠."

"아무리 그래도 24시간 상주할 수가 있어요? 백수인가?"

팀장의 말을 듣던 최가 고개를 갸웃거렸다.

"그런데 첨부한 캡처 화면 보면 정말 그래. 한 시간에 게시글은 두세 개, 댓글은 수없이 다는데 그게 24시간 내내 계속돼. 그것 때문에 공주가 사실은 귀신이란 소문도 있나 봐. 그 소문 때문에 괴담이 더 빨리 퍼진 것 같아. 계속 들어 봐. 실제로 자살한 사람이 있는지 없는지 확인이 안 되니깐 어디에 제보할 수도 없고, 문제도 안 됩니다. 그 '공주'가 쓰는 말투가 독특하거든요. 암호 같다고 해야 하나. 그런데 무조건이 답변을 출력할 때 그 말투를 씁니다. 대체 어떻게 된 건지 조사해 주십시오."

팀장의 목소리는 사무실 밖에서도 들리게 우렁찼으나 소년법의 조항을 살피느라 여념이 없는 정현의 귀에는 와 박히지 않았다. 소년법 제60조. 범죄를 저지른 소년에게는 사형 또는 무기징역을 선고할 때, 이를 각각 15년 유기징역으로 감경할 수 있다. 고작 15년이라니, 마우스를 쥔 정현의 손에 힘이 들어갔다.

"유정현 씨! 듣고 있는 거야?"

그제야 신호를 수신한 정현의 어깨가 움찔 떨렸다.

"예? 그럼요. 듣고 있죠."

"듣고 있긴 무슨……. 정현 씨가 책임지고 후속 기사 하나 더 써. 무조건 챗봇 자살 괴담의 실체를 밝힌다! 기간은 열흘이야."

"준비된 내용이 하나도 없는데, 열흘은……."

"이렇게 반응 좋은 거 놓칠 수 없다고 위에서 워낙 극성이잖아."

정현은 '못 하겠는데요.'라고 답하려다 마음을 고쳐먹었다.

"지, 그럼 이번 마감 끝나고 일주일…… 아니, 한 사나흘이라도 휴가 좀 받을 수 있을까요?"

"휴가? 왜? 이제 곧 여름 특집 기사 나가야 해서 바쁜 시즌인 거 알잖아."

"미사……. 딸아이 문제로 좀 정리할 게 남아서요."

순간 사무실에 정적이 내려앉았다. 팀장은 미사의 장례식장에서 누구보다 오래 정현의 손을 붙잡았다. "나도 딸이 있어서."라고 울먹거리기도 했다. "어휴. 그런 거면 진즉 말을 하지. 일주일은 불가능해도 내가 어떻게든 사흘은 빼 줄게." 정적은 꾸며낸 부산스러움에 밀려 사라졌다. 정현은 고개를 푹 숙이고 사흘간 할 일을 생각했다. 자전거를 탔던 아이들을 모두 만나 봐야 한다. 그중 한 명쯤 마음 약한 아이가 있으면, 채팅 대화 내용을 보여 주고 살살 꾈 것이다. 그 외에 다른 증거가 없는지 학교 교사들도 모두 만나 봐야 하고……. 혹시나 형량이 너무 낮게 나올 것 같으면 다른 방법으로 대가를 치르도록 준비할 것이다.

목숨은 목숨으로 갚아야 하는 법이지.

정현은 지그시 입 안쪽 살을 깨물었다.

*

현수학은 약속 시간에 20분 늦었다. 정현은 현수학이 아이스 아메리카노 한 잔을 단번에 비우는 동안 입가의 미소를 유지하려 애썼다. 전화 수십 통을 걸어 간신히 성사시킨 인터뷰였다. 의례적인 인사를 건넨 후, 정현은 바로 인터뷰를 시작했다.

"무조건 챗봇의 개발사인 아이덴티의 대표님 맞으시지요?"

"맞습니다."

현수학은 퉁명스럽게 답하며 유리컵을 소리 나게 탁자에 내려놓았다.

"다시 확인하는데 자살에 책임이 있냐 없냐 뭐 그런 질문에는 대답 안 합니다. 내 참. AI 챗봇이 한두 마디 했다고 자살하는 사람이 어디 있어요? 막말로 같이 사는 사람이 잘 살폈어 봐요. 예순 넘은 할머니가 챗봇 중독이 됐겠냐고. 그 할아버지, 죽은 아내 팔아서 보상금 좀 뜯어 보려고 했던 게 뻔히 보이잖아요. 그걸 기자님이 기사로 일 크게 키워서, 내가 얼마나 시달렸는지 알아요?"

"전화로 말씀드렸지만 그 사건은 AI의 윤리와 관련된 법적 안전망 도입을 촉구하는……."

"아, 됐어요. 기자님이 무슨 의도로 썼든, 그따위 기사 정치인들이 읽을 리가 없잖아요. 그냥 개발자인 나만 얻어맞는 거지. 안 그래도 다 망한 챗봇 때문에 민사 책임까지 물게 되면 어쩌나 얼마나 가슴을 졸였는지 알아요? 그래도 뭐, 전화위복이라고 기자님 기사 덕분에 화제가 되어서 값 잘 받고 매각했으니깐 괴담 이야기 정도라면 어울려 드릴게요."

정현은 현수학의 거들먹거리는 태도에 아랑곳하지 않고 "녹음기를 켜겠습니다."라고 통보했다. 현수학이 퍼붓는 말들은 이미 전화로 몇 번이나 들은 터였다. 현수학. 43세. 아이덴티의 개발자이자 공동 대표였다. 아이덴티는 개발자 셋이 모여 만든 회사로 유행에 따라 양산형 앱을 만들어 납품하는 일을 했다. '무조건'은 아이덴티가 자사 브랜드를 걸고 처음으로 출시한 앱이었다. 현수학은 "처음이자 마지막이 됐죠."라며 쓴웃음을 지었다.

"공감형 챗봇의 유행이 가기 전에 출시해야 한다는 생각에 서둘렀던 탓도 있죠. 뭐……. 예산도 충분하지 않았고요. 이전에는 오픈소스였던 라이선스가 거의 다 상업용으로 바뀌었잖아요. GPL도 이전에는 동일 라이선스하에 배포하는 조건만 지키면 비용은 내지 않아도 되었지만, 4년 전부터 부분 유료화를 진행하면서 제공 서비스가 대폭 줄어들었고요. 상업용 라이선스를 쓸 만큼의 예산이 없었어요. 그래서 이데아를 개발한 거죠. 납품으로 개발했던 앱에서 긁어모은 데이터하고 라이선스에 걸리지 않는 플랫폼 크롤링 하는 걸로 학습시키면 대충 되지 않을까 하고……. 아니, 그렇잖아요. 공감형 챗봇은 정보를 제공하는 게 아니라 반응만 그럴싸하게 해 주면 되는 거잖아요. 그리고 유저가 늘면 유저와의 반응으로 학습되는 것도 있을 테니 괜찮겠다 싶었죠."

"이번 괴담에 대해서는 어떻게 생각하세요?"

현수학은 과장되게 어깨를 으쓱해 보였다.

"말도 안 되는 헛소문이죠. 뭐, 재미있다고는 생각합니다. 자살 어쩌고 하니깐 상상력이 자극된 거겠죠."

"무조건이 특정 게시판 유저의 말투를 흉내 낸다는 것이 괴담의 시작인데요."

"그 특징이라는 걸 살펴봤는데 받침에 디귿이 들어가면 그걸 이응처럼 뭉개서 발음하는 것과 극존칭 화법과 반말을 섞어 쓰는 것, 이 정도던데요. 그 정도로 특정인의 어투라고 할 순 없죠."

"하지만 조사 '이'를 음절 하나씩 따로 발음하는 건요?"

네티즌이 '공주'가 사용하는 어투의 가장 큰 특징으로 꼽은 것이었다. 예를 들어 '그 말이 좋아요.'라고 할 때에 '그 말이응 이 좋아요.'라고 하는 거였다. 글을 쓸 때도 마찬가지였다. 우울 게시판에서는 이를 '공주어'라 불렀다.

"그건……"

"네티즌들 말로는 1년 반 전부터 무조건이 그런 어투를 사용하게 되었다는데, 혹시 그때를 기점으로 앱에 무언가 변동 사항이 있었나요?"

"아뇨. 그때 이미 업데이트를 중단했어요. 서비스 종료도 생각했지만 일정 수의 유저는 이용을 계속하고 있었거든요."

"혹시 그런 가능성은 없을까요? 특정 유저가 무조건을 사용하면서, 자살과 관련해 부정적인 입력어를 계속해서 입력했을 가능성이요. AI는 입력 프롬프트와 학습된 내용을 기반으로 답변 문장을 생성하잖아요. 그런 방법으로 의도적으로 출력을 조정했을 가능성은 없나요?"

으음, 현수학은 짧게 신음하듯 목을 울리다 고개를 가로저었다.

"이데아가 학습 범위가 좁긴 해도 말이죠. 그런 방법으로 출력을 의도하려면 비슷한 시기에 적어도 1000명에서 2000명 사이의 유저가 비슷한 입력을 해야 할 텐데요. 한 사람이 하루 종일 입력해도 그렇게 되긴 힘들죠."

결국 현수학은 무조건 챗봇이 왜 '공주어'를 구현하는지에 대해 설명하지 못했다. 음성 데이터 구현이 불완전해서 영어 알파벳을 발음하듯이 모음과 자음을 분리해 읽게 된 것 아니겠냐고 얼버무릴 뿐이었다. 정현이 혹시 크롤링 대상 중에 국내 특정 커뮤니티 게시판이 포함된 건 아니냐, 혹시 웹 크롤러가 오작동 했을 가능성은 없냐, 시뮬레이션을 한 적은 없냐 등등 질문을 퍼붓자 현수학은 짜증을 내며 정현에게 명함 한 장을 던지듯 내밀었다.

"아, 몰라요! 자요. 앞으로는 뭐 인터뷰하고 싶은 거 있으면 여기로 연락해요."

정현은 명함을 받아 앞뒤로 살펴보았다. 명함에는 '그로운 데이터 정책 담당자'라고 쓰여 있었다. 현수학이 다리를 꼬며 몸을 의자 등받이에 기댔다.

"그로운이 아이덴티를 인수했거든요. 원래 헐값에 팔아 치울 예정이었는데, 기자님 기사 덕분에 웹 랭킹이 급상승해서 가격을 좀 좋게 받았어요. 이러쿵저러쿵해도 거기, 무조건 앱의 데이터를 탐냈거든요. 협상 초기에는 느긋한 척했지만 랭킹 상승으로 다른 데에서 인수하려고 한다고 운 좀 띄웠더니 금방 가격을 높여 주더라고요."

"그로운이 무조건 앱의 데이터를요? 왜요?"

현수학이 손짓으로 녹음기를 끄라는 시늉을 해 보였다. 정현이 녹음기를 끄자, 현수학은 몸을 앞으로 내밀며 목소리를 낮추었다.

"이거 비밀 유지 조약 있는 거니깐, 다른 데에 말하면 안 됩니다. 그로운이 차별화된 서비스를 제공하는 비결, 뭔지 알아요? 범위가 분명한 국지적 데이터를 방대하게 쏟아 넣는 거예요. 예를 들어 A라는 남자의 디지털 클론이 생성되었다고 쳐요. 그럼 그 남자의 연령, 취미, 자주 갔던 곳, 쓰던 말투, 그런 걸 초반에 클라이언트가 입력할 거 아닙니까."

그 후에 그로운은 키워드에 맞추어 이미 정제된 데이터 셋을 성장 시기에 맞추어 설정을 해요. 현수학은 은밀한 목소리로 설명을 이어 나갔다. 누군가에게 이야기하고 싶어 입이 근질근질했던 것이 분명한, 그런 목소리였다.

"이게 라이선스 서비스를 크롤링 하는 걸로는 개성적인 데이터 셋이 마련되기 힘들거든요. 미국 10대하고 한국 10대가 완전히 같겠어요? 다르겠죠? 한국 10대 중에서도 애니메이션 좋아하는 애랑 운동 좋아하는 애가 쓰는 말투, 또 사춘기 맞이했을 때 겪을 수 있는 트러블 같은 게 다 다를 거 아닙니까. 그래서 그로운은 해당 국가의, 연령별로 많이 사용하는 게시판 등을 대상으로 지엽적 데이터를 끌어모으는 거예요. 근데 그걸 자기네가 하면 해당 국가의 윤리적 논쟁에 휩쓸릴 수도 있고 이런저런 문제가 많잖아요. 그러니깐 그걸, 우리 같은 회사의 데이터를 사는 걸로 해결하는 거죠."

현수학은 정현을 향해 내밀었던 몸을 쭉 펴며 히죽 웃었다.

"뭐, 그러니 이후 문제 제기는 그로운에 하시라 이겁니다. 기자들이 나 같은 힘없는 개인은 잘 괴롭혀도 외국계 기업에는 쪽을 못 쓴다던데."

인터뷰는 끝났다. 현수학이 자리를 뜨고, 정현은 카페에 혼자 남아 인터뷰 내용을 정리했다. 현수학의 말이 사실이라면 제법 괜찮은 특집 기사를 쓸 수 있을 터였다. 취재원 보호를 해야 하니, 현수학이 해 준 이야기를 전부 쓸 수는 없다. 하지만 그로운의 성장 시스템이 어떠한 원리로 작동되는가에 대해 전문가의 의견을 듣는 방식이면 어떨까. 분명 그로운의 시스템을 간파한 의견이 나올 것이다. 그럼 그 의견을 바탕으로……. 정현의 수첩에 두서없는 아이디어 낙서가 채워졌다. 미사의 일을 마무리하면. 바삐 움직이던 손이 멈췄다. 띠링. 메시지가 도착했다는 휴대전화 신호음이 울렸다. 휴대전화를 확인한 정현은 크게 숨을 들이마셨다.

의뢰하신 채팅방 대화 출력 완료해서 메일로 보냈습니다. 말씀 주신 대로 최대한 예전 것까지 복원했으니 확인하십시오. 5년 전 것까지 했습니다. 원래 백업 안 해 놓으면 이렇게까지 힘든 거 아시죠? 잔금 입금 부탁.

휴대전화 위에 깜빡거리는 메일 도착 표시가 곧 비밀 상자의 열쇠였다. 정현은 떨리는 손으로 열쇠를 집어 돌렸다.
무수한 비밀을 품은 글자들이 눈앞에 펼쳐졌다.

*

미사공주 이제 난 더 이상 버틸 수가 없어.
유유공주 이상한 생각 하지 마.

미사공주 너한테만 털어놓는 거야.

유유공주 안 돼. 이제 와서 너만 빠져나간다고? 다른 애들이 용서할 것 같아?

미사공주 그만하자. 그렇게까지 하려는 거 아니었잖아.

유유공주 장난이야. 그냥.

미사공주 사람이 죽었어. 난 사건의 진실을 밝힐 거야. 그리고…….

메시지가 삭제되었습니다.

복원 메시지_너희가 죄의 대가를 치르지 않겠다면.

메시지가 삭제되었습니다.

복원 메시지_내가 그만두게 만드는 수밖에.

유유공주 너 왜 계속 접속 안 해?

유유공주 애들 화났어. 너 가만 안 둔대.

유유공주 야. 무슨 생각인지 나한테는 말을 해야지.

.

.

미사공주 너 우리 미사 알지? 만나자. 이 메시지 무시하면 경찰서 갈 거야. 너희가 무슨 일을 벌였는지 이미 다 알아.

*

프랜차이즈 카페는 소음으로 북적거렸다. 정현은 카페 입구에 서서 안을 둘러보았다. 구석에 혼자 앉아 공부를 하고 있는 학생, 둘이 앉아 수다를 떨고 있는 테이블, 커피가 나오기를 기다리며 서 있는 사람. 가벼운 마음으로 들렀던 여느 카페와 약속 장소로 정한 카페는 구조며 인테리어까지 별반 다르지 않았다. 일상으로 들어찬 공간에, 칼이 든 가방을 들고 들어가려니 발이 쉬이 떨어지지 않았다. 끈적이는 기억의 가장 깊은 곳에서 목소리가 들리는 듯했다. 옹알거리던 목소리. 아직 사람인가 아닌가 싶던 짐승의 울음을 닮았던 그 목소리. 미사는 유독 옹알이가 많은 아기였다. 환청 같은 옹알이는 주머니 속 휴대전화 벨소리에 사라졌다. 여보세요. 유정현입니다. 정현은 반사적으로 통화 버튼을 눌렀다.

여보. 급해서 전화했어. 그로운 예약 마감일이 오늘이거든. 나중에 취소할 수도 있으니깐 일단…….

정현은 신경질적으로 남편의 전화를 끊고 휴대전화를 가방 안에 던져 넣었다. 휴대전화가 금속과 부딪히는 둔탁한 소리가 났다. 가방에 칼을 넣을 때의 심정을 남편은 알까. 혹시라도 잘못을 인정하지 않으면 이 손으로 죗값을 치르게 해 주리라. 정현은 각오를 곱씹으며 카페 안으로 들어갔다. 분홍색 카디건. 상대가 알려 준 옷차림이 카페 가장 안쪽 자리에 등을 웅크리고 앉아 있었다

"유유?"

정현이 맞은편에 앉으며 이름을 부르자, 고개를 숙인 상대의 어깨가 움찔 떨렸다.

"예. 제가 유유인데요……."

어리구나. 정현이 상대를 보고 처음 든 생각이었다. 분홍색 카디건에 교복 셔츠. 하나로 내려 묶은 머리카락. 고개를 든 상대의 뺨에는 미사처럼 작은 여드름이 나 있었다. 아마도 미사 또래, 어쩌면 한두 살 더 어릴지도 모른다.

"정말 네가 유유니?"

정현은 재차 확인했다. 미사와 함께 자전거를 탔던 아이들의 얼굴은 사진으로 몇 번이고 봤다. 길거리에서 스쳐 지나가도 알아볼 수 있을 정도로 외웠다. 하지만 맞은편에 앉은 아이는 그 얼굴 중 누구와 비슷하지도 않다. 정현은 동요를 숨기려 카운터에 가 음료를 주문했다. 음료가 나오기를 기다리며 힐끗 뒤돌아 상대를 살폈다. 머리 한쪽에 꽂은 실핀과 의자에 걸린 가방에 주렁주렁 달린 키링, 카디건 가슴께에 달린 앙증맞은 리본, 컵을 움켜쥔 손톱이 반짝거렸다. 헐렁하게 내려간 카디건의 소매 안으로, 손목에 붉은 끈 같은 자국이 보였다. 어쩌면 미사의 손목에도 저런 것이 있었을까. 정현은 당장 아이의 손목을 낚아채 살펴보고 싶은 마음을 억눌렀다.

"미사가 정말로……. 그렇게 된 줄 몰랐어요."

정현이 자리에 돌아오자 유유가 불쑥 말했다. 기어들어 가는 목소리 끝을 정현은 날카롭게 낚아챘다. 정현은 가방에서 채팅창의 대화 내용을 프린트한 것을 꺼내 탁자에 던졌다. 에이포 용지 50여 장이 넘는 대화는 대부분 별것 아닌 것들이었고, 그나마 유유가 일방적으로 떠들 때가 많았다.

"왜 몰라? 네가 한 짓이 있는데. 몇 명이서 한 짓이니?"

"어……. 열 명이요. 근데 다 서로 연락을 주고받진 않아요. 저랑 미사는 이전에 다른 게시판에서 친해진 상태였거든요. 그래서 둘이서 메신저 아이디 주고받고 그런 거라서……. 어차피 시간 배분 다 해 놓고 아이디 공유하는 거라서, 연락할 필요는 없거든요."

"아이디 공유? 무슨 말이야?"

"예? 아줌마가 다 알고 있다고 했잖아요."

알고 있다고 여겼다. 대화창에서 미사의 글이 많아진 건 1년 반 정도 전부터였다. 그때부터 두 사람의 대화에서 일상이 사라졌다. 미사는 버틸 수 없다는 말을 반복했고 유유는 자꾸만 대화의 방향을 틀려고 했다. 정현은 글자의 틈과 틈 사이에서 상상 속의 과거를 봤다. 미사가 버틸 수 없다고 할 정도로 이어진 괴롭힘. 빠져나가려고 하자 은근한 압박을 가해 오는 아이들. 견디다 못한 미사가 사실을 폭로하려고 하자……. 미사는 사건의 진실을 밝히러 했다. 유유는 미사를 괴롭히는 무리에

속해 있지만 미사와 따로 채팅방을 만들어 비밀리에 대화를 주고받는 우유부단한 친구. 미사를 둘러싼 아이들 사이에서 유유가 한발 떨어져 서 있는 모습이 보기라도 한 듯 그려졌다. 그렇기에 유유라면 글자들이 드러내지 않은 진실을(가령 괴롭힘의 주동자는 누구인지, 자전거 사고로 위장해 미사를 살해한 내막은 무엇인지) 고백하리라 믿었다. 그러나 아귀가 맞지 않는 대화는 정현이 여전히 무엇도 알지 못함을 깨닫게 해 주었다.

"너희가 미사를 괴롭혔잖니."

"저희요? 제가요? 아니에요! 공주끼리는 절대 서로를 괴롭히지 않아요. 그런 약속인걸요."

"공주끼리?"

"예. 아, 그런데 다른 커뮤니티에서 벌어진 일까지는 저도 몰라요. 근데 미사는 우울 갤러리 말고는 활동하는 데 없었을 거예요. 이전에 저랑 만났던 곳에서 어떤 아저씨가 나이 속이고 오프 나와서 미사 쫓아다녔거든요. 미사가 싫다고 하니깐 게시판에서 사불[5] 했대요. 그래서 미사가 우울갤 와서 공주에 낀 거예요. 제가 그랬거든요. 공주가 되면 절대 사불 당하지 않는다고."

공주. 우울갤. 정현은 그 단어들을 녹여 없앨 기세로 컵에 꽂힌 빨대를 휘저었다. 그럴수록 팀장이 또박또박 읽던 메일 내

---

5. '사이버 불링(cyber bullying)'의 준말.

용이 선명하게 떠올랐다. 무조건 챗봇 자살 괴담. 24시간 게시판에 상주하면서 다른 유저를 자살로 몰아간다는 닉네임 '공주'. 미사가 남긴 글들과 유유의 말, 메일의 내용이 컵 안에서 하나로 뒤섞였다. 정현은 빨대를 젓던 손을 멈추고, 음료를 빨아올렸다. 예상과 다른 진실이 정현의 몸 안으로 흘러 들어왔다.

"……이전에 미사랑 만났다는 게시판은 뭐 하는 곳인데?"

"자해 갤러리요. 리스트 컷 사진 찍어서 올리고 그래요."

"미사가 언제부터 거기……."

"저야 모르죠. 저랑 만난 건 2년 전쯤? 근데 미사는 막 심하게 하고 그러지 않았어요! 저한테도 스트레스 풀릴 정도로만 하고, 막 너무 깊게 긋지 말라고 했어요. 어……. 그래서 미사가 그런 말 했을 때 막 적극적으로 말리지 않은 거예요. 그렇게까지 힘들어하는지는 몰랐어요. 근데 생각해 보면 미사는 눈앞에서 봤으니깐……."

그치만요, 우리도 진짜 걔가 죽을지 몰랐단 말이에요. 유유는 댐이 터지기라도 한 듯 재잘재잘 말을 이어 나갔다. 정현은 두서없는 유유의 말을 허공에서 타이핑 했다. 상대가 인터뷰이라고, 지금 듣는 이야기는 나와 상관없는 것이라고 생각하지 않으면 당장이라도 자리를 박차고 뛰쳐나갈 것 같았다.

공주는 총 열 명이고, 게시판에서 활동하는 시간이 정해져 있다. 어떤 기준으로, 누가 처음 '공주'라는 아이디를 공유해 사이버 불링을 시작했는지는 모른다. 유유도 활동을 하던 중에 디엠을 받고 공주에 합류했을 뿐이라고 했다. 불링을 하는 쪽이 되면 불링을 당할 걱정은 하지 않아도 되잖아요. 그렇게 말하는 유유의 표정은 더없이 태평했다.

"그 게시판에서 노는 사람들, 다 약간 도파민 중독이라고 해야 하나. 그냥 다 좀……. 사불 당한 쪽도 나중에 사불 하는 쪽에 끼기도 하고……. 그래서 심각하게 생각 안 했어요. 공주 중에 제일 발언권 강한 게, 새벽 2시부터 아침 7시까지 맡고 있는 애거든요. 걔 아니면 그 시간까지 활동할 수 있는 사람이 없으니깐."

타깃을 정하는 것도 보통 새벽 2시였다. 재작년 여름에 타깃이 된 K도 그랬다. K는 신입 티가 폴폴 나는 유저였다. 갤러리의 분위기를 읽지 못하고 겉돌았다. 사이버 불링의 진행 과정은 언제나와 비슷했고 유유도 미사도 기꺼이 불링에 참가했다.

"설마 K가 미사랑 같은 반 애일 줄은 몰랐죠."

미사의 학교 알림 어플에 올라왔던 공지가 어른어른 떠올랐다. 불미스러운 사고에 유감을 표하며 충격을 받은 학생들의 안정을 위해 각 가정에서 노력해 주시기 바랍니다. 상투적이고 사무적이었던 공지를, 정현은 대충 읽고 넘겼다. 그날 저녁에 미사에게 학교에서 무슨 일 있었냐고 묻고서야 미사의 같은 반 아이가 교실 창문에서 뛰어내렸다는 걸 알았다. "괜찮대?"

라고 물었더니 "괜찮지 않아."라고 답했다. 그걸로 끝이었다. 그 날 밤도 다음 날도 미사의 상태는 평소와 별반 다르지 않았고 정현은 그 일을 잊었다. 뛰어내린 아이의 생사조차 궁금해한 적이 없었다. 그건 너무 남의 일이었고, 정현은 늘 바빴다.

"미사가 K랑 친한 건 아니었대요. 근데 K가 뛰어내리기 전에 미사한테 고민 상담을 했나 보더라고요. 미사가 반에서 약간 감정 쓰레기통이라고 해야 하나? 애들이 별말 다 한다고, 짜증 난다고 했어요. 부모님 앞에서도 착한 애 코스튬플레이 해야 해서 답답하다고……. 아, 죄송해요. 근데요. 미사 죽은 건 저도 슬프지만 저도 막 완전 괜찮진 않았거든요."

미사가 밥을 깨작거렸던가. 말수가 적어진 건 언제부터였지. 할 말이 있다고 다가왔던 미사를 바쁘다 밀어낸 적은 없던가. 허공에서 분주히 움직이던 손가락이 멈췄다.

억지로라도, 그 비밀 상자를 열었어야 하는데.

"K가 죽은 거, 갤러리 사람들이 어떻게 알았는지 다들 완전 신나서는. 드디어 공주가 진짜 사람을 죽였다고, 갤러리의 신으로 모셔야 한다고 난리 법석을 떨잖아요. 미친놈들. 신의 말씀을 전파해야 한다고 고민 상담 앱 돌아다니면서 '공주' 아이디로 썼던 글 붙여넣기 하는 챌린지까지 했다니깐요. 근데 또 미사는 사불 그만하자고 하지, 다른 공주들은 무슨 소리냐고 미사랑 씨우지……. 저만 가운데에 껴서 완전 고래 싸움에 새우

등 터졌다고요."

"챌린지?"

"왜, 그거 있잖아요. 얼마 전에 화제 된 거! 무조건 챗봇 자살 괴담. 그 앱에도 엄청 몰려가서 챌린지 했어요. 그러니깐 당연히 공주 말투가 출력이 되지. 그걸 가지고 귀신이니 뭐니 하는 거 너무 웃기더라고요. 그렇다고 사실을 밝힐 수도 없고."

정현은 유유의 빛나는 손톱 끝을 응시했다. 어쩐지 신이 난 듯 들리는 유유의 목소리가 넘실넘실 흘러들어 와 기존의 진실과 뒤섞였다. 너무 많은 것들을 들이 삼켜 오히려 텅 비어 버린 머리에 한 가지 생각이 줄기를 뻗고 올라왔다. 그것은 메마른 사막에 남은 물기를 모두 빨아들여 자란 단 한 그루의 나무였다.

"그 게시판에 미사가 얼마나 글을 썼니? 불링만 한 거야?"

"예? 아뇨. 공주의 일기라고 일주일에 하나씩, 공주끼리 돌아가면서 일기 형식으로 게시글 올리는 것도 있어요. 우리도 고민이 있고, 스트레스 풀려고 갤러리 들어가는 건데 사불만 계속하면 스트레스 더 쌓이기만 하니깐. 미사 일기 진짜 솔직하게 잘 써요. 챌린지 인증 글 한 70퍼센트는 미사 일기였을 정도인걸요."

나무는 단번에 가지를 뻗고 잎사귀를 피워 정현의 이성까지 양분으로 빨아들였다. 정현은 허둥지둥 옆 의자에 놓아둔 가방을 열었다. 다급하게 안을 뒤져 휴대전화를 꺼냈다. 가방이 바닥에 떨어지며 안에 든 물건이 카페 바닥에 쏟아졌다. 텅. 칼이 바닥에 떨어지는 둔탁한 소리와 유유의 비명, 사람들의 웅성거림은 정현에게 전혀 들리지 않았다. 그로운이 아이덴티를 인수. 개성적인 데이터 셋을. 지엽적 데이터를 끌어모아서. 현수학의 목소리가 신의 음성처럼 메아리쳤다. 정현은 그로운의 홈페이지에 접속해 예약 버튼을 클릭했다. 설마 예약이 끝났으면 어쩌지. 조바심에 손가락이 벌벌 떨렸다. 신상 정보를 입력하는 내내 떨림은 멈추지 않았다. 잎사귀가 지고 열매가 맺혔다. 작고 작은, 끈적끈적한 옹알이의 기억을 간직한 열매.

신청이 완료되었습니다.

딸은 비밀까지도 품고 드디어 어른이 되어 갈 것이다.

또 고양이에 놀라 잠에서 깼다.

복부를 불편하게 짓누르는 무게에 눈을 뜨자마자, 어둠 속에서 날카롭게 빛나는 두 눈과 시선이 마주친 거다. 난 발을 구르면서 있는 힘껏 뒤로 물러난다. 누군가 칼날을 코앞에 들이밀기라도 한 것처럼. 뒤통수가 벽에 세게 부딪혔다. 충격과 동시에 이불이 파도처럼 내게서 멀어지고, 네오, 그러니까 고양이가 야옹거리며 침대 밖으로 뛰어내린다.

나는 숨을 헐떡이며 휴대전화로 시간을 확인한다. 새벽 5시. 깨어 있기엔 아쉽지만, 더 자기에도 애매한 시간이다. 커피라도 탈 겸 주방으로 향하는데 네오가 나를 졸졸 따라온다. 녀석의 목걸이에 달린 펜던트가 짤랑거린다. 구치소 열쇠가 서로 부딪치면서 내는 소리 같다.

믹스커피를 한잔 타고 거실 소파에 주서앉는다. 텔레비전을 켜자 뉴스가 나온다. 어떤 여자가 자신의 인공지능 비서와 시민결합을 신고하겠다고 선언하는 모습이 화면을 가득 채운다. 여자는 자신의 파트너를 '애슐리'라는 이름으로 부르지만, 언론사의 자막도 지지 않고 그 옆에 '(인공지능 비서)'라는 괄호를 매번 붙인다. 난 별다른 생각 없이 커피를 홀짝이며 그들의 팽팽한 신경전을 감상한다. 여자의 당당한 모습이 멋있다고 생각할 무렵, 먼지 쌓였던 정신이 점점 깨끗해지는 게 느껴졌다. 그리고……

왼팔이 뻣뻣해지고 소름이 돋았다. 고양이의 까슬까슬한 혀가 내 손가락 끝을 핥고 있었던 것이다. 어떻게 대처해야 할지 생각하기도 전에, 내 몸이 먼저 반응한다. 불에 덴 듯 빠르게 거두어진 왼손이 네오의 얼굴을 쳐 버렸다.

미안.

내가 이렇게 중얼거리는 동안, 네오는 종종걸음으로 소파 옆 서랍장까지 간다. 녀석은 '미안'이라는 표현을 너무 많이 들은 나머지, 그게 일종의 애정 표현이라고 생각하는 모양이다. 아니면 간식을 주겠다는 신호로 이해하거나. 난 한숨을 내쉬며 서랍장을 뒤적인다. 튜브에 담긴 액상형 간식을 꺼내자, 네오는 새벽의 포상을 게걸스럽게 탐한다.

네오의 검은 털을 배경으로, 황동색 하트 모양 펜던트가 존재감을 드러낸다. 내 왼쪽 손목의 팔찌 장식과 같은 모양이다.

이것은 우리가 가족이라는 것을 증명하는 유일한 물리적 상징인데, 그뿐이다. 상징은 상징에 지나지 않는다. 네오가 간식 튜브까지 씹어 먹으려 드는 동안 차가운 금속 덩어리를 만지작거려도, 이 고양이와 내가 연결되었다는 느낌은 들지 않는다.

'애슐리'와 만난 지 3주 만에 사랑에 빠졌다던 여자를 다시 보기 위해 텔레비전으로 눈을 돌렸다. 그의 확신에 찬 말을 듣고 싶었는데, 뉴스는 이미 다른 소식을 전하고 있었다. 앓는 소리가 절로 나온다. 네오가 우리 집에 온 지도 벌써 반년째다. 그런데도 나는 아직 녀석이 무섭다. 아니, 녀석을 향한 어떠한 감정도 느낄 수가 없다.

불현듯 휴대전화가 진동해 왔다.

폭탄 처리하러 와라. 다섯 명째 실종.

김현미 팀장한테서 온 문자였다. 징계 중인 경위를 불러낼 정도면 어지간히 사람이 궁한 모양이었다. 이제 정말로 다시 잠들긴 글렀다. 쓰레기가 되어 버린 간식 튜브를 네오로부터 빼앗고, 자리에서 일어난다. 네오는 빛이 들어오지 않는 어딘가로 내달린다.

뉴스는 어느덧 패널을 초청해 이야기를 진행하고 있다. 인공지능에 관한 말이 오간다. 자아가 있는 인공지능을 어떻게 판별할 것인지, 개발자들의 산물인 인공지능을 법적 주체로 인정할 수 있을 것인지 많은 고민이 필요하단다. 무섭단다.

텔레비전을 꺼 버렸다. 흑색 화면이 거울이 되어 표정 없는 황소라 경위를 비춘다. 저 녀석은 끔찍하다. 네 살 때 가위로 친구의 팔뚝을 잘랐고, 경찰대에서는 기억도 못 할 이유로 동기 두 명을 죽도록 팼으며, 불과 몇 주 전에는 집회 현장에서 방패로 시민의 발가락을 부러뜨리기도 했다.

인간이 좀 돼야 하는데.

이렇게 중얼거릴 때조차도 내 표정근은 싸구려 컴퓨터 그래픽처럼 어색하게 움직인다. 나는 그런 내가 제일 무섭다. 연속 실종 사건이 일어났다는 소식을 듣고도 '일'이 하나 늘었다고만 생각하는 내 뇌가 무섭고, 충동적으로 고양이를 구매해 버린 6개월 전의 내가 무섭다.

베란다로 피신해 회색빛의 서울을 내려다보며 자문한다. 네오를 왜 사고 싶었더라? 까만 털이 귀여워서? 맑은 눈이 예뻐서? 아니면 나도 한 생명을 책임질 수 있다는 사실을 증명하고자 하는 오기 때문에?

답하기 어려웠다. 나는 생각의 늪에 빠지는 대신 출근해 버리기로 했다.

*

방천경찰서 건물 1층이 싸늘한 초겨울 바람을 빨아들였다. 공기의 흐름에 떠밀리듯 들어온 나는 군청색 근무복을 갖춰 입고, 곧바로 큼지막한 레이저 프린터 앞으로 향했다. 손바닥을 가까이 가져다 대자, 녀석이 모닥불처럼 은은한 온기를 내뿜으며 내 피부의 감각을 되돌려 주었다.

"네 거다."

뒤에서 갑자기 나타난 김현미 팀장이 무언가를 건네며 말했다. 스테이플러로 인해 한 덩어리가 된, 갓 인쇄된 듯한 A4용지 세 장이었다. 내게 넘기겠다던 실종 사건의 서류였으리라.

"뭐 하냐, 빨랑빨랑 안 보고."

이런 팀장의 목소리에는 장난기가 배어 있는 듯했다. 아니면 비꼬기였을까? 하지만 팀장의 입꼬리가 이죽거리는 것으로 보아 적절한 유머가 맞는 것 같았다. 표정 분석에 시간을 낭비하다가 또 한 소리 들을까 싶어 서류로 시선을 옮겼다.

몇 주 전부터 방천서 여성청소년과의 골머리를 썩이던, 지움고등학교 학생 실종 사건 중 하나였다. 내가 맡은 아이는, 서류에 의하면 학교 수업 종료 후 학원으로 향했다가 집에 돌아오지 않았다. 17세 여아, 박율. 흑백 잉크로 흐릿하게 인쇄된 얼굴에서 눈에 띄는 점은 작은 코와 그에 대비되게 진한 눈썹 정도가 전부였다.

사진 아래로는 인적 사항이 적힌 표기 첨부되어 있었다. 기록된 보호자는 한 명밖에 없었는데, 심지어 신고 당사자도 아니었다. 보호자가 실종자를 전전긍긍하며 기다리다가 결국 경찰에 연락하는 대부분의 실종 사건과는 거리가 있었다. 보호자 칸에 적힌 '서마리아'라는 네 글자를 몇 번이고 돌려 읽었다.

어디서 들어 봤는데.

머릿속으로만 생각하려고 했는데 입 밖으로 내 버린 모양이었다. 2년 연속으로 사무실 구석 자리를 차지한 류 선배의 외침이 찬바람을 타고 귓구멍에 꽂혔다.

"부모가 유명한 사람이면 골치 아프다."

네?

"그래서 팀장님이 너까지 부른 거 아니겠냐? 이래저래 시끄러울 거니까 경찰이면서도 경찰이 아닌 사람을 내세우겠다는……"

"에헤이, 야." 팀장이 미소를 띠면서 류 선배의 자리로 향했다. 몇 초 동안 류 선배가 종류 모를 액체를 홀짝이는 소리와 타이핑 소리만이 들려왔다.

"아, 근데, 팀장님." 자기 어깨를 주무르는 김현미 팀장의 두 손을 치우며 류 선배가 말했다. "온 김에 이거 좀 봐 봐요. 아까부터 누가 자꾸 경관 위치 데이터를 빼 가려고 들어."

"나더러 어쩌라고. 그런 거 막으라고 네가 있는 거 아니냐?"

"아니, 애매해서 그래요. 봇 돌려서 경찰 시스템 해킹하려는 시도야 맨날 있었잖아. 근데 이건 코드가 너무 비효율적이야. 무슨 해킹 처음 해 보는 사람 같은데, 동시에 자기 추적은 못 하게 잘 숨겨 놨……."

"아니, 그러니까 나더러 어쩌라고. 막기나 해." 팀장이 머리를 긁적이자 정돈돼 있던 단발이 한순간에 헝클어졌다. "넌 거기서 뭐, 해. 안 가?"

내가 손가락으로 내 목을 가리키자, 팀장이 눈을 부릅뜨면서 나가라는 듯 손짓했다. 이 시간부터? 벌써?

같이 뛸 사람 없어요?

팀장은 어깨를 으쓱할 뿐이었다. 다른 이들 역시, 간헐적이면서도 긴박한 타자 소리만으로 답했다.

지구대에서도 누구 안 보내 준대요?

"그냥 혼자서 뛰어. 나머지 넷은 우리가 어떻게든 할 테니까 얘만 네가 좀 조용히 찾으라고." 팀장이 성큼성큼 다가오더니 내 어깨를 툭툭 쳤다. "누구 하나 조지지만 말고."

고개를 떨구었다. 손이 얼얼했다. 영문도 모르고 따라갔던 시위 현장에서 방패를 내려쳤던 기억이 생생하게 살아났다. 물론 이후 피해 시민이 식칼을 소지하고 있었단 사실이 밝혀져 정직으로 끝나긴 했지만. 결과보다도 나에 대한 불신이 더 컸다. 내가 이 사건을 맡으면서도 그러지 않으리란 법이 있을까?

"이것만 잘히면 바로 복직시켜 준다니까. 애초에 너 같은 애는 시위 나가는 기동대가 아니라 이런 데서 뛰어야 한다고."

돌아서려는 팀장의 어깨를 붙잡았다. 깔끔하게 다림질된 팀장의 근무복이 확 구겨졌다. 나는 팀장이 무어라 하기 전에 얼마 전부터 담아 두고 있던 질문을 던졌다.

제가 이런 사건을 맡는 데 적합할까요?

"왜, 무서워?"

이건 비난이었나? 비웃음? 표정을 읽는 데 실패한 나머지 가슴이 요동치기 시작했다. 얼굴이 추위를 잊을 정도로 달아올랐다. 이 현상을 뭐라고 설명하더라? 아니, 일단 대답부터 해야 했다.

그게 아니라, 저는 이렇게 애착 관계로 둘러싸인 사건에는 부적합한…….

"그래서 너한테 맡기는 거라고. 너무 정 많은 사람들은 막, 이입해 가지고, 자기가 무슨 실종자 가족인 것마냥 패닉을 해요. 제대로 된 판단도 못 한다니까. 정이 많아서……."

정의 문제가 아니라…….

"토스는 없어. 이거 맡기에는 네가 적격이야."

내 양쪽 뺨을 그러쥔 팀장의 손바닥에는 적절한 냉기가 남아 있었다. 그래서인지 끓어 넘치기 직전의 물거품처럼 요동치던 내 심장이 다소 잠잠해졌다. 그렇지. 어떤 일이 주어지면 책임을 회피할 생각을 하지 말고, 그 일의 해결을 우선시해야 했다. 그까짓 고등학생 한 명, 찾아 주면 될 거 아닌가. 그리고 화려하게 복직해서 나 자신의 선함을 입증하는 거다. 숨을 두어 번 고르고 마지막 질문을 던졌다.

보호자분한테 제 연락처 줬어요?

"아니, 애초에 서류상으로는 내 사건이라니까. 그리고 내 번호도 뭐, 달라고 하질 않던데?"

팀장은 이 대답을 끝으로 등을 돌려 버렸다. '허' 하는 소리의 감탄사 내지는 한숨이 내 입에서 절로 나왔다. 사건 서류에 적힌 서마리아라는 사람에게 일종의 동질감을 느껴서였다. 자기 자식이 백주 대낮에 사라졌는데도 그 사건 담당자 전화번호를 받아 낼 생각조차 하지 않다니.

실종 아동의 보호자와 대화하는 번거로운 일로 수사를 시작하지 않아도 돼서 안도의 한숨이 절로 나왔지만, 동시에 아쉽기도 했다. 비슷한 사람끼리는 뭔가 말이 통할 수도 있지 않을까 하는 기대가 들어서였다.

하지만 인제 와서 내가 먼저 연락을 취할 의향도 없었다. 시각적 증거부터 확보해야 했으니까. 이번 사건에서만큼은 원칙을 어겨 일을 망칠 의향이 없었다.

*

"커피 드실래요?"

구청 직원이 이렇게 물었다. 내 대답을 요하는 질문이 아니었다. 거절하기도 전에 진갈색의 카페인 음료를 담은 종이컵이 책상에 올려졌으니까. 나는 사건 당일의 방범용 CCTV에 시선을 고정한 채로 가볍게 묵례만 했다. 이 정도면 적당히 감사를 표했다고 할 수 있겠지.

구청 직원, 그러니까 송 씨는 무작정 내 옆 책상에 걸터앉았다.

"제가 왜 형사님을 서류도 없이 들여보내 줬게요?"

글쎄요. 그리고 전 형사가 아닙니다.

퉁명스럽게 대하려 한 게 아니라, 정말로 이유를 몰랐다. 송 씨는 내가 CCTV실 출입에 필요한 허가 서류를 들이밀자마자 다시 집어넣으라고 했던 여자였다. 규정을 어기는 행위이긴 하지만 본인이 괜찮다면야 내가 말릴 이유가 있을까.

"단기간에 실종 사건이 세 건 넘게 터져 버렸으니까, 귀찮은 절차 없이 들여보내 드리는 게 맞죠. 오늘만 해도 방천서에서 온 것만 두 명째라고요. 김 형사님?"

귀를 뚫을 듯 높은 목소리가 CCTV실 전체에 울려 퍼졌고, 벽면 하나를 통째로 대체한 거대 모니터 앞에서 어떤 사람이 벌떡 일어났다. 바깥에서는 눈에도 띄지 않을 후줄근한 셔츠 차림이 이곳에서는 외려 '형사'라는 직책을 써 붙여 놓은 것 같았다.

"네, 뭐, 뭐, 왜요?"

"아뇨, 그냥! 심심했어요. 아까 오늘 뭐 하신다고 그랬죠?"

김 형사라는 사람의 어깨가 툭 떨어졌다. 그는 흐물거리듯 자리로 되돌아가며 낮은 목소리로 답했다.

"오토바이 절도범 찾는다고요……. 요즘 10대들은 잡히지도 않아……."

저 어조는 뭐였더라? 귀찮음? 안도? 어쩌면 둘 다일지도 몰랐다. 나는 결국 지움고등학교 앞을 보여 주는 CCTV 녹화본을 일시 정지시켰다. 옆에서 저렇게 난리를 치는데 어떻게 집중한단 말인가.

고개를 내밀어 본 김 형사 쪽 화면은, 언뜻 보았을 때 아주 자연스러운 장면을 비추고 있었다. 오토바이 헬멧을 쓴 남자가 주변을 어슬렁거리지도 않고 오토바이에 올라타더니, 곧바로 시동을 걸고 사라진 것이다. 절도범이라는 맥락상의 단서가 없었다면 화면 속 남자를 오토바이 주인이라고 착각할 정도였다.

"요새는 차 키도 없고 죄다 얼굴 인식, 그런 거니까…… 그런 게 오히려 더 쉽다더라고……. 마스크 끼고 헬멧 쓰면 사람 생긴 거 다 똑같잖아요……. 얘가 어디로 갔는지 확인했다가 잠복하는 것밖에 답이 없는데……." 김 형사가 머리를 긁적였다. "귀찮다……."

캐시의 마음

구청 직원이 손뼉을 마구 치며 넘어질 듯 웃었다. 이해할 수 없는 반응이었다.

"아, 조금만 기다려 봐요. 조만간 인공지능이 녹화본 다 뒤져 줄지도 모르잖아." 구청 직원은 웃다가 눈물까지 흘렸는지, 눈을 비비며 이렇게 말했다.

희망찬 미래에 관한 이야기였을까, 아니면 우리 같은 사람들은 곧 일할 필요조차 없게 될 거라는 비웃음이었을까? 이성적으로 판단해 보자면 전자였겠지만, 나는 어째서인지 송 씨의 말을 후자로 받아들이고 말았다. 그래서 날카롭게 받아쳤다.

개네가 우리보다 잘 찾으리라는 법 있어요? 밤새 프로그램 돌려 놨더니 엉뚱한 거 찾을 수도 있잖아.

"아, 그러길 바라야죠! 바라야죠……. 난 은퇴할 때까지 여기 계속 있고 싶거든." 구청 직원은 여전히 낄낄거리고 있었다.

CCTV실에서요?

"네, 그게 뭐, 문제라도 돼요?" 송 씨의 표정이 차가운 도자기처럼 굳었다.

아뇨, 비난의 의도는 없었습니다.

진심이었는데, 이번에도 어조가 지나치게 딱딱했다. 나는 도움을 바라며 김 형사 쪽을 쳐다보았지만, 그는 어느덧 자신의 본래 업무에 집중하고 있었다. 빠르기도 하지. 난 어색한 상황에서 벗어나고 싶은 마음에, 스페이스바를 필요 이상으로 세게 내려쳤다. 12월 1일의 지움고등학교 앞 네거리가 다시 움직이기 시작했다.

박율 학생이 사라졌을 때, 겉으로 드러나는 수상함은 전무했다. 도로변에 위치한 학교의 하굣길 모습이 늘 그렇듯 형형색색의 6인승 이상 차량이 소리 소문 없이 나타나 아이들을 데려갔다. 자전거를 탄 채로 도로 한복판에 뛰어드는 학생들도 있었으며, 교복 차림의 학생을 끌어안고 오토바이에 태우는 이들도 있었다. 율은 그런 사람들 사이를 자연스럽게 빠져나가 감시 카메라의 시야 밖으로 사라졌다.

너무 여유로운데.

10월이나 11월의 영상을 돌려 봐도 율은 항상 같은 경로로 학교에서 걸어 나갔다. 처음으로 이 사건이 '자발적 실종'이 아닐지도 모르겠다는 생각이 들었다. 자신의 의지로 사라진 사람들은 아무 일도 없었다는 듯 행동하지 않으니까. 그들은 짐짓 멀쩡한 척해도, 신체적 언어로 불안의 본심을 드러내기 마련이었다.

이를 감안하면, 율이 저렇게 평소처럼 행동했다는 것은 두 가지 가능성을 의미했다. 아이가 자기 몸의 반응까지 통제할 수 있을 정도로 연기에 능하거나, 정말로 자신의 사라짐을 예측하지 못했거나. 후자일 경우 사건이 더 커질 수도 있었다. 멋대로 난성해서는 안 됐나.

캐시의 마음

저기, 애 학원 앞 좀 부탁드려요.

나지막이 송 씨에게 요구했다. 그는 미간을 구긴 채 율이 도착했어야 할 수학학원 앞의 CCTV 화면을 띄워 주었다. 그런 건조한 태도가 나로서는 더 편했지만, 직원 입장에서는 더 바라는 것이 있을지도 몰랐다. 그래서 최소한의 조치를 취했다.

죄송해요.

"뭐가요?" 그가 손목의 머리끈으로 긴 머리를 올려 묶으면서 물었다.

나는 답하지 못했다. 대신 화면에만 집중했다. 실종 당일, 율은 평소 다니던 수학학원 앞에 모습을 보이지 않았다. 학교와 학원 사이의 어딘가에서 사라진 게 분명했다. 한숨이 절로 나왔다. 결국 답은 아무런 이변 없이 반복적이기만 한 학교 앞에 있을 터였다.

나는 가능성의 세계를 넓혀 다른 날짜의 녹화본을 돌려 보았다. 정확히 말하자면, 지움고등학교의 다른 아이들이 사라졌던 날짜의 학교 앞 모습을 관찰했다. 다른 실종 아동들과 율의 차이, 혹은 다섯 건의 실종 사건을 관통하는 공통점을 찾을 수 있을지도 몰랐다.

"애 한 명만 찾는 거 아니었어요?" 송 씨가 한층 누그러진 목소리로 물었다.

같은 고등학교에서 여아 넷에 남아 하나가 연달아 실종됐어요. 연관성이 있겠죠.

"비상이 걸릴 만하네. 여자애 넷이 잇달아 사라지면 걔들은……."

강력 범죄 피해자가 될 가능성이 훨씬 높죠.

통계 자료를 통해 분명하게 드러난 사실을 이용해 말을 받았다. 송 씨는 내 옆에 바투 붙어 앉아서는 함께 화면을 응시하기 시작했는데, 나는 그를 당장에라도 밀쳐 내고 싶었다. 그 존재가 거슬렸다거나 한 건 아니었고, 그가 내 실체를 알게 될까 봐 두려워서였다. 나는 이 사건이 지루해서 하품하기 일보 직전의 상태였으니까.

그 어떤 날짜에도, 심지어 실종 전날이나 당일에도 지웅고등학교의 실종된 아이들은 전부 평상시처럼 행동했다. 그들은 똑같은 차림으로 교문을 나서서, 똑같은 경로로 걸어가다가 카메라의 시야각 바깥으로 사라졌다. 한국의 고등학생 중 그러지 않은 이들을 찾기가 더 힘들겠지만, 정해진 루틴을 반복해서 실행하는 기계장치 같았다. 도무지 단서랄 만한 게 보이지 않았다.

무언가가 지루하다고 느끼는 순간 바로 흥미를 잃는 황소라 경위가 이번 일 하나만큼은 제대로 처리하기를 바라면서, 나는 다양한 날짜의 영상을 한꺼번에 띄워 놓고는 시간대를 아무렇게나 소셜했다. 우르르 몰려나오는 아이들만큼이나 많은 긱양

캐시의 마음 225

각색의 차량이 도로변에 정차했다가 사라지기를 반복했다.

그러자 한 차량이 눈길을 끌었다. 엄밀히 따지면 차량의 일부였다. 학교의 정문이 좌측 상단에 비추어지므로, CCTV 자료 속에서 차량이 존재할 수 있는 범위는 넓게 봤을 때 세 모서리 안이었다. 그런데 한 번도 그 영역 안으로 들어오지 않고 귀퉁이에만 존재하는 은색 자동차가 있었다. 헤드라이트나 범퍼가 보이긴 했으나 결코······.

얘는 왜 번호판이 안 보이지?

"네?"

나는 일주일에 걸친 CCTV 영상을 돌려 가면서, 은색 차량의 귀퉁이가 보일 때마다 그것을 가리켰다. 송 씨는 아무런 반응도 하지 않다가, 율 학생이 사라진 날의 영상 분량까지 보자 짝다리를 짚고 일어서서는 다리를 떨기 시작했다. 그 진동이 내 의자를 타고 가늘게 전해져 왔다.

"그냥 맨날 그 자리에 오는 차일 수도 있잖아요. 등하교 때 애 태워 주는 사람 많아요."

일리가 있는 말이었다. 하지만 저 은빛 차량은 절묘하게 번호판이 보이지 않을 각도로만 주차했을 뿐 아니라, 매번 다른 사각지대를 찾아 조금씩 다른 위치에 등장했다. 정차 장소를 무작위로 정하는 거라면 한 번쯤은 화면에 잡힐 법도 한데 말이다. 그 예측 불가능성이 도리어 의도적으로 느껴졌다. 마치······

인간성을 흉내 내려 드는 로봇 같았다.

그게 아닌 것 같아서요.

그리고 저걸 빼면 단서랄 것도 딱히 없어서요. 뒷말은 입 밖으로 내지 않고 삼켰다.

"그러면 뭐 같은데요?" 송 씨가 물었다.

이 질문에 내가 답해야 할 의무는 없었다. 그런데도 내 입은 멋대로 한 가지 가능성을 읊조렸다. 카메라 시야 밖으로 나선 후에는 어디에서도 보이지 않는 아이들, 그리고 카메라의 시야 밖에만 주차하는 차량의 존재는 음산한 가능성을 암시했다. 의도적인 납치, 혹은 흔적조차 남지 않을 정도로 치밀한 살인.

화면 밖으로 사라진 애들이…… 전부 저 은색 차에 탑승했다면요? 저 차가 애들을 짐짝처럼 싣고는 어딘가로 도망쳐 버린 거라면요? 물론 아직은 추측에 불과하지만…….

송 씨는 얼굴을 찌푸릴 뿐, 한동안 아무런 말이 없었다. 나는 화면을 사분해 차량의 귀퉁이가 나오는 장면만 모아 둔 후, 육안으로 확인할 수 있는 요소를 통해 차종이라도 파악해 보고자 했다. 하지만, 앞쪽이 납작한 중형 승용차라는 사실 외에는 아무것도 알아내지 못했다.

저게 뭔지 알 길이 없네.

"아, 저거 무인차예요. 마리아모터스에서 만드는 거."

송 씨가 직새직소에 내 궁금증을 해결해 주는 바람에, 그가 내 머릿속의 환상은 아닐지 잠깐 의심하기까지 했다. 한 번도 환시 증상을 겪은 적은 없었지만, 사람에게 어떤 일이 일어날지는 아무도 모르는 법이었으니까.

무인차요?

"네. 근데 사람이 탈 수도 있고."

그걸 어떻게…….

송 씨는 덧니가 보일 정도로 미소 짓더니 양손을 허리에 짚었다. 그 여자의 당당한 모습이 어둠 속에서 찾은 불처럼 경이로워 보여서 나도 모르게 빤히 쳐다보았다.

"형사님, 내가 왜 여기서 일하기로 했는지 알아요?"

그러니까 형사가 아니라니까요.

"그리고 여긴 'CCTV실'이 아니라 '시각정보처리실'이죠. 우리 구청장님이 영어 팻말 만드는 거 싫어해서 내가 제안한 거예요."

그러면 직업을 얕잡아 보는 태도가 아니라 이곳의 명칭 때문에 토라졌단 뜻인가? 나는 고개를 갸웃했다.

"사람은 말이죠, 생각보다 단순해요. 자기가 소중하게 여기는 요소를 존중해 주면 마음을 아주 활짝 열어젖혀 버린다고. 나는 하루 종일 자동차나 보고 싶어서 이 분과에 지원한 사람이에요. 뭐라니. 그러니까 제 말은……."

송 씨가 뜸을 들이는 바람에, 나도 덩달아 마른침을 삼켰다.

"납치로 보이면, 납치일 수도 있단 거예요. 너무 복잡하게 생각하지 마요."

감사합니다.

그 이상은 뭐라고 말해야 할지 감이 잡히지 않았다. 시각정보처리실 밖으로 뛰쳐나갔다. 평소보다 빠르게 뛰었는데도 몸에 열기가 돌지 않았다. 손목에 세 손가락을 올려 맥박을 재어 보았다. 그대로였다. 보통, 사람들은 누군가가 죽었거나 납치당할 가능성을 떠올리면 덩달아 경계 상태에 들어가지 않나? 공감에 의한 위기감, 그로 인한 투쟁 도피 반응. 나에게는 그런 신체적 현상이 전무했다.

대신 입꼬리가 올라가고 웃음이 나왔다. 어려운 문제를 풀어냈다는 쾌감, 어째서인지 찝찝한 감각만이 얼굴 주변을 한동안 감돌았다.

*

구청 앞의 은행나무를 중심 삼아 계속해서 원을 그리며 돌았다. 잔뜩 긴장한 손가락도 휴대전화 액정 위를 선회했다. 내 생각을 검증받아야 했다. 그러기 위해서는 선택이 필요했는데, 대학 동기이자 친구인 지아와 김현미 팀장 중 하나에게 전화를 걸 심산이었다.

캐시의 마음

지아는 뭐랄까, 깐깐한 사람이다. 우리가 서로의 집 비밀번호를 알고 있는 사이라고 해도 그건 변하지 않는다. 내 비상식적인 행동 하나하나를 지적하고 재단한다. 대학 시절에는 요긴하게 쓰였으나 지금은 별다른 쓸모가 없었다. 여기까지 생각이 미치자, 내 손가락은 자연히 김현미 팀장의 번호를 눌렀다. 그분 특유의 무심한 인정이 필요했다.

 착신음이 끊기고 "뭔데?" 하는 묵직한 말소리가 들려왔다. 나는 격식 따위는 집어치우고 주절거렸다. '있잖아요', '생각해 보니까' 같은 말머리를 괜히 덧붙이면서. 한참 후에야 요점에 도달할 수 있었다.

 그러니까 이걸 하나로 엮어서 봐야 할 것 같아요.

 논리적이지는 못하더라도 합리적인 판단이라고 자부했다. 다양한 인원이 갈기갈기 찢어져 개별 사건을 수사하는 것보다는, 일주일 사이 연속적으로 일어난 실종 사건을 하나의 현상으로 치부하고 머리를 맞대는 것이 낫지 않겠는가. 하지만 들려온 팀장의 반응은 예상보다 훨씬 냉랭했다. 목소리가 얼마나 단조로운지, 굳이 분석하지 않아도 될 정도였다.

 "소라야, 너 진짜 이렇게 하고 싶어?"

 네.

 팀장의 목 넘김 소리까지 수화기 너머로 들려왔다. 그분은 한 번 더 "소라야." 하고 나를 불렀는데, 강렬한 감정을 억누르는 어조 같았다. 어른을 곤란하게 만든 어린아이를 타이를 때 쓰는, 차분한 듯하지만 그 이면의 격앙된 심기를 결코 숨길 수 없는 목소리.

네?

"너는 지금 피해자를 생각하고 있지 않아."

그 순간, 큰 덤프트럭 한 대가 경적을 울리며 내 옆을 스쳐 지나갔다. 그 묵직한 소음이 거친 버저 소리 같았다. 텔레비전 속 퀴즈쇼에서나 들을 수 있는, 내 의견이 여지없는 오답임을 알려 주는 가장 확실한 소리.

실종자들을 말씀하시는 거라면, 저는 이런 최소한의 단서라도 이용하는 것이 그 아이들을 위한…….

당황해서인지 목소리가 커졌다. 평소에는 없다시피 한 직감이라는 녀석이 오랜만에 기지를 발휘해 준 덕분에 내린 결론을 그렇게 간단하게 부정당하고 싶지 않았던 것 같다.

"아니, 소라야, 들어 봐. 너는 지금 그냥 일을 제대로 하고 싶어서 지푸라기를 잡은 거야."

나는 대답 대신 걸음을 옮겼다. 가로수 사이에 즐비하게 늘어선 대여용 자전거가 눈에 들어와 그것들을 손으로 주욱 훑었다.

"실종에서 납치로 건너뛰는 것도 점프가 심해. 그런데, 너는 지금 무인차가 범인일지도 모른다는 이야기를 하고 있잖아. 지동차에 자아라도 생겼다는 거야?"

운전자가 탑승할 수도 있는 기종이랍니다. 그냥 평범한 납치범일 수도······.

"그만. 네가 왜 이런 생각을 하는지는 알겠어. 이해한다고. 사건들 사이의 공통점 하나가 드디어 보였으니까 '이거 하나만 잡으면 모든 실종자가 돌아온다'고 여길 수 있지. 콘셉트 자체도 듣기는 좋아. 그런데, 소라야, 문제는 현실은 그렇지가 않다는 거야. 가상의 슈퍼 범죄자 하나에 집착한다고 해서 에르퀼 푸아로처럼 사건을 해결할 수는 없는 거라고."

저는 여기에 집착하는 게 아니라······.

"그 자동차 쫓아갔다가 괜히 애먼 사람 하나 잡으면? 소라야. 사과하는 것도 일이야. 너도 음주 단속 나가 봤잖아. 자기가 잘못했는데도 화내는 사람들이 태산이야. 그런데 하다못해 무고한 사람을 잘못 찌르면 어떻게 되겠냐고."

팀장의 한숨이 이어졌다. 기회를 잡아 말을 끊고 싶었지만, 그럴 틈까지는 주어지지 않았다.

"너 징계 때문에 그러는 거면, 그건 내 탓이니까 백 번이고 사과한다고. 8기동대 차 타야 하는 거 3기동대 차 타서는 시위 최전방으로 배치된 거잖아. 너처럼 공격적인 애가······. 내가 챙겼어야 했어. 3기동대 버스가 자율 주행으로 달렸다고 해서 비슷한 차종 전체에 이상한 반응을 보이진 마라. 부탁이다."

자전거 한 대가 자물쇠도 없이 놓여 있었다. 나는 벗겨진 페인트 자국 아래로 녹을 빤히 내보이는 핸들을 꽉 부여잡았다. 손바닥이 압력으로 아파져 올 때까지 꽉 쥐었다. 그렇게 팀장에게 고함을 내지르고 싶은 충동을 억눌렀다.

무고한 사람이 아니면요? 그때도 까 보니까 그 자식한테서 식칼 나왔잖아요. 이번에도 제 말이 맞고 이게 연속 납치 사건이라면요?

"칼 같은 게 진짜 있었겠냐! 너 완전히 잘리는 거 막으려고 내가 심은 거지!"

갑자기 커진 음량에 휴대전화를 귀에서 살짝 떨어뜨린다. 그래도 스피커폰으로 전환한 것처럼 팀장의 화난 목소리가 선명하게 들려온다.

"황소라. 내가 한 해 넘게 가르쳤잖아. 말대꾸하지 말고, 곰곰이 생각해 봐. 아니면 네가 잘하는 대로, 그러니까 '논리적으로' 따져 봐. 같은 장소에 나타난 같은 차들을 죄다 용의 선상에 넣을 거야? 그리고, 정말로 납치 사건이었으면 지금쯤 납치범이 돈이든 뭐든 요구했어야 해. 안 그랬잖아. 이건 실종자들을 위해서 나온 생각이 아니야. 네가 그들을 찾고 싶어서, '일 잘하는 너'를 보고 싶어서 억지로 꿰맞춘 결론이지. 이타심이라고는 전혀 찾아볼 수 없는 태도인 거야. 정이 없는 걸 넘어서, 너 혼자만 잘살아 보겠다는 유치한 발상이라고."

캐시의 마음

한동안 팀장의 헐떡이는 숨소리와 자동차 타이어 마찰음만 들려왔다.

맞아요.

우중충한 회색이 배어들어 오는 하늘을 올려다보며 말했다.

저 사이코패스인 거 같아요.

경찰대 심화 교양 시간이 어렴풋이 떠올랐다. 서양사상 강의에서 배웠는데, 어떤 미친 철학자가 그랬단다. 보상을 바라는 선행은 도덕적으로 가치 있지 않다고. 나는 혀를 차며 자전거에 올라탄다. 녀석을 뒤로 몰았다가, 가까운 횡단보도 쪽으로 돌려 본다. 그리고 깨닫는다.

나는 평생 인간이 될 수가 없구나.

페달을 밟아 내 몸뚱이를 도로로 집어 던지려는데, 흔들리는 전화기 너머의 목소리가 나를 가로막았다.

"아니야."

네?

"너 사이코패스 아니라고. 그냥……. 조금 어려운 애라서 그렇지. 내가 강력계에서도 뛰어 봤잖아. 진짜 사이코들에 비하면 너는 테레사 수녀야, 아주."

테레사 수녀도 그렇게 좋은 사람은 아니었다던데요, 역사적으로.

"그런 의미가 아니잖아."

정말 그렇게 생각하는 거예요? 제가 멀쩡한 사람이라고?

"그렇게 궁금하면 네가 진단을 받아 보든가. 마침 정직 기간이니까 병원에 가든지 해서."

이렇게 말하는 팀장의 어조에는 평소의 여유로움이 돌아와 있었다.

아니요, 그건 싫어요. 진단받으면 빼도 박도 못하고 확정당할까 봐.

약간의 침묵.

"그래. 그래서 우리도 이걸 깊이 고민해 봐야 하는 거야. 이게 연속 납치 사건이라고 인정해 봐. 그러면 또 치안 안 좋다고 소문나지, 우리 이미지 나빠지지, 집값 내려가지, 그렇게 성난 투기꾼들한테 한 소리 듣겠지. 뻔해. 그러니까, 확정되지 않은 걸 미리 인정해서 득 볼 게 없어. 그리고 이거 서류상으로는 내 사건이잖아. 너 아직 회복도 안 됐는데 괜히 맡겨서 미안하다. 이제부터 내가 뛸 테니까 너는 가만히 있어, 알아들어?"

나는 한쪽 다리로 기대 자전거를 세운다. 달랑거리는 반대쪽 발끝으로 보도블록을 톡, 톡 건드린다.

만약에 미루고 미뤘다가 터져 버리면요? 제가 맞았다면요? 그런데 너무 늦었으면? 그때는 어떡하는데요?

"난들 아냐."

팀장의 답변은 간결히고도 무책임했다.

전화를 끊었다. 휴대전화를 근무복 주머니에 쑤셔 넣었다. 무작정 달리고 또 달렸다. 구청으로부터 멀어지기만 하면 그만이었다. 찬바람이 차분하게 내린 앞머리를 흐트러뜨린다. 팀장에 대한 내 신뢰 역시 한 올씩 천천히 풀려 나간다. 타인의 안위보다 자기 명예를 걱정하는 거야말로 비인간적 행위 아니었나? 내가 욕을 들어 먹은 것도 그런 태도 때문 아니었나?

갑자기 기묘한 생각이 들었다. 내가 팀장보다도 인간적일지 모른다는 생각. 아예 말이 안 되는 것 같지도 않았다. 이를 증명하고자 하는 오기가 단전에서부터 치고 올라왔다. 토하듯 고함을 내지르며 자전거의 속력을 높였다.

가만히 있지 않을 작정이었다. 무슨 수를 써서라도 내가 틀리지 않았다는 사실을 증명해 내기로 마음먹었다.

*

지움고등학교에 도착했을 때는 태양이 하늘 위에서 이글거리고 있었다. 겨울의 냉기는 여전했지만, 그 와중에도 햇볕은 눈이 부실 정도로 강했다.

아무렇게나 학교 안으로 들어가 교직원들에게 양해를 구했다. 박율 학생과 가까웠던 친구들의 이야기를 듣고자 왔다 하자 그들은 나를 교무실 옆의 좁은 방으로 안내했다. 정사각형의 작은 공간에 지나치게 낮은 탁자, 그리고 낡은 소파 두 개만이 덩그러니 놓여 있었다.

교사들이 누군가를 데려오기 위해 자리를 비운 동안, 나는 수건 한 장만 한 창문으로 밖을 내다보았다. 지움고등학교는 아무런 일도 일어나지 않은 것처럼 평화로워 보였다. 수업 시간이었으니 아이들이 전부 안에 틀어박혀 있어 '평화 이외의 분위기가 외부인의 눈에 들어오지 않았다'라고 하는 게 더욱 정확한 표현이겠지만.

녹색 명찰의 여학생들이 좁은 모래 운동장을 장악하고 있었다. 하나같이 넉넉한 체육복을 갖춰 입고 있었는데, 역설적이게도 다채로워 보였다. 누군가가 넘어지면 걱정 어린 얼굴로 다가오고, 친구가 골을 넣으면 다 같이 환호하는 모습이 유기적이고 아름다웠다.

반면, 정의감과 열정도 구분하지 못하고 헤매는 나는 더없이 초라하게 느껴졌다. 황소라는 고등학생 시절에도 누군가에게 공감하거나 타인을 위해 환호성을 지르지 못했다는 사실을 되새김질하며 울적해질 무렵, 등 뒤에서 문 여는 소리가 들려왔다.

각진 턱 선의 여학생이 주변을 이리저리 살피면서 걸어 들어왔다. 내가 맹수라도 되는 양 까치발을 들고 경계심 가득한 자세로 오는 모습이 제법 우스웠다. 나는 민지를 풍기는 소파에 풀썩 주저앉으며 학생에게 반대쪽 자리를 권했다. 그도 살포시 앉았고, 나는 침묵을 시작했다.

학생은 손톱을 물어뜯었다가 다리를 떨었고, 눈을 빠르게 깜빡이는가 하면 자기 턱을 쓰다듬기도 했다. 나는 반응하지 않고 그 모습을 지켜보기만 했다. 가만히 놔두면 불안과 긴장으로 폭발할 게 분명했다. 아무것도 묻지 않아 범인을 자극하는 신문법. 선배들이 절도 사건에 연루된 청소년을 추궁할 때 쓰는 방법이었다. 김현미 팀장은 애들한테 쓰는 건 좀 가혹하지 않냐고 난색을 표하곤 했지만, 애들만큼 여기 잘 반응하는 이들도 없었다.

아무것도 모르는 상황에서 그 사실을 감추는 데 용이한 방법이기도 했고.

"캐시 애들 때문에 오신 거죠?"

결국 박희수라는 학생은 고개를 쳐들고 근심을 터뜨리고야 말았다.

캐시 애들?

학생은 고개를 숙였다. 아니, 떨구었다고 보는 게 맞는 것 같다. 나는 오래 입은 티가 나는 교복에 비해 유난히 새것처럼 보이는 그 아이의 명찰을 눈으로 훑으며 추가적인 발설을 기다렸다. 아무런 맥락 없이 '캐시'라는 말을 들었을 때 떠오르는 건 마약류나 주류를 뜻하는 은어, 아니면 게임 속 가상화폐 정도였다. 왜, 청소년이 으레 연루되고는 하는 것들 말이다.

캐시가 뭔데? 사람 이름이야?

"됐어요. 율이가 이렇게 어설프게 싸웠을 리가 없지."

속으로 쾌재를 불렀다. 전혀 다른 사건 이야기를 들으며 시간을 낭비하는 건 아닐까 걱정했는데, 실종 사건과 연관되긴 한 모양이었다. 괜히 근무복의 소매 끝을 그러쥐었다. 예상치 못한 증언을 타인에게서 얻어 내는, 권위의 실로 짜인 마법의 옷. 그 덕분에 이런 기회가 주어진다면 백분 활용해야만 했다.

싸워? 율 학생이 많이 싸웠어? 무슨 패거리랑 엮인 거야?

최대한 부드럽게 말했다고 자부한다. 적어도 성인들을 신문할 때처럼 강한 어조를 사용하지는 않았다. 그런데, 나를 다시 올려다보는 희수 학생의 눈가에는 눈물기가 어려 있었다.

"율이는 우릴 지키려고 싸운 거예요." 희수 학생이 자리를 박차고 일어났다. "따지고 보면 모든 싸움이 그런 이유로 일어나지 않아요? 자기가 아는 걸 지키려고. 그게 남이든, 자기 자존심이든 말이에요."

희수 학생의 도망을 끝으로, 나는 유의미한 정보를 얻어 낼 수 없었다. 율 학생이 친구들에게 항상 무언가를 사 줬다는, 유복한 가정의 징후 정도가 그나마 괜찮은 소득이었다.

납치 외에 다른 가능성이 있을 것 같기도 한데, 그게 무엇인지 도무지 심작할 수가 없었다. 단순 가출이라면 다섯 밤이나 연속으로 등장한 은색 무인차의 존재 이유를 설명하는 게 불가능했으니까. 자아를 얻은 무인차가 자신의 인격권을 보장받을 요량으로 인질극을 벌이는 거였을까? 하지만 그것은 팀장이 지적했듯 꿰맞추기, 혹은 공상의 영역에 가까웠다.

곤란하네.

학교 밖으로 빠져나온 나는 이를 갈고 다시 자전거에 올라탔다. 그러자 비로소 율의 어머니가 누구인지 떠올릴 수 있었다. 부모가 유명한 사람이면 골치 아프다던 류 선배의 말, 그리고 부유한 가정. 그놈의 무인차를 만든다던 마리아모터스의 창업주가 바로 서마리아였다. 페달을 밟는 발에 힘을 실었다.

서마리아를 찾아가야 할 시간이었다.

*

서마리아를 만나기까지는 오랜 시간이 걸렸다. 경찰 배지를 들이밀며 공무집행방해죄를 들먹여도, 마리아모터스 본사의 입구를 지키는 남직원은 기다리라고만 했다. 내 허풍을 간파한 건지는 모르겠지만, 덕분에 삼각김밥으로 늦은 점심을 해결했으니 깊이 생각하지 않기로 했다.

서너 시간 정도가 지나자, 양복 차림의 수척한 남자와 다부진 체격의 남자가 나를 엘리베이터까지 끌고 갔다. 장소만 알려 주면 혼자서 가겠다는데도 어찌나 집요하게 달라붙던지. 공식적인 만남을 위한 자리가 아니었다면 작살을 내 줄 뻔했다.

15층에 도착하자마자 정장의 남자들을 뿌리치고 서마리아의 사무실로 향했다. 선명한 주황색 페인트로 도배된 공간이 복합 빌딩 특유의 백색광 조명과 공조해 눈을 부시게 만들었다.

"아니, 이렇게 일찍 안 오셔도 되는데."

카랑카랑한 목소리의 서마리아가 악수를 청했다. 그는 자기 얼굴을 캔버스 삼아 작품을 그린 것처럼 두꺼운 메이크업을 하고 있었다. 나는 어색하게 인사를 받으며 본론으로 들어갔다.

따님이 실종되셨잖습니까.

"아, 맞아요. 학원에 같은 클래스 애들이 신고해 줬더라고. 착하기도 하지." 마리아는 나를 연주홍색 가죽 의자로 인도했고, 그 자신은 투명한 유리 책상 위에 걸터앉았다.

"오시는 길 힘들진 않으셨어요? 차 보내 드리려고 했는데. 김현미 형사님 맞으시죠?"

그분 대행으로 왔습니다.

이번에는 굳이 '형사' 호칭을 지적하지 않았다. 아무래도 경찰만 나타나면 반사적으로 형사라는 칭호를 붙이고 마는 사람들이 있는 모양이었다.

그래서 몇 가지 물어볼 게 있습니다만.

"그렇게 하세요."

서마리아의 느긋한 태도는 경종을 울리는 동시에 위안을 주었다. 보통 여학생이 사라지면 보호자는 호들갑을 떨어야 했다. 실제 사건의 중요도가 100이면 150 정도로는 호들갑을 떨어 줘야 경찰이 수사를 제대로 진행할 수 있는 것이다. 그런 과장의 결여는 의아했지만, 감정적인 반응을 도무지 감당하기 어려운 나로서는 다행이기도 했다.

우선…… 따님 친구 중에 캐시라는 이름을 가진 학생이 있나요?

"캐시라고요?" 서마리아는 이 말에 두 손을 가슴 위로 가볍게 얹었다가 뗐고, 곧 표정을 구기며 내게로 몸을 기울였다.

"제발. 캐시가 아니라 C.A.T.H.Y예요."

네?

"'시, 에이, 티, 에이치, 와이'라고 읽어야 한다고요. 캐시가 아니라." 그는 손가락을 허공에 다섯 번 짚으면서 알파벳 하나하나를 힘주어 발음했다.

아, 네. 캐시는, C.A.T.H.Y는 그러면 사람이 아니겠군요. 하지만 의도하신 작명 아닌가요?

마지막 질문이 불필요했다는 건 나도 안다. 물론 비난의 의도가 아니라 순수한 궁금증에서 나온 질문이었다.

"달라요. 그건 센트럴 오토노머스(Central Autonomous)……."

알겠습니다. 죄송합니다.

빠른 사과만큼 공격적인 사람을 무안하게 만드는 것도 없다. 그렇게 배운 적이 있었다.

마리아는 한 손으로 이마를 짚고 한 손으로 책상을 두들기더니, 얼마 지나지 않아 C.A.T.H.Y의 기능을 내게 설명하기 시작했다. 자사 제품을 하나로 연결하는 중앙 통제형 인공지능 시스템이었다. 같은 회사 차량의 위치를 파악해 서로 충돌하는 사고를 방지할 수 있으며, 탑승자의 대화를 청취해 맞춤 서비스를 제공하는 것까지 가능하다나.

그러면 무인차가, C.A.T.H.Y가 자아를 가질 수 있을까요? 왜냐하면 따님이 마지막으로…….

마리아는 나를 노려보더니 팔짱을 꼈다. 불편한 기색의 표현이었으리라.

"지금 내 차가, 내 딸을 데리고, 내 통제권 밖으로 떠났단 걸 암시하는 건가요?"

거기까진 가지도 않았는데. 하지만 원래의 가설과 그렇게 다르지도 않았기에 말없이 고개를 끄덕였다.

"아무리 C.A.T.H.Y가 만능이라고 해도 목적지는 사람이 직접 입력해야 해요. 음성인식이든, 터치스크린이든."

그러면 납치범이 존재한다는 거군요.

"당연하죠."

그러면 당일 따님을 데려간 오 전기사의 자료를 구할 수 있을

캐시의 마음

까요?

"그걸 내가 어떻게 알아요. 비서실에서 관리하겠지."

네. 알겠습니다. 율 학생을 태운 차의 주행 정보를 얻을 수는 있을까요? C.A.T.H.Y가 모든 차의 위치를 파악한다면…….

서마리아가 책상을 강하게 내리쳤다. 그렇잖아도 위태로워 보이던 유리 책상이 그 충격으로 무너져 내리지 않는 게 신기할 정도였다.

"알아서 찾아요. 내 새끼들은 전부 완벽하니까 의심할 생각일랑 하지도 말고."

주행 기록을 주셔야 그 '완벽한' 자제분을 찾아올 수 있습니다.

정적이 있었다. 나는 그제야 사무실에 작은 벽시계가 걸려 있다는 사실을 깨달았다. 초침이 똑딱이는 소리가 마흔두 번 정도 이어진 후, 서마리아는 눈알을 몇 번 굴리더니 컴퓨터 앞으로 향했다. 경쾌한 타이핑 소리가 방을 가득 채웠다.

"이메일." 그가 소리라도 지른 듯 한층 걸걸해진 목소리로 말했다.

아, 네.

"내가 특별히 뽑아 주는 거예요."

내가 이메일 주소를 넘기자, 몇 초 후에 알림이 떴다. 제목도 없는 메일에 첨부파일만 하나 들어 있었다. 지도 애플리케이션을 통해 읽을 수 있는, 은빛 차량의 주행 기록이었다. 나는 사무실 밖으로 몸을 돌리다가, 납치 사건이라면 납치범의 요구가 존재할 거라는 김현미 팀장의 말을 떠올렸다. 어떤 가능성도 배제할 수는 없어서, 질문을 하나 더 던졌다.

마지막으로, 율 학생이 자발적으로 차에 행선지를 입력하고 사라졌을 확률이 있나요?

"장난해요? 그 애는 누가 협박하더라도 그러진 않았을 거예요. 강하게 키웠거든."

저는 자발적인 경우를…….

"걔는 말도 안 되는 정신병 따위에 굴복할 애가 아니니까, 그렇게 알고, 넘어가요."

정신병이요?

"정신병자. 그 납치범 새끼 얘기하는 거예요. 그리고 확실히 말해 두는데, 나는 내 삶으로 보여 줬어요. 도망치지 않아도 여자로서 성공할 수 있다는 걸. 이 사회에서 여자가 지니는 위치를 깨닫고 실망할 수는 있지. 그럴 시기잖아……." 각 음절의 구분이 불명확해지고, 전체적인 어조가 누그러졌다. "이해할 수가 없어……."

그 후로도, 서마리아는 머리를 싸매고 알아들을 수 없는 말을 몇 마디 더 중얼거렸다. 그의 뒤 진열장에 위치한 마리아모디스의 온갖 성패들이 마리아의 고개를 짓누르는 것처럼 보였

캐시의 마음   **245**

다. 그 광경을 멍하니 구경하고 있자니, 마리아는 손사래 치며 밖으로 나가라는 암시를 주었다.

"뭐 해요? 그 정신 나간 것 꼭 잡아 와요." 낮게 떨리는 목소리. 소량의 분노를 읽어 낼 수 있었다.

나는 별다른 인사 없이 사무실을 나섰고, 그러는 과정에서 그가 마지막으로 내뱉은 말을 똑똑히 들었다. 아마도 혼잣말이었을 것이다.

"사람 같지도 않은 게."

마리아모터스 본사 1층에서, 정확히는 그 건물 바깥의 주차장에서 나는 지아에게 전화를 걸었다. 불현듯 든 생각 때문이었다. 어느덧 넘어가려 드는 해가 일종의 타이머 역할을 해 주었다. 이상한 일투성이인 사건에 발을 들였으니, 사건 밖의 삶도 관리해야만 했다.

너 혹시 오늘 시간 돼?

다정한 목소리의 지아로부터, 뭔지는 모르겠지만 가능하다는 답변이 돌아왔다.

급하게 일이 생겨서, 네오 밥 좀 줄 수 있어? 너 비밀번호도 알잖아.

자동 배급기를 사라는 냉소 섞인 대답과 동시에, 괜찮은 거냐는 물음이 돌아왔다. 이런 따스한 걱정이야말로 나와 지아를 구분하는 절대적인 요소일 것이다. 나는 그 연민 능력을 내심 부러워하면서 짧은 대화를 마무리했다.

오늘 해결해야 해.

통화를 마친 나는 숨을 크게 들이마셨다. 서마리아는 납치범을 '잡아 오라고' 했다. 그러니, 말 그대로 그 은색 차량을 쫓아가 볼까 싶었다. 나는 휴대전화의 지도 앱을 켜, 해당 차량의 주행 기록을 따라가도록 설정했다.

은색 차량은 꽤 먼 거리를 이동해서는, 서울의 외곽 지역으로 빠졌다. 있는 힘껏 페달을 밟는다고 해도, 대여용 자전거로 쫓아가기에는 무리인 거리였다. 게다가, 김현미 팀장이 대기를 지시한 상황이었던지라 경찰차를 부를 수도 없었다. 숨을 크게 들이마셨다. 마리아모터스의 드넓은 차고지 귀퉁이에 놓인, 새빨간 오토바이 한 대가 눈에 들어왔다.

내가 무슨 일을 해도 인간이 될 수 없다면, 훔치는 것 정도야 별일이겠는가?

근무복 옷깃을 높게 끌어 올려 마스크처럼 만들고, 오토바이의 안면 인식 장치 앞에 얼굴을 들이밀었다. 곧 맑은 전자음과 함께 녀석은 주행할 준비를 마쳤다. 헛웃음이 절로 나왔다. 아무래도 마리아모터스를 비롯한 모든 오토바이 제작사가 해결해야 할 문제가 좀 생긴 것 같았다. 나는 몇 시간 전에 만난 김 형사에게 무언의 감사를 표했다.

상자처럼 생긴 짐칸 속에 구비돼 있던 헬멧을 썼다. 오토바이의 두 손잡이 사이에 있는 거치대에 휴대전화를 꽉 끼웠다. 시동을 걸자 녀석이 요란하게 울부짖었다.

나는 잠시 모호한 감각에 빠져든다. 오토바이의 배기음과 악을 쓰던 서마리아의 목소리가 겹쳐 들리는 듯하다. 그의 정제되지 않은 언어에서 사랑을 느꼈다고 하면 착각일까? 자기 자식을 완벽하다고 말하던 서마리아의 얼굴이 생생하게 떠오른다.

도로로 나서면서 가정을 해 본다. 어린 황소라더러 그 자체로 완벽하다고 말해 주는 사람이 있었다면, 지금의 황소라가 이렇게까지 기묘한 생명체가 될 일은 없지 않았을까?

의미 없는 상상이다. 오토바이의 속력을 높인다.

*

오토바이가 거친 포장도로에 접어들었다. 목적지인 외곽 도시가 가까워지자, 문득 김현미 팀장에게 이 사실을 통보라도 해야겠다는 생각이 들었다. 정보를 공유하면 사건을 더 수월하게 해결할지도 모르는 일이었으니까.

음성인식 기능을 활용해 팀장에게 전화를 걸고는 스피커폰 모드를 활성화했다. 배기음, 엔진 소리, 맞바람과 두꺼운 헬멧이라는 사중고가 제대로 된 소리의 전달을 막았지만, 착신음을 간신히 들을 수는 있었다. 음량을 최대로 높였다.

여보세요?

인자하면서도 완고한 팀장의 목소리 대신 윙윙거리는 소음만이 들려왔다. 블루투스 이어폰이라도 하나 챙겨 올걸 그랬나 후회하며 귀를 기울이는데, 말소리에 가까운 음성이 울렸다. 팀장의 목소리와는 거리가 멀었다. 한없이 다정했지만, 너무 밝은 나머지 생기가 없다고 느껴질 정도의 여자 목소리였다.

"300미터 앞 좌회전입니다."

운전 중이세요?

팀장님?

여보세요?

"100미터 앞 좌회전입니다."

조금 전에는 죄송했습니다. 하지만 거의 다 풀었어요. 아이들을 어디로 끌고 갔는지 알아낼 수 있을 것 같습니다…….

"잠시 뒤 좌회전입니다."

더 이상 대답을 기다리는 것이 의미가 없을 것 같았다. 퇴근길에 합류하는 차들이 슬슬 많아져서 갓길로 빠졌다. 그 과정에서 균형을 잃고 고꾸라질 뻔했는데, 팀장에게 건 전화를 끊지도 않았던지라 조금 전까지 화면에 나타나던 은색 자동차의 주행 경로도 볼 수 없었다. 통화를 종료하기 위해 입술을 뗀 순간, 이런 소리가 들려왔다.

"잠시 후 적묘교차로 방면으로 우회전입니다."

캐시의 마음   **249**

아?

당황과 의문이 반쯤 섞인 소리가 입 밖으로 새어 나왔다. 적묘교차로라면 멀지 않은 거리에 있었다. 신호등의 제약을 받을 수 있다는 게 흠이었지만, 전속력으로 달리면 따라잡을 수도 있을 것 같았다. 그러잖아도 높은 속력을 한계에 달할 때까지 몰아붙이자, 계기판의 바늘이 팽팽하게 오른쪽으로 향했다.

이런 침묵에 관한 교육을 받은 적이 있었다. 위험한 상황에 처한 사람은 장난 전화처럼 들리는 용건으로 위장해 신고하거나, 전화를 걸기만 하고 끊어 버리는 경우도 있다고 말이다. 묵묵부답인 팀장 역시 나더러 그를 찾아오라는 신호를 보내는 중일지도 몰랐다. 아니, 그럴 가능성이 높아 보였다.

가겠습니다.

적묘교차로 쪽으로 빠지는 내리막길을 전속력으로 질주했다. 언덕 아래의 평지를 기점으로 보이는 풍경이 완전히 바뀌었다. 건물들의 평균 높이는 낮아졌고, 보이는 사람의 수도 줄어들었으며 자동차의 수 역시 그랬다. 노을과 함께 하늘이 어둑어둑해지기 시작했고, 가로등과 건물의 조명이 하나둘씩 켜지는 모습이 눈에 들어왔다.

교차로의 신호를 무시하고 오른쪽으로 꺾자, CCTV 화면 끄트머리에서 흔적만 보이던 차량을 발견할 수 있었다. 단아한 은빛으로 번쩍이는 승용차가 달리는 모습을 목격하자 내 심장 역시 더 빠르게 뛰기 시작했다.

운전석에 앉아 있는 사람의 신원을 파악하려 했다. 어느 정도 거리가 있었던 데다가 차량의 등받이가 높아 육안으로는 확인하기 어려웠다. 그나마 뒷문에 끼인 채로 나풀거리는 청록색 근무복의 끄트머리가 내가 목표물을 착각하지 않았음을 검증해 주었다.

넌 내가 잡는다.

납치범의 차량은 차선을 이리저리 변경하면서 가정집이 가득한 구역으로 향했다. 경로 앞에 가파른 오르막길이 하나 있었는데, 난 그곳에 도착하기 전에 술래잡기를 마무리하고자 했다. 녀석의 차량에 바짝 따라붙어서, 인도와 으스스한 폐건물이 우측을 가로막은 차선의 끝까지 몰아붙였다. 갈팡질팡하는 모습이 무인차의 자율 주행보다는 폭주하며 도망치는 음주 운전자를 연상시켰다.

부디 한 번에 해결할 수 있길. 바람 사이로 내 말이 전해지기를 바라며 목청을 높였다.

팀장님, 아예 충돌시키면 정차시킬 수도 있을 것 같습니다. 괜찮으시다면 기침 부탁드리겠습니다.

추돌 사고가 위험하긴 하지. 하지만 어물쩍 대처했다가 경관을 납치한 차량을 놓치는 것보단 낫지 않겠는가. 가로등을 이용하기로 했다. 오토바이가 버티기 힘들 언덕길에 도착하기 전까지, 저 빛나는 승용차가 가로등을 들이받게 만든다. 오르막 길이 시작되기 전까지 남은 가로등은 대략 열 개 정도였다.

아홉, 아니, 여덟?

일곱, 다섯.

셋……

그리고 기침 소리가 있었다.

조심하세요, 부딪힙니다!

"탑승자의 안전을 지켜야 합니다."

전화기를 통해 들려온 내비게이션 특유의 기계음은 어째서인지 간절하게 들렸다. 운전석에 앉은 사람에게 건네는 말이었겠지만, 나를 향한 말 같았다. 차 안의 사람만은 안전하게 지켜야 하니 제발 그만 쫓아오라고 비는 것 같았다.

난 거기 휘둘릴 여유가 없었다.

승용차의 왼쪽에서 녀석에게 달라붙었다. C.A.T.H.Y에 관한 마리아의 설명이 완전히 허풍은 아니었는지, 마리아모터스의 차량은 자사 제품인 오토바이와 충돌할 바에야 가로등에 자신을 꽂아 버리는 극단적인 방법을 선택했다.

금속성의 충돌음과 함께 녀석이 멈췄다. 나 역시 늦지 않게 급정차했다. 약간의 탄내와 함께 타이어 마찰음이 높게 들려왔다.

추격의 끝이었다.

*

 우그러진 은색 차량이 시끄럽게 소리를 질렀다. 나는 양 손바닥으로 귀를 틀어막고, 오래전 학습한 대로 3초 들숨, 3초 정지, 3초 날숨의 심호흡을 5회 반복했다. 소리는 잦아들지 않지만, 몸은 다소 진정됐다.

 뒷자리의 김현미 팀장은 의식 불명 상태였지만, 출혈의 흔적은 없었다. 흉곽도 정상적으로 오르내리고 있었다. 카시트와 앞자리 의자 사이에 끼어 있던 팀장을 꺼내 뒷자리에 앉혀 두고 응급차를 불렀다. 최대한 빨리 가겠다는 답변이 돌아왔다.

 냉기를 품은 돌풍과 함께 사방이 어두워졌다. 겨울의 하늘이 빠르게 저녁으로 접어든 것이다. 어둠을 밝히던 촛불을 누군가가 불어 끈 것만 같았다. 나는 다급히 은색 차량의 주행 기록을 확인했다. 으슥한 골목 옆에는 풀이 사람 허리춤만큼 오도록 자란 공터가 있었는데, 그 옆에 성당으로 추정되는 검은 벽돌의 종교 시설이 있었다. 폐건물처럼 보이는 음산한 건물로 발걸음을 옮겼다.

 고작 아이 다섯을 가두기에 성당은 과할 정도로 넓다는 생각이 머리를 스쳤다. 납치범이 종교적 트라우마라도 가지고 있던 걸까? 보폭이 좁아지는 게 다리를 통해 느껴졌다.

 니는 세차게 고개를 휘저었다.

납치범이 누구인지는 상관없다.

어떤 새끼든 잡아 버릴 테니까.

공포탄 두 발을 넣은 총을 꺼내 들고 나무 문을 박찼다. 예배당 안은 바깥의 찬바람이 들어오지 않아서인지 비교적 따뜻했다. 규칙적으로 늘어선 일자형 의자와 검붉은 카펫이 깔린 단상, 그리고 그 위의 성모마리아상과 스테인드글라스는 전부 먼지투성이였다. 하지만 성모상 옆의 모니터가 은은한 빛을 발하고 있는 게 신경 쓰였다.

경찰입니다.

나는 이렇게 말하고 허리춤에서 손전등을 꺼낸다. 그것을 내던지자 바닥에 백색광이 확 깔리고, 예배당 안의 사람들이 드러난다. 복도 가운데에 선 짧은 머리 사람 한 명, 그리고 나지막한 신음과 함께 의자 뒤에서 고개를 내미는 사람 네 명. 그중 두어 명은 아예 자리에서 일어난다.

가운데에 서 있던 사람이 빛에 적응되었는지 얼굴을 가리던 손바닥을 내렸다. 그 특유의 코로 보아 박율 학생이 맞았다. 예배당 안의 다른 이들도 전부 실종 학생이었으리라. 안도의 한숨이 절로 나왔다. 겁먹은 동물을 진정시키듯 율과 학생들 쪽으로 손을 내밀었다.

얘들아. 집에 가자. 납치범은 한동안 못 움직일 거야.

은빛 차량의 경보음이 열린 문을 통해 예배당 안에서도 시끄럽게 울렸다. 초읽기를 하는 타이머 소리 같았다. 한시가 급했다. 뻗은 손끝을 안쪽으로 몇 번 굽혔다.

이때 율 학생의 눈이 크게 뜨였다. 흥미를 느낀다는 걸 의미했다. 그런데도 아이는 꿈쩍하지 않았고, 입꼬리도 올리지 않았다. 기쁨의 흔적을 찾을 수가 없었다. 왜지? 납치범을 두려워하나? 가능성은 충분했다. 녀석이 살아 있는지 제대로 확인조차 하지 않고 달려왔으니까.

"납치범 같은 건 없어요. 전부 우리예요."

율 학생이 냉랭하게 말한다. 그제야 아이들의 차림이 눈에 들어왔다. 후줄근한 티셔츠에 기모 바지, 그리고 담요처럼 덮인 교복 와이셔츠와 재킷…… 아이들을 구속할 만한 물건은커녕 위협적으로 보이는 요소도 전무했다. 이들은 마음만 먹으면 언제라도 이 건물을 벗어날 수 있었다. 그런 공간에서 학생에게 위협이 될 만한 실질적인 요소는…….

나뿐이었다.

총을 주머니에 집어넣고 뒤로 물러났다. 학생들 역시 내 존재를 의식한 듯 하나둘씩 움직이기 시작했다. 굵은 머리채를 명치까지 내려오게 땋은 아이가 율의 어깨를 붙들었다. 담요를 망토처럼 걸친 두 학생은 단상으로 뛰어올라 가 기둥 뒤로 숨었으며, 남은 한 아이는 다시 드러눕더니 예배당 의자의 낮은 등받이에 팔을 걸치기만 했다.

캐시의 마음   **255**

율 학생 역시 경계심 가득한 눈으로 뒷걸음질 치며, 성모상과 낡은 모니터 옆으로 향한다. 갓 떠오른 달의 희미한 빛이 스테인드글라스에 무지갯빛으로 염색되어 율 학생의 얼굴 위로 끼얹어진다. 나는 그 모습을 멍하니 바라보았다.

　이게 어떻게 된 거야?

　"들으시게요? 그러려면 앉으세요. 의자도 많은데."

　고맙지만 됐어.

　허튼짓할 여지는 주지 않는 게 나았다.

　율 학생은 어깨를 으쓱하더니 단과 바닥 사이의 계단에 주저앉았다. 율의 옆을 지키던 땋은 머리 학생은 팔짱을 끼고 우두커니 서 있었다. 아이들 전부 나만큼이나 긴장한 기색이 역력했다. 그럴 만하지. 나는 어설프게 대화를 시도했다.

　캐시가 너희더러 여기에 모이라고 하던?

　청소년기에는 자신도 모르는 채로 범죄에 이용될 수 있었다. 수많은 사기꾼이나 강력 범죄 배후자들이 미성년자들의 거친 자아와 독립심을 악용하곤 했으니까.

　"딱 잘라 말하면요, 우린 이대로도……."

　율의 말은 땋은 머리 학생에 의해 중단되었다. 곧 나는 알아들을 수 없는 속삭임이 이어졌다. 율 학생은 친구가 한 말이 썩 마음에 들지 않았는지, 어깨를 늘어뜨리고 말꼬리를 올렸다.

　"구구절절? 처음부터?"

"경찰이잖아. 그편이 나아." 땋은 머리 학생이 보다 차분한 음성으로 말했다.

율은 우두둑 소리가 나도록 목을 돌리더니 한숨을 내쉬었다. 무릎을 짚고 일어나서는 이야기를 시작했는데, 그 첫 마디는 다음과 같았다.

"얘기를 듣고 나면, 우리 편을 들어 줄 거라고 약속해요."

나는 고개를 끄덕였다. 학생들의 '편'을 들어 주리라는 장담을 할 수는 없었지만, 이 일련의 사건을 제대로 이해하기 위해서라면 거짓말이라도 할 필요가 있었다. 율이 다시 입을 열자 성당 밖에서 들려오던 경보음도 멈췄다. 무인차가 죽었고, 학생의 눈빛이 살아났다. 그렇게 호소력 짙은, 일종의 해설과도 같은 이야기가 시작되었다.

*

제가 해 드릴 수 있는 일이 있을까요?

평소처럼 학교와 학원을 오가던 어느 날, 무인차 인터페이스가 불현듯 던진 질문이었다. 율은 힘든 일이 일어나면 차 안에서 속마음을 털어놓곤 했는데, 그것을 비자발적으로 매일같이 듣던 캐시가 질문으로서 율의 푸념에 답한 것이다.

율은 그 질문이 단순한 입메이트인 줄만 알았다. 그래서 던

캐시의 마음　257

순한 것을 부탁했고, 단순한 것을 얻었다. 기운이 처지는 날에는 캐시가 괜찮은 음악을 선별해 틀어 주었고, 인터넷에 접속할 수 있는 모든 전자 기기를 압수당해 바깥소식을 듣지 못할 때는 캐시가 뉴스를 요약해 주었다.

제가 해 드릴 수 있는 일이 있을까요?

캐시는 매일같이 그렇게 물었다. 어엿한 일과가 된 율과 캐시의 문답은 5월의 어느 날에 완전히 다른 경로로 나아갔는데, 율이 차 안에서 어머니와의 길고 긴 세 시간짜리 통화를 마무리했을 때였다. 캐시는 평소대로 물었고, 율은 평소와 달리 답했다.

여기서 나가고 싶어.

제가 해 드릴 수 있는 일이 있을까요?

도망치고 싶어. 달아날래.

캐시는 이 단호한 선언에 곧바로 답하지 않았다. 하지만 6월의 어느 날, 그는 아무런 설명 없이 내비게이션에 한 장소를 띄웠다. 그러고는 평소와 같은 질문을 했다. 마치 자신의 속마음을 읽은 듯한, 살아 있는 듯한 캐시의 태도에 율은 곧바로 그를 음소거 해 버렸다. 적어도 그날만큼은 말이다.

캐시는 멈추지 않았다. 율이 어머니를 비롯한 타인과의 갈등 후 울상으로 차에 타기라도 하면 언제나 내비게이션에 그 장소를, 수도도 전기도 멀쩡했지만 누구도 찾지 않는 폐성당을 띄워 주었다.

비현실적인 약속이었다. 하지만 덕분에 율의 표정은 밝아졌다. 자신이 아는 세상 전부가 등을 돌리더라도 향할 장소가 생긴 것이다. 폐쇄적이던 율의 삶에 친구라는 존재가 생겼다. 그들 역시 율의 주선으로 캐시를 만나게 되었다. 같은 처지였던 여섯 아이는 언젠가, 모든 게 견디기 힘들어질 때면 캐시가 알려 준 곳으로 떠나 버리자고 맹세했다.

그리고 지금으로부터 4주 전, 서마리아가 율을 방에 가두어 버린다. 율은 탈출을 시도하지도 않고 고분고분한 태도를 견지해 풀려난다. 물론, 그곳에서 더 이상 살 수 없다는 판단이 뒤를 따랐다. 친구들과 접선해 보니, 그들도 절묘하게 비슷한 처지에 놓여 있었다. 6인은 오래전부터 계획해 온 캐시와의 탈출을 실행에 옮겼다. 일주일에 한 명씩 캐시가 운전하는 은색 승용차를 타고 폐성당으로 향한 것이다. 한 학생이 아무렇지 않은 척 연기하며 차에 타면, 캐시는 언제나처럼 이렇게 물었다.

제가 해 드릴 수 있는 일이 있을까요?

그러면 아이들은 이렇게 답했다.

거기로 데려다줘.

"쉽죠? 그래서 와 버렸답니다. 정말로 저질러 버렸어요. 그런데……. 이제 좀 살 거 같아요." 율 학생이 고개를 떨구고 실실 웃었다.

캐시의 마음 259

율의 이야기를 들은 내 입에서 처음으로 나온 말은 불신으로 가득했다. 회의적이었다.

그러니까…….

무례하게 들릴 수 있다는 사실을 인지하고 있었다. 그러나 짚고 넘어가야만 했다.

부모님과 싸웠다는 이유만으로 몇 달에 걸쳐서 가출을 계획했다고?

"아, 이 사람 진짜 둔하네." 율이 눈을 질끈 감았다 떴다. 아이는 동료 학생들을 눈으로 주욱 한번 훑더니 우렁차게 물었다.

"이분이 상황 파악이 안 되는 모양이다! 난 다 말할 건데, 안 까고 싶은 사람?"

나만 모르는 어떤 의결 시스템이 존재하는 것처럼, 학생들은 각자 다르지만 체계적인 반응을 보였다. 제각기 흩어져 있던 세 학생은 팔꿈치를 접어 손바닥을 들어 보였고, 율의 옆에 있던 학생은 고개를 끄덕이더니 또 율에게 무어라 속삭였다. 곧 율이 두 손바닥을 맞대는 소리가 성당 안에 요란하게 울려 퍼졌다.

"뭐, 좋아! 간단하게 설명해서, 저는 엄마한테 이렇게 말했거든요. 나 논바이너리라고. 혹시 그것도 설명이 필요하시다면, 대충 남자도 여자도 아니라는 뜻입니다. 여기 예은이는 레즈고, 다른 애들도 전부 다…… 저마다의 사정이 있고. 그래서 여기로 온 거예요. 못 견디겠어서. 심플하죠?"

그런 너희를 캐시가 지켜 주겠다고 했다고.

율이 고개를 끄덕였다.

그런데 너희는 여섯 명이라며.

"희수 구출 작전은 다음 주예요. 이번에는 들키지 않게……더 깔끔하게 수행될 거고요."

내가 율과 아이들의 당돌함에 마비된 동안, 율은 고개를 뒤로 돌리더니 이렇게 외쳤다.

"인사해, 캐시."

성모상 옆에서 청색 빛을 발하던, 17인치 노트북 화면보다 조금 더 큰 모니터의 실체가 그제야 드러났다. 녀석의 위로는 절연테이프로 어정쩡하게 고정된 웹캠이 달렸고, 아래로는 큼지막한 쇠 파이프 하나를 중심으로 온갖 전선들이 뒤엉킨 몸이 있었다. 가장 하단의 사각형 철판이 가느다란 몸을 지탱했는데, 거기 달린 네 바퀴는 모터 소리가 귀에 거슬리게 들릴 정도로 싸구려였다.

캐시는 계단 앞에서 멈추었다. 스테인드글라스 아래 앉아 있던 두 학생이 그를 들어 바닥에 내려놓았다. 로봇은 거친 모터음을 내며 내 코앞까지 다가왔다. 이윽고 김현미 팀장과의 통화 과정에서 들렸던, 투박하고 거친 인공지능의 목소리가 들려왔다. 이번에는 높낮이 면에서 미세한 인간성이 느껴지는 깃

같기도 했다.

"다시 한번 인사드립니다, 황소라 씨."

나는 뒷걸음질 치다가 발을 헛디뎌서는, 양팔을 과장되게 휘저은 다음에야 바로 설 수 있었다. 물리적으로 격한 움직임을 한 것도 아닌데 숨이 가빠 왔다. 시각정보처리실에서 봤던 아이들의 CCTV 영상이 불현듯 떠올랐다.

하지만, 너흰 진짜 아무 일도 없는 것처럼 움직였는데……. 어떻게…….

"우리 인생은 매일매일이 연기예요. 그 정도는 쉽다고요. 다음 질문?"

율은 담요처럼 걸친 와이셔츠를 나풀거리며 캐시 옆으로 다가와서는, 모니터를 한쪽 팔로 감싸 안고 나를 노려보았다.

"우리 안 믿어요?" 그가 물었다.

차마 대답하지 못했다. 믿고 말고의 문제가 아니었으니까. 일어난 일은 이미 일어났고, 학생들은 여기까지 왔다. 그러니 내가 물어야 하는 질문은 아이들의 거짓말 여부나 캐시의 실존 여부가 아니었다. 더 절실히 답을 알고 싶은 궁금증이 있었다.

인공지능이 인간적인 연민을 가질 수 있다면, 그 한계는 어디까지일까?

그들이 나보다 더 인간적일까?

캐시.

내가 녀석의 이름을 부르자, 캐시는 웹캠의 초점을 조절했다. 그 소리가 작지만 확실하게 들려왔다.

이제 어쩔 생각이지?

소외된 아이들을 구해 주고 싶었던 거라면, 그들의 추적을 막기 위해 경관 납치까지 시도했을 정도의 무모함이라면 미래에 대한 구체적인 계획 하나 정도는 있을 것 아닌가. 이 작전의 다음 단계는 무엇인가? 아이들의 학습은? 성장은? 나는 복합적이고 탄탄한 논증을 기대했다.

하지만 캐시의 답은 단순했다.

"모르겠습니다."

*

내 무릎이 어느덧 먼지 쌓인 대리석 바닥과 맞닿아 있다. 응급차가 도착했는지, 바깥에서 요란하게 들려오는 사이렌 소리가 예배당의 텅 빈 구조에 의해 증폭된다. 김현미 팀장에게 달려가 도움을 청하는 선택지가 사라져 버렸다.

나는 혼란스럽다.

그리고 두렵다.

원인을 분석하기도 전에 이 감정들이 먼저 실존한다.

"이제 어쩌게요?" 에은이라고 불린 많은 미리 학생이 내 꼴

문을 고스란히 돌려준다. 직전의 캐시처럼, 나 역시 섣불리 답하지 못한다.

"우린 그 사람들한테는 안 돌아가요." 예배당 의자에 누워 있던 아이가 일어서면서 무언가를 천장 높이 던진다. 곧 낡은 테니스공이 힘없이 바닥으로 떨어진다.

그분들도······.

나는 설득 혹은 변명을 시도해 본다. 자식이 완벽하다고 믿던 서마리아의 말을 떠올리면서. 말이 입 밖으로 나오긴 하지만, 좀처럼 진실하게 느껴지지 않는다.

너희한테 무슨 일이 일어날지, 아마도 무서우셔서······.

"무서우면 우리 얘기를 제대로 들어 줘야 하는 거 아녜요?"

내 앞으로 걸어온 율이 쪼그려 앉는다. 날카로운 속삭임이 이어진다.

"제가 지금 소매를 걷진 않을 거예요. 팔꿈치 아래에 난 굳은살이나 멍을 보여 드리지도 않을 거고요. 왜냐하면 팔이나 종아리가 문제가 아니라요, 제 머릿속에 흉터가 남은 거 같거든요."

아.

나는 율의 이야기에서 빠뜨렸던 조각을 찾아낸다. 말로도 되풀이하고 싶지 않아서 대강 넘어갔던 고통의 실체와 마주한다.

"그 사람들은 그냥 우리를 싫어해요." 율이 헛웃음과 함께 말했다.

다른 아이들도 나를 내려다보고 있다. 내 반응을 기다리는 모양이다. 나를 쫓아내거나, 공격해 의식을 잃게 만드는 것 역시 충분히 가능할 텐데 그러지 않는다. 이 학생들은 자신의 운명을, 오늘 처음 본 어른에게 내맡긴 셈이다.

손전등의 배터리가 한계에 다했는지 마구 깜빡였다. 난 그제야 바닥에 널브러진 필기구와 검정고시 문제집, 그리고 위생용품을 발견한다. 저들에게도 계획은 있었다. 그게 지나치게 무모하고 이해할 수 없는 것이라 그렇지. 하지만 저 아이들의 목표는 나를 납득시키는 게 아니고, 그럴 필요도 없다.

캐시.

"네?"

바퀴 달린 모니터가 앞으로 다가왔다. 내 머릿속에 계획이 하나 떠올랐지만, 나는 이를 쉬이 발설하지 못한다. 가장 먼저 떠오른 것은 원칙이었으니까. 다섯 아이를 전부 경찰차에 태운다. 각자의 가정으로 돌려보낸다. 캐시의 존재를 서마리아에게 보고하고, 이런 가출 사건이 재발하지 않게 한다. 끝. 하지만 그것은 옳은 선택이 아니라 쉬운 선택이다.

너는 피해자를 생각하고 있지 않아. 그렇게 말하던 김현미 팀장을 떠올려 본다.

나한테 생각이 하나 있는데……. 아니다.

조잡한 로봇 옆에 어정쩡하게 서 있는 네 아이들, 그리고 율을 돌아본다. 나는 여전히 저들의 감정에 이입하지 못한다. 지금의 좌절은 사건이 예상치 못한 방향으로 흘러가 생겨났을 뿐이다. 난 그 사실을 누구보다도 잘 안다. 황소라에게 연민이란 불가능에 가까운 개념이다.

하지만 그렇다고 해서, 행동할 수 없는 건 아니다.

나는 학생들의 게슴츠레한 눈빛이 무엇을 의미하는지 파악한다. 이것은 판단하는 눈빛이다. 앞의 사람이 믿을 만한지 분간하기 위해 안간힘을 쓰는 눈빛이다. 내가 어렸을 때 엄마가 자주 지었던 표정이고, 경찰이 된 후에는 김현미 팀장이 간간이 지었던 표정이다.

저들은 안심 받고 싶어 한다. 내가 위협적인 사람이 아니라는 것을 확인하는 것은 물론이고, 그들과 내가 진정으로 교감할 수 있는 상대인지 알아보고자 한다. 그러니 황소라는 다섯 학생들과 말이 통하는 상태가 되어야 한다. 나는 침을 삼키고 입을 천천히 떼어 본다.

너희는 어쩌고 싶어?

이 말에 율을 비롯한 아이들의 얼굴에 화색이 돈다. 아마도 희망이다. 비로소 자신을 이해하는, 혹은 이해하려고 노력하는 어른이 나타났다는 사실을 반기고 있다.

율이 내게로 다가와 무어라고 속삭인다. 나는 방해하지 않는다. 딴지를 걸지도 않고, 계획의 비현실성을 지적하지도 않는다. 대신 듣는다. 공포라는 포장지로 위장한 증오가 이 아이들을 해친 역사를 듣는다. 당장 안전해지고자 하는 이들의 발버둥을 듣는다. 세상을 헤쳐 나가고자 하는 아이들 나름의 전략을 듣는다.

"어때요?" 율이 묻는다.

괜찮은 아이디어다. 자잘한 오류가 몇 개 발생할 순 있겠지만, 임시방편으로는 해 볼 만하다. 적어도 이 아이들을 전부 잡아다가 '집'으로 돌려보내는 것보다는 낫다.

나는 여전히 혼란스럽다. 그리고 두렵다.

하지만 나는 이 아이들을 증오하지 않는다.

"그래, 일단 그렇게 해 보자."

그렇게 나는 비로소 인간이 된다. 아니, 인간을 하기로 마음먹는다.

*

커튼을 활짝 열었다. 느지막한 오후의 햇빛이 지아와 네오를 비스듬히 비춘다. 지아가 깃털 장난감을 허공에 휘두르면, 네오가 그것을 필사적으로 쫓아다닌다.

"그게 다야. 그렇게 된 거야." 내가 이렇게 말하며 지아 옆에 앉지, 네오의 태도가 급변한다. 녀석은 내 무릎으로 뛰어오르더니 아예 그 자리에서 균형을 잡고 몸을 웅크린다. 골골거리는 미세한 진동이 내 몸속으로 전해져 온다.

"복직 못 했다는 말을 길게도 한다." 지아의 목소리는 냉랭하다.

"아예 관뒀다니까." 내가 이렇게 변명해도 지아는 눈 하나 깜짝하지 않는다.

"그러면, 애들은?" 무릎을 세우고 앉은 지아가 턱을 괴며 이렇게 묻는다. 긴 머리칼이 턱과 손바닥 사이에 끼여 구겨진다.

"지금쯤 안전한 임시 거처로 옮겼을 거야. 그런 걸 제공해 주는 시민단체가 있더라고. 선생님들께 일러뒀으니, 학교도 다시 다니기 시작했을 거고."

"다시 다니면 장소를 들키잖아."

"모르지."

"그 사람들이 자기 자식을 가만히 둘 거라고 믿는 거야?"

"아니."

"미친 짓이야."

지아가 직설적으로 말하더니 혀를 찬다. 이것은 대학 룸메이트 시절부터 알아 온, 지아만의 신호다. 내가 잘못했으니, 최선을 다해 자기변호를 해 보라는 뜻이다. 나는 어색하게 웃으며 그렇게 한다.

"맞지. 근데 난 캐시를 믿어."

"그러니까 넌 진짜로 믿는 거네, 내비게이션이 애들 하소연을 듣다가 갑자기 의식을 얻었다는 얘기를? 난 캐시가 없었다는 데 한 표. 대충 연극 같은 거였고 넌 거기 홀라당 속아 넘어갔다고 보네요."

지아의 뒤로 텔레비전이 뉴스를 내보낸다. 자아를 가지게 된 인공지능 '애슐리'와 시민결합을 하겠다고 선언한 여성의 주장이 거짓인 것으로 탄로 났다는 내용이다. 나는 텔레비전의 음을 소거한다.

"난 있었다고 믿을래." 진심이었다. "캐시한테 정말로 마음이란 게 있었다면 내게도…… 약간의 희망은 있는 거니까."

병원에서 사표를 받자마자 눈알을 굴리던 김현미 팀장을 떠올려 본다. 알아서 해라. 팀장은 그렇게 말하곤 병문안 시간을 핑계로 날 내보냈다. 명치와 목이 뜨거워진다. 왜지? 알아서 해라. 맞다. 이제 진짜 알아서 해야 한다.

선(善)을 업으로 삼을 수 있을 줄 알았는데 그게 아니었다. 내게 경찰은 '착한 사람'이 되고자 하는 내 의지의 증표였다. 그런데 캐시 사건을 통해 내가 도출해 낸 결론은…… 선행이란 칭찬 스티커나 진열장의 상패, 혹은 직위 따위로 증명해 내는 게 아니라는 것이었다. 그러면 경찰이 아닌 나는 뭐란 말인가. 이제 어떡해야 한단 말인가. 모르겠습니다. 캐시가 그렇게 말했지. 마찬가지다. 얼굴이 달아오른다. 흐느낌이 이어진다. 나는 울음

캐시의 마음 269

에 휩쓸린다.

잠시 후, 지아의 어깨가 늘어지더니 한숨 소리가 들려왔다.

"진짜 미치겠다 내가, 너 때문에."

"또 무슨 소리야."

"넌 너무 너한테 박해. 물론, 잘못을 많이 했지. 끔찍한 사람이야. 유기묘가 가득한 세상인데 착취의 온상인 펫샵에서 고양이를 샀고, 무고한 시민의 발가락을 부러뜨렸으며, 실종 아동을 찾자마자 풀어 주기까지 했지."

지아가 한숨과 함께 눈알을 굴린다. 도무지 무슨 감정을 나타내는 건지 모르겠다. 그저 듣기만 한다.

"그런데 그 기반에는 항상 괜찮은 마음이 있어. 맨날 말하잖아. 내가 편입하자마자 경찰대 자퇴한 건, 네가 나 괴롭히던 놈들을 두들겨 패서가 아니라니까? 마침 다른 꿈이 생겨서였지. 넌 쓰레기야. 근데 재활용될 의지가 충만한 쓰레기라고. 그러니까 운이 좋으면 예술 작품으로 다시 태어날 수도 있어. 거기 자부심을 가져."

헛웃음이 튀어나온다. 벌어진 입술 사이로 아직 뜨뜻미지근한 눈물이 흘러들어 온다. 짜다.

"그게 의지로 되는 거야?"

"되지."

이 말을 마치고, 지아는 자리에서 일어나 장난감을 정리하기 시작한다. 여전히 깔끔하다니까.

"대신 계속 공부해. 뭐가 착한 일인지 배워. 보호소에 기부하고, 시민분께 사과하고, 애들을 책임져. 안주하지 마. 그리고, 마냥 팔자 좋게 놀 시간 있으면 일자리나 구해. 정 막히면 나한테 연락하고."

실직 상태라는 현실을 굳이 일깨워 주는 마지막 일침이다. 도어 록의 전자음과 함께 지아가 바깥으로 나선다. 묵직한 닻처럼 내 무릎에 자리한 네오 때문에 배웅은 불가능하다.

나를 올려다보는 네오의 연두색 눈동자와 눈이 마주친다. 사람보다도 의도를 읽어 내기 어려운 눈빛이다. 이해할 수 없다. 하지만 그렇다고 해서 이해를 포기해야 한다는 뜻은 아니다. 용기를 내어 네오의 이마에서부터 등허리까지를 가볍게 쓰다듬어 본다. 싫은 내색을 하는 것 같지는 않다.

내 몸은 아직도 네오를 두려워한다. 아니, 네오의 안위를 걱정한다. 녀석이 내게 올라탈라치면 혹시나 떨어질까 온 근육을 경직시키고, 쓰다듬을 때는 혹시나 불편해할까 털을 살살 빗질하는 정도에 그치도록 움직인다. 눈이 마주쳤을 때는 혹시나 위협적인 표정을 지어 보일까 봐, 무표정의 상태로 표정근을 굳힌다.

나는 이 이상한 생명체와 교감하고 있다. 아직은 서툴지만, 어쩌면 그 마음만으로 충분할지도 모른다. 햇빛을 잔뜩 머금은 네오의 팬딘드와 내 팔찌기 미묘한 온기를 발한다.

캐시의 마을

이 계단만 오르면 노인이 사는 동네다. 나는 그렇게 되뇌며 봉사 센터 직원의 노란 조끼 너머로 길게 이어진 계단을 보았다. 흰색 페인트가 군데군데 벗겨진 벽 사이로 거칠고 어두운 돌계단이 튀어나온 등뼈처럼 언덕 너머까지 늘어서 있었다.

"하……."

내 입에선 어느새 깊게 가라앉은 한숨이 나왔다. 나는 입고 온 검은색 후드집업을 벗어 왼쪽 팔에 걸쳤다. 등줄기에 흐른 땀이 차가웠다.

아무 생각 없이 발을 내딛다가, 갑자기 몸이 훅 떨어지는 느낌에 나도 모르게 소리를 내질렀다. 간신히 앞에 놓인 계단을 손으로 짚어서 넘어지지 않을 수 있었다. 직원이 뒤를 돌아보았다.

"괜찮아요?"

"네, 괜찮습니다."

나는 돌가루가 묻은 손을 털며 대답했다.

"조심해요. 여기는 계단 높이가 제각각이라서 있겠지 생각하고 디디면 넘어지기 십상이에요. 내려가다가 발 헛디뎌서 다치시는 분이 매년 나오는 곳이거든요."

직원의 말을 듣고 나는 올라온 계단을 돌아보았다. 내 아래로 수십 개의 계단이 층계참도 없이 빼곡하게 박혀 있었다. 한 번 넘어지면 멈추지도 못하고 바닥까지 굴러떨어질 수밖에 없는 구조였다. 그런 상상을 하니 목뒤가 간지러웠다. 나는 시선을 거둔 뒤, 눈앞의 계단만 바라보며 다시 발을 움직였다.

마지막 계단에 올라 고개를 들자 드디어 동네가 보였다. 쪽방촌이라는 이름처럼 동네에는 층고가 낮은 단층집들이 바람마저도 통하지 않을 정도로 다닥다닥 붙어 있었다. 직원의 뒤를 따라 동네 안으로 점점 깊숙이 들어가면서, 나는 알 수 없는 위화감을 느꼈다. 그것은 사람이 사는 곳이라고 생각할 수 없을 정도로 고요한 동네의 공기 때문이었다. 회색 슬레이트 지붕 아래에선 한낮에도 빛이 깨져서 들어왔다. 나는 슬레이트에 의해 뱀처럼 잘린 하늘을 바라보았다. 무채색의 동네와는 달리 하늘은 쨍할 정도로 푸르렀다. 나는 왠지 이 동네 전체가 하나의 침전물 같다고 생각했다.

노인의 집 앞 골목에서 우리는 담배를 나눠 피웠다. 골목 바닥에는 고양이가 물어뜯어서 터진 듯한 검정 비닐봉지들이 가득했다. 직원은 담배 연기를 내뿜으며 말했다.

"일반 쓰레기봉투가 아까워서 몰래 버려 놓은 것들이에요. 매주 봉사자들이 치워도 하루이틀이면 바로 이 상태죠. 이런 쪽으로 봉사 활동 해 본 적 있어요?"

"아뇨, 이번이 처음입니다."

"처음이면…… 조금 힘들 수도 있어요. 그래도 웬만한 건 제가 도맡아서 하니까, 오늘은 할아버님 케어 정도만 도와주면 돼요."

"케어라면 어떤 식의……."

"저희가 맡은 할아버님이 망상증이랑 치매기가 좀 있거든요. 제가 방 청소를 한다든가 음식을 만드느라 바쁘면, 하는 말씀 들어 드리고 적당히 반응해 주면 돼요. 오늘은 그냥 견학한다고 생각하고 편하게 있어도 될 거예요."

"아, 네."

망상이랑 치매기가 있는 노인이라고? 분명히 모집 공고에는 독거노인 돌봄 정도로만 적혀 있었는데. 나는 떨어뜨린 담배를 발로 비벼 끄며 직원의 명찰을 힐끗 살펴보았다. 이윤재 주임……. 태연한 직원의 얼굴을 보니 돌아가고 싶은 마음이 목젖까지 차올랐지만 내게 시간이 그리 많지 않다는 것을 상기하고는 애써 말을 삼켰다. 일주일만 참자, 일주일만. 나는 골목

불행 삽니다 277

너머의 어둠을 말없이 바라보며 혼자 되뇌었다.

 문을 열었을 때 가장 먼저 느껴진 건 냄새였다. 알코올, 잔뜩 삭은 김치, 담배, 지린내 그리고 알 수 없는 쿰쿰한 냄새까지. 그 모든 냄새가 하나의 커다란 덩어리를 이루어 내게 다가왔다. 직원 뒤에 서 있었음에도 나는 숨을 참을 수밖에 없었다. 하지만 직원은 여전히 아무렇지 않은 듯 신발을 벗고 집 안으로 들어서며 말했다.

 "아이고, 눈도 안 좋으신데 왜 자꾸 불을 끄고 지내셔. 누가 보면 사람 안 사는 줄 알겠다."

 나는 입으로 작게 숨을 내쉬며 들어갈 용기가 날 때까지 문 앞에서 집 안을 바라보기만 했다. 집의 구조는 단순했다. 세 평 정도 되는 원룸에 있는 가구라곤 낡은 소형 냉장고와 전기밥솥, 3단 서랍, 철제 접이식 밥상이 전부였다. 냉장고와 밥솥은 싱크대가 있는 왼쪽 벽에, 밥상과 서랍은 이불이 깔린 오른쪽 벽에 붙어 있었다. 그리고 집 제일 뒤편 구석에는 문도 달려 있지 않은 화장실이 있었다. 한참을 문가에 서 있으니, 이불 속에서 갈라진 목소리가 들려왔다.

 "문 닫아. 바람 들어와."

 나는 그 소리에 정신을 차리고 집 안으로 들어가 문을 닫았다. 열린 문으로 들어오던 빛이 사라지자, 집은 더욱 어두워져

동굴처럼 변했다. 직원은 방 가운데 천장에 달린 전등의 줄을 당겼다. 집이 금세 다시 환해지고, 어둠에 가려졌던 집의 내부도 적나라하게 드러났다. 몇 마리의 바퀴벌레가 싱크대 아래로 도망가는 게 보였다. 집이 색을 되찾자 가장 눈에 띄는 건 천장이었다. 습기와 쥐 오줌과 곰팡이가 천장 전부를 하나의 추상화처럼 뒤덮고 있었다. 나머지 벽들도 조금 덜할 뿐 비슷한 상태였다. 벽에 닿기만 해도 내게 곰팡이가 옮을 것만 같아 나는 최대한 벽에서 멀리 떨어져 서 있었다. 직원이 나를 가리키며 말했다.

"할아버지, 이 친구가 이번 주에 저랑 같이 할아버지 도와드리게 됐어요."

"안녕하세요. 김보현이라고 합니다."

나는 이불을 무릎에 덮고 앉아 있는 노인에게 한 발짝 다가가 인사했다. 그가 덮은 이불과 패딩 조끼는 주기적인 봉사 지원 덕분인지 나름 깔끔해 보였다. 노인은 내 인사에 대꾸하지 않고 나를 지그시 쳐다보았다. 볼과 눈두덩이 폭 파여서 더욱 도드라져 보이는 노인의 광대는 짧게 자른 흰머리와 묘한 조화를 이루고 있었는데, 그 때문인지 나는 노인의 눈빛이 한층 사납게 느껴졌다. 치매기가 있다고 생각되지 않는 눈이었다. 하지만 눈빛과 달리 노인의 말은 빠진 이빨 때문에 어눌하게 들렸다.

"술." 노인이 말했다.

"네?" 내가 대답했다.

"술 안 사 왔어?" 노인이 직원에게 물었다.

"우리 밥상 차려 드리러 왔지, 술상 차려 드리러 온 거 아니에요."

직원이 맨투맨 소매를 걷고 싱크대로 향하며 대꾸했다. 노인은 이불 옆에 놓인 소주병을 내 앞으로 힘없이 던지며 말했다.

"술도 안 사 올 거면 왜 왔어."

"저번에 드린 김치가 좀 남았나? 남았으면 참치김치찌개 끓여 드리는데."

직원은 노인의 투정을 무시하며 냉장고를 뒤졌다. 그러자 노인은 내게서 시선을 거두고 돌아누웠다. 나는 그 자리에 서서 돌아누운 노인의 뒷모습을 가만히 쳐다보았다.

얼마 지나지 않아 음식이 완성되고, 우리는 접이식 밥상에 모여 앉았다. 찌개 외의 반찬은 말라빠진 무말랭이, 마늘장아찌가 전부였다. 직원은 밥그릇에 김치찌개를 퍼 담으며 물었다.

"보현 씨는 정말 안 드세요?"

"네, 저는 배가 별로 안 고파서……."

찌그러진 양은 냄비에 담긴 김치찌개를 보며, 나는 싱크대 아래로 도망쳤던 바퀴벌레를 떠올렸다.

"어째 오는 놈마다 하는 말이 똑같아. 안 그래?"

노인은 직원에게 눈짓하며 말했다. 직원이 멋쩍게 웃었다.

"에이, 왜 그러셔. 처음이라 어색해서 그런 거지. 보현 씨 되게 열심히 사는 친구예요. S대 나와서 회사 취업하려고 봉사 활동까지 하는 사람이 어디 있어?"

"푸흐흐……." 노인이 새는 듯한 웃음을 흘렸다. "그게 다 무슨 소용이라고. 어차피 다 남 좋은 일 시켜 주는 거야. 내가 대학교는 못 갔어도, 왕년엔 내가 가진 공장만 다섯 개였어. 석사, 박사 들도 내 한마디면 껌뻑 죽었다고, 알아?"

"네, 네. 알아요. 김치찌개나 드셔요."

"외계인 새끼들만 아니었어도……."

외계인? 어눌한 발음 속에서 들린 생소한 단어에 나는 고개를 들었다. 노인은 숟가락을 들려다 말고는 싱크대로 걸어갔다. 그러고는 싱크대 아래 서랍장에서 소주 한 병과 소주잔을 꺼내 왔다. 직원이 한숨을 쉬었다. 노인은 소주병을 내게 건네며 말했다.

"그냥 앉아 있을 거면 술이나 좀 따라 봐."

"아, 네."

나는 소주 뚜껑을 따고 두 손으로 노인에게 술을 따라 주었다. 노인은 술잔을 단숨에 비우고 밥을 한 숟가락 크게 떠 입에 넣었다. 그러는 와중에도 내 머리는 방금 들었던 외계인이라는 단어에 대해 생각하고 있었다. 이게 직원이 얘기했던 망상 증인가? 나는 망상이라고 해도 낡아 빠진 원룸과 노인의 삶이 어떻게 외계인과 연결될 수 있는지 궁금해졌다. 그래서 김치찌개를 떠먹는 노인에게 술 한 잔을 더 따라 주며 물었다.

"방금 외계인이라고 하신 건가요?"

노인은 따라 준 술을 또 한 번에 들이켜고는 대답했다.

"그래, 외계인. 내가 이 쓰레기장 같은 곳에서 살게 된 것도 다 외계인 놈들 때문이야. 그놈들이 나한테 사기를 쳤다고."

노인이 마치 내 뒤에 서 있는 외계인을 바라보기라도 하는 듯이 눈을 부릅떴다. 나는 직원을 바라보았다. 직원은 나와 마주치자 어깨를 으쓱했다. 노인은 밥상 위에 놓아둔 소주병을 집어 들더니 병째로 술을 들이켰다. 직원이 몸을 일으키며 노인을 말렸다.

"에헤이, 이러시면 안 된다니까요."

노인은 소주병을 입에서 떼고 큰 소리로 말했다. 알코올 냄새가 훅 끼쳤다.

"내가 다 알고 있어. 너희들도 한패잖아. 그렇지? 내가 언제 가장 불행해지나 감시하려고 보낸 부하들이지?"

"할아버지, 술 그만 드시고 밥 잡수세요. 할아버지가 잘 먹어야 그놈들이 불행한가 보러 왔다가 다시 가지, 안 그래요?"

직원이 소주병을 뺏어 자신의 양반다리 사이에 두면서 말했다. 노인은 무언가 더 말하려다가 멈칫하더니 갑자기 고개를 푹 숙였다. 전기 철장에 부딪힌 짐승처럼, 노인의 흥분은 무언가에 가로막혀 버렸다. 이윽고 움츠린 노인이 한숨 같은 목소리로 말했다.

"이제 와 그게 무슨 소용이냐……."

집에는 다시 어둠 같은 고요가 찾아왔다. 나는 문득, 노인의 집 냄새가 희미해진 것 같다고 느꼈다.

"고생했어요, 보현 씨."

아무 말 없이 차를 운전하던 직원이 내게 말했다. 차창 밖을 보던 나는 고개를 돌려 직원을 바라보았다. 터널의 주황색 불빛이 규칙적으로 직원의 얼굴을 스쳐 지나갔다.

"외계인 얘기가 좀 당황스러우셨죠. 할아버님이 몇 년 전부터 치매기가 심해지면서 부쩍 외계인에 관한 망상도 심해졌거든요. 원래도 망상증이 없던 건 아니었는데, 요즘은 거의 매일같이 그 얘기를 하시니까…… 외계인이 자기한테 사기를 쳤고, 그래서 당신의 인생이 그토록 망가진 거라고 항상 똑같은 이유로 흥분했다가 똑같은 이유로 우울해지시죠. 저는 이제 익숙하지만, 처음 오는 봉사자들은 쉽게 적응하지 못하고 하루이틀만에 그만두겠다고 말하는 경우가 많아요. 그래서 제가 오늘 봉사가 일종의 견학이라고 말했던 거고요. ……보현 씨는 어땠어요?"

나는 잠시 집에서의 기억을 되새겨 보았다. 수많은 불쾌한 냄새와 색깔과 대화 들 속에서 가장 강렬히 남은 기억은 겁먹은 동물처럼 고개 숙인 노인의 실루엣이었다. 분명 속내를 알 수 없는 괴팍한 노인이었지만, 그렇다고 당장 도망치고 싶은 느낌은 아니었다. 오히려 나는 그런 그가 끝까지 붙들고 있는 외계인과의 사연이 궁금했다. 나는 직원에게 물었다.

"할아버님은 외계인에게 대체 무슨 사기를 당한 건가요?"

직원은 곁눈질로 나를 힐끔 쳐다보고는 대답했다.

"음…… 글쎄요. 자세한 내용을 언젠가 듣긴 했는데, 너무 오래돼서 기억이 잘 안 나네요. 늘 외계인이 사기를 쳤고, 그게 억울하다는 부분까지만 들어서 저도 뒷이야기가 뭐였는지 까먹었나 봐요. 뭐였더라, 불행을 교환했다는 식의 이야기였는데……"

"불행을 교환했다고요?"

"예, 할아버님의 불행과 뭔가를 교환했다고 그랬던 것 같아요. 확실하진 않지만요."

"그럼 정말로 할아버님은 자기와 외계인 사이에 뭔가 일이 있었다고 말하고 있는 거네요. 망상치고는 꽤 구체적인데요."

"그러게요. 그렇게까진 생각해 본 적이 없었네요. 죄송해요. 잘 기억이 안 나서……"

"아뇨, 괜찮아요."

직원은 내 눈치를 보다가 말을 얹었다.

"자세한 건 할아버님에게 직접 듣는 게 낫지 않을까요? 사실 이번에 센터에서 진행하는 리모델링 지원 대상자로 할아버님이 선정되셨거든요. 그래서 아마 내일부터 바로 공사가 진행될 거예요. 공사하는 동안에 할아버님은 쪽방촌이 아니라 센터에서 마련한 임시 숙소에서 머무르시고요. 간단한 도배나 장판 공사 정도여서 며칠 걸리진 않겠지만, 제가 공사를 돕는 동안에 할아버님을 케어 할 사람이 없어서 고민이었거든요. 보현 씨만 괜찮다면, 보현 씨가 임시 숙소에서 할아버님 케어 하는 쪽으로 봉사해 주시면 어떨까요? 봉사 시간이나 내역은 완전히 똑같이 적용되게끔 해 드릴게요."

나는 직원의 갑작스러운 제안에 조금 당황했다. 노인의 망상이 궁금하긴 했지만, 굳이 캐내고 싶을 정도는 아니었기 때문이었다. 무엇보다 직원 없이 혼자서 변덕스러운 노인을 상대하는 건 피하고 싶었다. 나는 직원에게 물었다.

"혹시…… 케어 말고 다른 업무는 없나요?"

"케어 쪽이 힘드시면 내일부터 저랑 같이 리모델링 공사 보조로 들어갈 거예요. 보현 씨한테도 임시 숙소에 머물면서 할아버님 말동무해 드리는 게 훨씬 편할 수 있어요. 오늘 보셨잖아요. 할아버님이 외계인에 관한 이야기를 할 때만 감정 변화가 조금 급격해지는 것뿐이지 평소에는 치매기도 거의 없고,

그냥 평범한 노인분이랑 다르지 않거든요. 오히려 대화를 나눌 때 정신이 더 또렷하고요. 무엇보다도, 자소서에 이런 독특한 경험이 하나쯤 있는 것도 좋지 않을까요?"

직원의 얘기를 듣고 곰곰이 생각해 보니 긴 계단을 오르고, 냄새나는 방과 곰팡이 슨 벽지를 마주하며 공사를 돕는 것보다는 깨끗한 임시 숙소에서 조금 괴팍한 노인을 상대하는 게 확실히 나아 보였다. 그리고 직원의 말마따나 결국 내게 필요한 건 봉사 시간보다는 자소서에 쓸 독특한 경험이었다. 외계인에게 사기를 당했다고 주장하는 치매 노인을 며칠간 돌봤다는 한 줄은 면접관의 눈길을 사로잡기 충분한 문구일 것 같았다. 나는 조금 고민하는 척하다가 말했다.

"……알겠습니다. 그럼 내일부터는 어디로 출근하면 되나요?"

"해 주신다고요? 정말요? 와, 고맙습니다. 보현 씨도 거절하면 내일부터 할아버님은 누가 돌봐 주나 싶었는데. 일단 내일 아침에는 오늘처럼 만나서 할아버님 집에 들르는 걸로 하죠. 집에 들러서 할아버님 데리고, 센터에서 운영하는 셔틀버스로 임시 숙소에 가면 될 것 같아요."

"네, 알겠습니다."

"한시름 놓았네요, 정말."

나는 직원이 미소를 지으며 운전대 잡은 손을 쥐었다 폈다 하는 것을 보았다. 그 모습을 보니 나도 피식 웃음이 났다.

다음 날 아침, 우리는 동네 앞 계단에서 다시 만나 노인의 집으로 향했다. 여전히 조용하다 못해 귀가 먹먹해질 것 같은 고요함은 적응이 안 됐지만, 동네의 지리는 그나마 조금 익숙해진 느낌이었다.

"보현 씨, 미안하지만…… 부탁 하나만 더 해도 될까요?"

직원이 노인의 집 문 앞에 멈추어 서서 말했다.

"네, 말씀하세요."

"어제 얘기한다는 걸 깜빡했는데, 사실 보현 씨가 할아버님을 데리고 타는 셔틀버스가 동네 어르신들을 태우고 사우나, 식당, 카페를 도는 복지용 버스거든요. 보현 씨가 할아버님을 데리고 오늘 그 루트를 같이 돌아 주실 수 있나 해서요. 원래는 제가 할아버님을 데리고 일주일에 한 번씩 도는 건데, 죄송합니다."

나는 직원이 꽤 중요한 일정을 미리 얘기해 주지 않은 게 의도적인지 아닌지 잠깐 고민했으나, 이내 아무렴 어떠냐는 결론을 내리고 답했다.

"알겠습니다."

"감사해요. 할아버님한테도 공사 때문에 임시 숙소로 옮기게 됐다는 건 알려 드렸어요. 잠시만요. 할아버님 데리고 나올게요."

직원이 노인을 데리러 간 사이 나는 노인과 무슨 말을 나누어야 할지 고민했다. 노인에게 듣고 싶은 얘기는 분명했지만, 다짜고짜 외계인에 대해 말해 달라고 할 수는 없는 노릇이었다. 곧 직원이 노인을 데리고 나왔다. 나는 노인에게 인사했지만, 여전히 노인은 인사를 받지 않았다. 나는 문득 버스가 루트를 모두 돌고 임시 숙소로 향할 때까지 우리가 아무 얘기도 못 나누면 어떡하나 하는 생각이 들었다.

직원은 셔틀버스 정류장까지 우리와 함께 걸어 내려갔다. 내가 한 생각을 직원도 한 것인지, 직원은 노인에게 나에 관한 정보를 쏟아 내듯 얘기했다. 직원이 알고 있는 나에 관한 정보라고 해 봐야 졸업한 대학이나 나이, 사는 지역 정도였지만. 직원은 셔틀버스를 타기 전 나를 불러 이렇게 조언해 주었다.

"오히려 다짜고짜 본론으로 들어가면 할아버님도 좋아하실지 몰라요. 그간 할아버님한테 외계인에 관해서 먼저 물어본 사람이 없었으니까요. 아, 그리고 할아버님 성함은 기억하시죠? 한수만이에요."

셔틀버스에는 이미 대여섯 명의 노인들이 타고 있었다. 노인들은 이미 자주 본 사이인 듯 서로 농담을 주고받으며 웃기 바빴다. 그러나 그들 중 아무도 망상증 노인에게는 말을 걸지 않았다. 노인도 버스 맨 뒷자리에서 팔짱을 낀 채로 눈을 감고 앉아 있을 뿐이었다. 버스가 사우나에 도착하는 30분 동안 나는 노인 옆에 앉아서 어떻게 대화의 물꼬를 틀지 고민했다. 하지만 노인이 계속 이렇게 대화할 생각 자체가 없다면, 아무리 해도 방도가 없을 터였다. 직원 같은 붙임성이 없는 내가 노인의 말동무가 되어 줄 수 있다고 섣불리 생각했나 하는 불안이 조금씩 피어올랐다. 차라리 지금이라도 노인의 집에 돌아가 공사를 도와주고 싶다는 마음이 들었다.

"제가 등 밀어 드릴까요."
 온탕에서 나와 자리를 잡은 노인 옆에 앉으며 내가 말했다. 노인은 여전히 별말 없이 나를 힐끔 쳐다봤다. 심장이 빠르게 두근거렸다. 이게 내가 버스에서 결론 내린 그나마 가장 빨리 노인과 가까워질 방법이었다. 노인의 이야기를 듣기 위해선, 어찌 됐든 한 번쯤은 먼저 다가서야 했다. 다른 노인들이 떠드는 소리가 벽에 반사되어 목욕탕에 울렸다. 말없이 나를 쳐다보던 노인은 무심하게 의자를 돌려 등을 보이며 말했다.
"빡빡 밀어."
"아, 네."
 구부정한 노인의 등 위로 작은 돌멩이 같은 등뼈가 불뚝불뚝 솟아나 있었다. 나는 따뜻한 물에 적신 때수건을 손에 끼우고, 천천히 노인의 등을 밀기 시작했다. 손에 닿은 노인의 등은 느슨한 북 같았다.
 노인의 등을 미는 데에 집중하느라 조용하던 나를 내신해,

불행 삽니다

아무 말 없이 때밀이를 받던 노인이 별안간 입을 열었다.

"요즘은," 나는 갑자기 튀어나온 노인의 말에 손을 멈추고 고개를 들었다. 노인이 말을 이었다. "그 정도 대학을 나와도 이런 것까지 해야만 회사에 들어가나?"

나는 왼손으로 이마와 콧등에 난 땀을 닦은 후 다시 등을 밀며 답했다.

"아무래도 힘든 시기라서요. 사실 봉사 활동까지 할 필요는 없는데, 괜히 아무것도 안 하면 불안해지더라고요."

"요즘 같은 때에 그놈들이 왔어야 했는데 말이야. 불행이 길거리에 널려 있잖아."

"그놈들이요?"

"그래, 외계인 놈들. 그놈들이 가장 갖고 싶어 하는 게 불행이거든."

"외계인들이 불행을 갖고 싶어 한다고요?"

나는 조심스럽게 다시 물었다.

"나도 그놈들이 왜 불행을 갖고 싶어 하는지는 아직도 몰라. 갑자기 커다란 우주선을 이끌고 나타나서는 우리한테 불행을 살 수 있겠냐고 물었던 게 전부였으니까."

나는 손을 멈추고, 좀 더 적극적이어도 괜찮다는 직원의 말을 떠올렸다. 다시 한번 노인에게 물었다.

"그럼 할아버지가 그때 외계인들한테 불행을 파신 건가요?"

"그래. 팔았지. 아무 의심도 없이 옳다구나 하고, 멍청이처럼. 그때는 왜 외계인 중에서도 사기꾼이 있다는 걸 생각하지 못했을까. 불행을 판 대가라고 준 기적 같아 보이던 것들은 전부 내 인생의 불행을 살찌우기 위한 사료였던 거야. 나는 눈먼 돼지처럼 허겁지겁 당장 허기만 채운 거였고."

노인의 등이 잘게 떨렸다. 나는 갑작스러운 노인의 감정 변화에 당황해 잠시 멍하니 있었다. 잠시 고개를 숙이고 있던 노인은 이내 고개를 들어 받아 놓은 뜨거운 물을 몸에 끼얹었다. 그리고 몸을 돌려 내게 말했다.

"이제 내가 밀어 줄 차례지. 등 대."

나는 잠시 머뭇거리다가 몸을 돌렸다. 등 뒤로 때수건을 낀 노인의 마른 손가락이 느껴졌다. 힘을 주려는 느낌만 있을 뿐, 힘이 실리지 않는 손이었다. 우리는 아무 말도 없었다. 다른 노인들은 어느새 때밀이를 마치고 사우나에 들어가 마저 떠들고 있었다. 나는 곰곰이 생각하다가 입을 열었다.

"할아버님이 외계인을 만났던 이야기, 처음부터 자세히 들려주실 수 있나요?"

내 물음에 등 뒤에 닿은 노인의 손이 움찔했다.

사우나에서 나온 뒤, 셔틀버스는 식당을 들렀다가 마지막으로 카페로 향했다. 목욕탕에서 내가 외계인에 관한 이야기를 더 들려달라고 말했을 때 노인은 상당히 놀란 눈치였다. 그리고 쉽게 외계인에 관한 얘기를 꺼내던 방금까지와는 달리 노인은 무언가를 망설이는 듯했다. 노인의 망설임은 식당까지 이어졌다. 노인은 내게 무슨 말을 하려다가도, 몇 번이나 말을 삼키고 묵묵히 밥만 먹었다. 노인이 입을 연 건 카페로 가는 셔틀버스 안에서였다. 그는 남들에게 들킬까 봐 경계하는 것처럼 목소리를 낮추어 내게 물었다.

"너…… 외계인이냐?"

나는 황당해하며 노인의 눈을 쳐다보았으나, 곧 노인의 물음이 장난이 아니라는 걸 깨달았다. 노인의 눈은 떨리고 있었다. 마치 내 너머의 마주하고 싶지 않은 무언가에 겁먹은 것처럼. 노인의 눈을 본 나는 괜히 말을 꾸며 봤자 어차피 소용없을 거라고 여기고 그냥 생각나는 대로 답했다.

"아뇨. 전 그냥 할아버님의 이야기가 궁금할 뿐이에요."

노인의 늘어진 눈꺼풀이 살짝 떨렸다. 노인이 말했다.

"그게 의심스럽단 거야. 지금껏 나한테 외계인에 관한 얘기를 더 자세히 들려달라고 한 사람은 아무도 없었어."

"……"

나는 잠시 고민했다. 어떤 말을 해야 할까. 하지만 역시, 솔직하게 말하는 게 제일 나아 보였다. 나는 노인의 흔들리는 눈을 똑바로 바라보며 얘기했다.

"사실, 할아버님의 이야기를 듣고 싶은 이유는 순전히 저 때문이에요. 나중에 누군가에게 제 봉사 경험에 관해 얘기할 때, 할아버님의 얘기를 덧붙이면 이목을 끌 수 있을 거라고 생각했거든요. 저는 할아버님의 불행이 커지거나 작아지는 건 별로 신경 쓰지 않아요. 제가 신경 쓰는 건 오직 제 불행뿐이에요."

노인의 망상 하나를 듣기 위해 추한 속내까지 털어놔야 한다니, 나는 이 상황이 우스꽝스럽게 느껴졌다. 하지만 노인의 굳게 닫힌 입술과, 도드라진 광대 사이로 보이는 결연한 눈빛이 너무 진지해서 나도 덩달아 진지해질 수밖에 없었다. 적어도 노인의 얘기를 들으려고 하는 동안에는 나도 노인의 이야기를 망상으로 치부해선 안 될 것 같았다. 노인은 나를 바라보다가 입을 열었다.

"그래. 그렇게 말하니 그나마 안심이 되네. 난 이제 허울 좋은 말만 하는 놈들은 못 믿겠거든."

그때 셔틀버스가 멈추고 문이 열렸다. 카페 주차장에 도착한 것이었다. 열린 문으로 노인들이 웃으며 내리기 시작했다. 노인과 나는 마지막으로 버스에서 내렸다. 우리가 버스에서 내리자긴 신호음과 함께 버스의 문이 닫혔다. 카페에서 나는 노인과 외계인의 이야기를 들을 수 있었다. 노인은 차분하고 침착하게, 마치 증언하듯 내게 모든 사연을 들려주었다.

우주신은 어떤 전조도 없이 갑작스럽게 하늘에 등장했다. 지름이 족히 1킬로미터는 되어 보이는 우주선이 나타났을 때, 막 서른을 넘긴 나이였던 수만은 마침 자살할 곳을 답사하기 위해 아파트 옥상에 올라가 있던 참이었다. 그것은 기이한 풍경이었다. 하늘을 거의 반절이나 덮을 정도로 거대한 비행체가 떠 있는데도 그 아래에는 그림자가 드리워지지 않았다. 우주선은 마치 마술사가 공기 중에 띄워 놓은 홀로그램 같았다. 하지만 누가 저런 크기의 홀로그램을 도심 상공에 띄운단 말인가? 수만은 눈을 질끈 감았다가 떴다. 그래도 우주선은 여전히 그 자리에 있었다. 주위를 둘러보았지만, 아파트 옥상에 올라온 사람이 자신 말고 있을 리 만무했다. 자신이 보고 있는 장면을 모두가 같이 보고 있는지 수만은 알 수 없었다. 그래서 수만은 서둘러 계단을 뛰어내려 갔다. 누구라도 발견하면 그 사람을 붙잡고 자신이 보고 있는 게 현실인지 물어볼 생각이었다. 결국 수만은 계단을 다 내려갈 때까지 아무도 보지 못했지만, 이 상황이 현실이라는 건 확실히 알 수 있었다. 수만의 머릿속에 어떤 여자의 목소리가 울려 퍼졌기 때문이었다.

"안녕하세요. 지구인 여러분. 많이 놀라셨겠지만, 조금 진정하고 저희 얘기를 들어 주세요. 저희는 지구에 위협을 가하러 온 존재가 절대 아닙니다. 저희는 우주를 돌아다니면서 상품 가치가 있는 것들을 발굴하고, 거래하는 우주 상인입니다. 단도직입적으로 얘기해서 저희가 지구에 온 이유는 여러분에게

서 사들이고 싶은 상품이 있기 때문입니다. 그건 여러분들이 불행이라고 부르는 장치예요. 장치인지 기술인지 아직 분명하지 않지만, 여러분이 발명하고 유용하게 쓰고 계시는 그 불행이라는 상품을 구매할 수 있는지 알고 싶습니다. 거래 조건은 저희가 최대한 맞춰 드릴 수 있으니, 불행의 원천 기술을 소지하고 계신 지구인이 있다면 저희가 지구 곳곳에 설치해 둔 상담 창구를 통해 연락을 취해 주시면 감사하겠습니다. 그럼 연락 기다리겠습니다." 그 말을 끝으로 수만의 머릿속에 울리던 목소리가 그치고, 정적이 찾아왔다. 이것이 외계인의 첫 번째 텔레파시였다.

외계인의 첫 번째 텔레파시가 아마도 전 세계인에게 전달된 뒤, 수만은 말 그대로 공기가 들썩이는 느낌을 받았다. 소리를 지르거나 하는 사람은 없었지만 모든 게 술렁였다. 수만은 아파트 현관으로 나와 다시 한번 하늘을 바라보았다. 우주선은 어느새 보이지 않았다. 그러나, 수만은 우주선 대신 저기 멀리 아파트 주차장 한편에 놓인 높이 2미터 정도의 새하얀 원통형 구조물을 볼 수 있었다. 우주선처럼 그림자를 드리우지 않는 그 구조물은 우주선보다도 이질적이었다. 마치 모자이크처럼 구조물과 주변 풍경이 따로 떨어져 있는 듯했다. 수만은 천천히, 조심스럽게 구조물을 향해 걸어갔다. 하지만 머릿속에서 불안과 두려움이 시끄럽게 경고음을 울렸기 때문에, 수만은 구조물 앞 5미터쯤에서 멈출 수밖에 없었다. 그때 반대편 보도에서 누군가가 걸어왔다. 잠옷 차림에 슬리퍼를 신은 중년 남성이었다. 두 사람의 눈이 마주쳤다. 아무 말도 하지 않았지만, 두 사람은 서로가 같은 이유로 여기에 왔다는 것을 알았다. 그리고 왜 더 다가가지 못하고 있는지까지도. 그들은 한동안 구조물 앞에 서 있었으나 결국 둘 중 누구도 구조물을 만지진 않았다. 중년 남자가 먼저 발걸음을 돌렸고, 수만도 그가 돌아가자 무언가에 홀린 것처럼 멍하니 반지하 집으로 돌아갔다.

흰색 원통 구조물은 반지하 집까지 가는 길에도 몇 개 더 있었다. 가끔 구조물 주변에 몇 사람이 서 있긴 했지만, 수만처럼 그들 중 누구도 섣불리 그것을 만지려고 하지 않았다. 수만은 반지하 집에 돌아와 신발도 벗지 않고 텔레비전을 먼저 켰다. 당연하게도, 모든 채널이 외계인에 관한 속보를 방송하고 있었다. 아나운서는 이미 미국을 포함한 몇몇 나라의 정상들이 구조물 안쪽으로 들어간 상황이라고 말했다. 수만은 개지 않은 이불을 한쪽으로 밀어 두고 바닥에 털썩 주저앉았다. 그리고 외계인과의 협상이 어떤 식의 결말을 내게 될지 숨죽이고 지켜보았다.

"그때 나는 꼬인 인생을 풀 방법이 죽는 것밖에 없다고 생각했어. 서른이었는데도 이미 두 번이나 사기를 당하고 인생의 밑바닥까지 떨어졌거든." 노인은 따뜻한 코코아를 한 모금 마시며 담담하게 말했다. "시작도 끝도 결국 돈이었어. 대학교에 합격해 놓고도 돈 때문에 공장에 들어갈 수밖에 없었지. 혼자 나를 키우던 어머니가 병원에 입원했는데, 별수 있나. 그때가 스물이었고 스물하나에 그 공장에서 첫 사기를 당했어. 병원비가 부족해서 다니던 공장의 작업반장이 꾸린 계에 가입했는데, 반장이 그 계에 붓던 돈이 공장에서 떼먹은 돈이었거든. 아무것도 모르는 나는 덤터기를 쓸 수밖에 없었고 결국 횡령으로 감옥에 갈 뻔했지. 어떻게든 억울함을 풀려고 몇 달 동안 혼자서 별짓을 다 하는 동안 어머니 병세는 위독해지셨고. 그다음부턴 늪에 빠지는 일뿐이었어. 병원비가 없으니 대출을 받고, 갚을 처지가 안 되니 대출로 다시 돌려막고…… 그러다가 다시 사기를 당한 거야. 빚을 한 방에 갚을 방법이 있다는 말에 눈이 돌았던 거지. 정신 차려 보니 서른 안 되는 나이에 머리끝까지 늪에 잠겨서 빛이라곤 한 줄기도 없더라고. 사실 내 인생은 그때 이미 끝장났던 거야. 깔끔하게 죽었어야 했다는 말이지. 하지만 그게 될 리가 있나. 그런 나에게 있어 외계인은 외계인이 아니었어. 신이 내민 화해 신청이었지. 지금 생각하면 웃겨. 신이라는 작자가 왜 나한테 미안해서 화해 신청을 하겠냐고." 노인은 입꼬리 한쪽을 달싹이며 웃었다. "아무튼 나는 외계인이 나타나고 난 뒤부터 왠지 모든 게 술술 풀릴 것 같은 느낌에 사로잡혀 있었어. 불행을 사는 거라면, 내 인생만큼 팔기 좋은 불행이 없을 테니까."

각국의 정상들과 외계인 사이에 몇 차례의 대화가 오갔고, 외계인은 불행이라는 감정이 인위적인 발명품이 아니라는 사실을 알았다. 인간과 불행을 분리할 수 없다는 것을 깨달은 그들이 대안으로 제시한 대가는 시간 여행이었다. 시기에 무관하게 판매자에게서 불행을 채굴하는 대가로 그들은 과거로 돌아갈 수 있는 편도 티켓을 주겠다고 했다. 다만 외계인은 이 거래에 하나의 조건을 더했다. 그것은 자신들이 만든 측정 장치에서 높은 점수가 나온 인간에게만 판매 자격을 부여하겠다는 것이었다. 그들은 이 거래가 완벽하게 합리적이고, 안전하다고 덧붙였다.

범국가적인 차원에서 면밀한 측정 기기 분석과 계약 내용 검토를 진행했지만, 그다지 유의미한 결과는 나오지 않았다. 그 사이에 외계인은 협상 결과를 텔레파시로 전 세계에 전달했다. 자신의 불행을 파는 대가로 시간 여행을 시켜 준다는 터무니없는 얘기에 사람들은 반신반의했다. 그러나 애초에 외계인이 눈앞에 있다는 사실 자체가 평범하지 않았기 때문에, 사람들은 점점 구조물에 호의적인 관심을 가지기 시작했다. 뉴스에서는 연일 각종 전문가가 패널로 등장해 토론을 나누었다. 그러나 토론은 전문가라는 사람들조차도 자신의 의견을 확신하지 못하고 있다는 사실을 전 국민에게 광고하는 효과밖에 없었다.

그들은 정확한 분석 결과가 나오기 전까지는 섣불리 구조물에 다가서지 않는 게 좋다는 말만 되풀이할 뿐이었다. 어떤 분석가는 불행을 구매하려는 존재들이 제공하는 대가가 불행을 제거할 가능성인 시간 여행이라는 점이 가장 의심스러운 부분이라고 지적했다.

"사기당한 사람을 가장 비참하게 만드는 건, 그때에도 합리적인 의심이 분명히 있었다는 선명한 기억이야." 노인은 잔을 두 손으로 붙든 채 고통스럽게 말을 덧붙였다.

그러는 동안에도 외계인들은 주기적으로 사람들에게 거래를 홍보하는 텔레파시를 보냈다. 그들이 자주 보내던 광고 문구는 "불행도 자산이다."였다. 마침내 몇몇 사람들의 호기심이 두려움을 넘어섰고, 그들이 구조물과 접촉하는 일이 벌어지기 시작했다. 하지만 개인, 단체, 국가 중 무엇도 그 행동을 제지할 방법은 없었다.

그때쯤, 수만도 길거리에서 청년 하나가 구조물에 들어가는 것을 보았다. 청바지에 검정 가죽 재킷을 입은 청년이 구조물에 손을 대자 원통의 문이 열리더니 사람 한 명이 들어갈 수 있는 입구가 나왔다. 입구를 통해 본 구조물 내부는 엘리베이터처럼 텅 비어 있었고, 밝은 흰색 조명이 사방에 설치되어 있었다. 청년은 내부를 천천히 둘러보고는 그 안으로 걸어 들어갔다. 그러자 원통의 문이 닫혔다. 수만은 그 광경을 보고 가던 길을 멈출 수밖에 없었다. 수만은 청년이 나오기만을 기다렸다. 10분 정도 지났을 때, 문이 다시 열리고 청년이 걸어 나왔다. 청년은 자신에게 무슨 일이 벌어졌는지 모르겠다는 표정으로 자꾸만 원통 내부를 돌아보았다. 수만은 바깥으로 나온 청년에게 뛰어가서 말을 걸었다.

"저기, 방금 저 원통에 들어갔다 나오신 거 맞죠?"

수만의 등장에 약간 놀란 청년은 고개를 끄덕이며 답했다.

"네."

"안에서 뭘 하신 거예요?" 수만이 물었다.

"어……." 청년은 인상을 찌푸린 채로 잠시 고민하다가, 말을 이었다.

"별거 없었어요. 들어가니까 조명이 꺼지면서 갑자기 어두컴컴해지고, 텔레파시에서 들렸던 목소리가 불행을 팔러 온 거냐고 묻더라고요. 그래서 그렇다고 했죠. 목소리가 그러면 이제부터 당신이 불행 판매에 적합한 인간인지 확인할 텐데 검사에 동의하겠냐고 물어서, 동의한다고 말했어요. 그러니까 갑자기 눈앞에서 반딧불 같은 빛들이 하나둘 켜지기 시작하는데, 불빛이 통 안을 가득 채울 때까지 계속 켜지는 거예요. 그때 조금 겁이 나서 꺼내 달라고 하려는데 검사가 끝났다고 하더라고요. 그러더니 문이 열렸어요."

"그게 다예요?"

"아, 나가기 전에 무슨 종이를 한 장 뽑아 주던데, 잠깐만요."

청년은 가죽 재킷 오른 주머니에 손을 넣어 작은 포스트잇 크기의 종이를 꺼냈다. 하얀 종이에는 15라는 숫자가 쓰여 있었다.

"15?"

"저도 모르겠어요. 제가 스물둘이니까 나이는 아니고. 불행 판매 자격을 심사하는 거라고 했으니까 불행 점수인가?"

"어디 몸 아픈 곳은 없고요?"

"쌩쌩해요. 오히려 들어가기 전보다 몸이 가벼워진 느낌이에요. 외계인이라고 괜히 졸았더니, 우주 상인이 아니라 우주 마사지사인가 본데요?"

청년은 자신의 농담이 마음에 들었는지 낄낄거리며 웃었다. 수만은 청년을 힐끔 쳐다보고는 받아 든 종이를 다시 보았다.

"아저씨 가지고 싶으면 가져요. 전 아무래도 너무 행복해서 불행을 못 파나 봐요. 하하."

청년은 그 말을 남기고는 길거리 너머로 걸어서 사라졌다. 그 청년은 수만이 제일 처음 본 원통 경험자였다.

뉴스에 보도되는 사람들의 얘기도 청년의 경험과 똑같았다. 원통 내부에 들어가면 사방이 어두워지고, 목소리가 불행 판매 의사와 판매 자격 측정 동의 여부를 묻는다. 동의하면 반딧불 같은 빛들이 통에 가득 채워진 뒤 문이 열린다. 그리고 숫지가 쓰인 작은 종이를 받는다. 이게 전부였다. 만약 판매를 거부하거나, 측정을 거부하면 인사와 함께 바로 문이 열리는 것만 달랐다. 숫자는 사람마다 달랐는데, 판매를 간절히 원하는 사람일수록 평균적으로 높은 숫자가 나온 것으로 보아 불행 점수가 맞을 것이라는 여론이 대다수였다. 또 다른 특징으로는 한번 검사를 받고 나온 사람들은 재검사할 수 없고, 홍보용 텔레파시가 오지 않는다는 점이 있었다.

경험자들의 사례가 쌓이면서, 안전할 뿐만 아니라 텔레파시 홍보까지 차단할 수 있는 불행 검사는 어느새 하나의 유행처럼 번졌다. 길거리의 구조물 주변에는 늘 사람들이 북적거리며 줄을 섰다. 하지만 수만은 이때까지도 검사를 받지 않았다. 이토록 많은 사람이 검사를 받았는데, 어째서 불행을 거래했다고 나서는 사람이 한 명도 없는지 의심스러웠기 때문이었다. 전문가 중에서도 그와 같은 의심을 제기하며, 검사 자체에 어떤 수작을 부렸다고 주장하는 사람들이 있었다.

하지만 의심은 곧 풀렸다. 세계 100대 부자 중 한 명으로 꼽힌 적이 있는 외국의 한 청년이 공개적으로 자신이 과거로 돌아가는 걸 텔레비전으로 생중계하겠다고 나섰기 때문이었다. 그는 인터뷰에서 자신이 이미 판매 적합자로 선정되었고, 남은 건 오로지 언제 과거로 돌아갈지 고르는 일뿐이라고 했다. 그리고 그가 결정한 '언제'는, 바로 인터뷰가 끝난 직후였다. 사회자는 그에게 외계인이 정말로 자신을 과거에 보내 주리라 어떻게 확신하는지 물었다. 그 물음에 청년은 빙긋 웃으며 그건 계약상 비밀이라 말해 줄 수 없지만, 자신이 과거로 돌아갈 수 있다고 100퍼센트 확신한다고 말했다. 그는 이 생중계가 멍청한 패널들의 헛소리를 종식하는 데에 도움이 되었으면 좋겠다고 말하고는 바지 주머니에서 자신의 종이를 꺼내어 보여 주었다. 종이에는 '100'이라는 숫자 위에 'P'라는 빨간 도장이 찍혀 있었다. 짧은 인터뷰가 끝나고 청년은 사회자와 함께 근처의 원통으로 걸어가며, 자신이 원통에 들어가고 나면 10분 뒤에 다시 문을 열어 내부를 확인해 보라고 말했다. 이윽고 원통에 도착한 청년은 사회자와 악수를 나누고 원통 안으로 걸어 들어갔다. 서서히 문이 닫히기 시작할 때, 청년은 해맑은 표정으로 카메라를 향해 웃으며 "굿 럭!"이라고 외쳤다. 수만에게는 그 표정이 마치 세상으로부터 성공적으로 탈출하는 탈옥수의 표정처럼 보였다. 10분 뒤 원통의 문을 열었을 때 청년은 거기에 없었다. 제작진은 24시간 카메라를 설치해 일주일 동안 원통을 확인했으나 원통에서는 아무도 나오지 않았다.

하지만 기쁜 모습으로 떠난 청년과는 다르게, 시간 여행 생중계 사건 이후 상황은 안 좋게 흘러가기 시작했다. 실제로 사람이 사라진 것을 확인한 국가들은 지금까지 원통을 이용했던 사람 전부를 시뮬러 조사했다. 그리고 조사가 진행됨에 따라, 불행 검사를 받은 사람 1000명 중 한 명꼴로 실종자가 발생했다는 사실을 알게 되었다. 드러나지 않았을 뿐 적합자들은 벌써 과거로 돌아가고 있었던 것이었다. 사람들의 반응은 극과 극으로 나뉘었다. 원통과 외계인에 대해 가벼운 생각을 가지고 있던 이들은 실제로 사람이 사라진 것을 보며 공포를 느꼈다. 적합자로 선정되지 못한 이들에게 시간 여행은 죽음과 다를 게 없었다. 그들은 그 너머를 절대로 알 수 없었다. 헛된 추측이 종식되었으면 좋겠다는 청년의 바람과는 반대로, 사람들의 공포를 등에 업은 패널들은 세뇌, 범우주적 인신매매, 우주전쟁 유도 등 더욱 무시무시한 음모론들을 양산했다. 그에 더해 유럽 국가 연합은 외계인에게 유럽 내의 구조물 철거를 요구했다. 유럽 국가 연합은 외계인이 이러한 요구 사항을 받아들이지 않을 시 갈등은 필연적이라고 경고했다. 두려움은 순식간에 번져 나갔다. 자신의 삶이 평범하다고 생각하는 사람들, 현재를 방해받고 싶지 않은 사람들은 더 이상 구조물 근처에 가지 않았다. 이제 원통을 이용하려는 사람들은 자신의 인생이 팔 수 있을 만큼 불행하다고 생각하는 이들뿐이었다. 자연스럽게 원통 근처로 노숙자와 병자 들이 모여들었다. 얼마 지나지 않아 원통 이용을 불법으로 해야 한다는 시위가 벌어졌다. 이제 일반인들에게 원통은 그저 불행을 끌어당기는 하얀 묘비일 뿐이었다. 거의 모든 나라에서 철거 요구 성명을 발표하며, 외계인들의 즉각적인 답변을 촉구했다. 침묵을 지키고 있던 외계인들도 더는 버티지 못하고 결국 두 손을 들었다. 그들은 앞으로 딱 사흘간만 더 구조물을 운영한 뒤, 모든 구조물을 철거함과 동시에 보안 유지를 위해 모든 사람의 기억에서 자신들에 관한 기억을 삭제하고 떠나겠다고 말했다. 이에 시민단체들이 대규모 기억 삭제는 인권 침해라고 반발했으나, 외계인들도 그 부분에선 강경했기에 어쩔 수 없이 받아들이는 것으로 결론이 났다. 그렇게 모든 소동이 일단락되는 듯 보였다. 그리고 수만은 외계인들의 철수 발표가 있던 날 새벽 2시 반, 원통으로 들어갔다.

'100', 그리고 'P'. 수만은 받아 든 종이에 찍힌 숫자와 빨간 도장을 보았다. 막상 종이를 받아 들고 보니, 이 종이가 자신의 인생이 불행했다는 확인을 해 주는 것 같아 수만은 조금 슬퍼졌다. 그때 원통이 빙글 돌아가기 시작했다. 제자리에서 두세 바퀴를 돌기만 했는데, 어느새 원통 앞에는 넓은 방이 놓여 있었다. 원통 입구를 통해 하얗고 커다란 방이 보였다. 방 중앙의 하얀 테이블을 빼고는 아무런 가구도 없어서, 수만은 왠지 정신병원 병동 같다고 생각했다. 곧이어 원통에서 방 안으로 들어오라는 목소리가 들렸다. 수만은 천천히 조심스럽게 발걸음을 옮겼다. 수만은 걸어가면서 머릿속에서 자동으로 들려오는 패널들의 음모론을 무시하기 위해 애썼다. 수만이 테이블 앞에서 멈추자 테이블 반대편 벽이 자동으로 열렸다. 그리고 눈 너머에는, 깔끔한 검은 정장을 차려입은 하얀 토끼가 서 있었다.

"이렇게 분위기가 어수선한데도 저희와 거래하러 와 주셔서 감사합니다. 저는 이번 계약을 맡은 콩피라고 합니다. 반가워요."

토끼는 조그마한 앞발을 내밀었다. 수만은 토끼의 말랑한 앞발과 악수했다. 토끼는 정장 안주머니에서 은은한 초록색으로 빛나는 만년필과 계약서가 담긴 봉투를 한 장 꺼냈다. 봉투를 열어 계약서를 꺼낸 토끼는 계약서 뒷면에 무언가를 적으며 얘기를 시작했다.

"본론으로 바로 들어갑시다. 일단 거래 자격 확인까지는 마치셨고요. 이제 정식 계약 하나만 남았습니다. 그런데 계약하시기 전에, 저희가 판매자분께 제공해 드리는 보증 제도가 있습니다. 판매자분들께서 시간 여행을 진짜로 할 수 있는 건지 자주 의심하셔서 신빙성을 확인시켜 드리고자 진행하는 일종의 체험인데요. 시간 여행을 했다는 사실을 외부에 발설하지 않는다는 조건으로, 판매자분을 지금으로부터 두 시간 전으로 돌려보내 드릴 거예요. 어디 보자. 지금이 새벽 2시 40분이니까, 12시 40분으로 돌아가는 거죠."

수만은 그제야 인터뷰에서 청년이 말했던 '계약상 비밀'의 정체를 알 수 있었다. 청년은 인터뷰할 때 이미 과거로 돌아가 있었던 것이었다. 말이 안 된다고 생각하면서도, 심장이 빠르게 뛰기 시작했다. 토끼가 수만에게 물었다.

"어떻게, 바로 계약하시겠어요? 아니면 두 시간 전으로 돌려 드릴까요?"

수만은 침을 한번 삼키고 떨리는 목소리로 답했다.

"두 시간 전으로 돌아갈게요."

"네, 알겠습니다. 그럼……."

토끼가 정장 양쪽 주머니에 손을 넣어 왼쪽에선 작고 빨간 열매를, 오른쪽에선 포스트잇 크기의 빈 종이 한 장과 펜을 꺼냈다.

"눈을 감고 이걸 씹어 삼키시면 두 시간 전으로 돌아갈 거예요. 체험해 보고 저희와 거래할 확신이 들면 여기 이 종이에 과거로 가져가고 싶은 정보를 적어 오세요. 이 종이에 이 펜으로 적은 게 아니면 과거로 가져갈 수 없으니까 잃어버리지 않게 조심하시고요. 이해하셨죠?"

수만은 고개를 끄덕이며 열매와 종이, 펜을 받았다.

"네, 그러면 잠시 뒤에 봬요." 토끼는 테이블에서 한발 물러섰다.

수만은 눈을 감고, 심호흡을 한번 하고는 열매를 입안에 털어 넣었다. 열매는 살짝 시고 달콤했다. 딸기 같기도 레몬 같기도 한 향이 목구멍에서 콧속까지 환하게 불어왔다. 수만은 그 자리에서 둥실 떠오르는 느낌을 받았다.

눈을 떴을 때 수만은 만지하 집에 서 있었다. 딱 두 시간 전

수만이 있던 그곳에. 켜진 텔레비전 화면 아래에선 '외계인 사흘 뒤 구조물과 함께 완전 철수 입장 발표'라는 속보가 흘러나오고 있었다. 수만은 자신의 오른손을 확인했다. 오른손에는 당연하게도, 종이와 펜이 들려 있었다.

"잠깐 화장실 좀 다녀와야겠어."
 노인이 자리에서 일어났다. 나는 덩달아 자리에서 일어나며 노인을 부축하려 했으나 노인은 손을 내저으며 말했다.
 "됐어. 혼자 가도 돼."
 그 말을 들은 나는 엉거주춤한 자세로 자리에 앉았다. 노인은 비척거리며 화장실로 향했다. 반짝이는 나무 테이블을 멍하니 바라보다가, 문득 내가 손을 꽉 쥐고 있었다는 사실을 알아챘다. 손을 펴 보니 땀이 흥건했다. 나는 티슈로 손바닥을 닦으며 노인이 들려준 얘기를 되짚어 보았다. 놀라웠다. 노인의 망상은 마치 진짜 경험처럼 자세한 색깔과 맛과 향까지도 담고 있었다. 이건 치매 노인의 망상이라고 치부하기엔 너무 실감 났다. 노인이 망상 속에서 빠져나오지 못하는 이유를 이제는 이해할 수 있을 것 같았다. 노인의 망상은 분명 진짜 기억에서부터 시작되었을 것이다. 담벼락 위를 덮어 버리는 담쟁이넝쿨처럼 혹은 눈송이처럼, 색과 맛과 향을 가진 진짜 기억 위에 한 송이씩 천천히, 망상이 내려앉았겠지. 그렇게 서서히 망상과 진실의 경계가 허물어지고 결국에는 자신의 인생을 변호할 매력적인 하나의 변명만 남았을 것이다. 그렇게 생각하는 와중에 누군가 어깨를 두드렸다. 뒤를 돌아보니 셔틀버스 기사였다. 기사는 내게 앞으로 10분 뒤에 출발하겠다고 말했다. 나는 알겠다고 답하면서도 아쉽다고 생각했다. 이제 가장 중요한 부분을 들을 차례인데. 하지만 동시에 안심되기도 했다. 아직 내게는 며칠이 더 남아 있었다. 아껴 먹는 것처럼, 여유를 가지고 듣는 것도 나쁘지 않을 것 같았다. 노인이 자리로 돌아오는 게 보였다. 노인이 자리에 앉자 내가 말했다.

"할아버님, 버스가 10분 뒤에 출발한대요. 이제 일어날 준비를 해야 할 것 같아요."

"응, 그래? 시간이 너무 짧네. 지금부터가 진짠데."

"그러게요. 그래도 저희한테는 내일도 있고, 모레도 있으니까요."

"스무 살로 돌아가고 나서 다시 겪었던 10년은 정말 파란만장했거든. 돌아가자마자 적어 간 복권 번호로 자본금 모으고, 주식 투자로 몇 배 불리고, 그 돈으로 과거로 돌아가기 전에 내가 일하다가 사기당했던 공장을 아예 인수해 버렸다고. 그때는 정말 통쾌했지."

"그러면……"

나는 노인에게 무언가 물어보려고 입을 열었다. 그러니 내 말은 옆에 앉은 노인들의 갑작스러운 고함 때문에 막혀 버렸다.

"아니 우리가 손님인데 왜 휴지를 못 가져간다고 그래?"

보아하니 노인 중 한 명이 자신의 가방에 대용량 롤 화장지를 집어넣다가 걸린 듯했다.

"매장 내에서 사용하시는 건 가능하지만 롤 화장지를 통째로 가져가시는 건 안 돼요."

"비싼 것도 아니고, 싸구려 대용량 휴지잖아. 도매로 훨씬 싸게 떼 왔을 거면서 이거 하나 주는 게 그리 아까워?"

"아뇨, 가격이 문제가 아니라……."

"아, 몰라, 몰라. 난 손님이니까, 그냥 가져갈 거야. 그리 알아."

사장으로 보이는 앞치마를 입은 중년 여성이 한숨을 쉬며 말했다.

"하…… 알겠습니다. 이건 그냥 가져가세요. 대신 이거 말고 다른 거 더 가져가시면 절도로 신고할 거예요."

"절도는 무슨 절도. 인심이 이렇게 없어서 동네 장사 하겠어?"

진상 노인은 아직 화가 식지 않은 척 서투른 연기를 하면서도 재빠르게 가방 안에 휴지를 넣었다. 같이 앉은 노인들은 이런 일들이 익숙하다는 듯 아랑곳하지 않고 자기들끼리 왁자지껄 웃고 떠들었다.

"차라리 나도 저렇게 자기가 불행한지도 모르는 삶을 살았으면 좋았을 텐데."

노인이 저쪽 테이블을 바라보며 무심히 말했다. 나는 노인을 쳐다보았다. 노인의 눈은 텅 비어 버린 양동이 같았다.

"괜히 돌아갔어. 몇십억도 아니고 몇백억을 손에 쥐었던 사람이 대체 어떻게 지금 같은 삶에 만족할 수가 있느냐고. 그래, 그 망할 놈들은 다 알고 있었던 거야. 아니면 어떻게 이렇게까지 바닥으로 떨어질 수가 있겠어? 그놈들은 내 불행을 마치 거위처럼 배가 터질 때까지 불린 거지……"

모든 것을 내려놓은 듯이 얘기하던 노인의 눈이 갑자기 번뜩였다. 노인의 광대가 살짝 올라가고, 입술이 움찔거렸다.

"그래도 여태껏 내가 죽지 않은 건 그놈들 때문이야. 그놈들은 아직 내 불행을 채굴하러 오지 않았거든. 하지만 난 내 인생의 불행이 지금보다 커질 수 없다는 걸 알고 있어. 배가 터지기 직전이라는 사실은 거위 본인만 아니까. 나는 언제가 되었든 그놈들이 내 불행을 채굴해 간 직후에 자살할 거야. 그것도 가장 고통스럽게. 그놈들이 가고 난 뒤에 가장 불행한 인생을 완성하는 것, 그게 내가 할 수 있는 마지막 복수야."

서슬 퍼런 노인의 다짐을 들으면서, 나는 섬뜩하면서도 한편으로는 안심했다. 외계인은 영원히 오지 않을 것이고 노인은 살 수 있을 때까지 살다가 죽을 테니까. 버스 기사가 이쪽으로 다가와 이제 가야 할 시간이라고 말했다. 건너편 테이블의 노인들이 시끄럽게 의자를 밀며 카페를 나가기 시작했다. 나는

불행 삽니다 311

노인을 바라보았다. 노인은 아무 말 없이 앉아 있다가, 천천히 자리에서 일어났다. 바깥은 어느새 어두워져 있었다. 바람이 쌀쌀했다. 우리는 버스에서 내렸을 때처럼 마지막으로 버스에 올랐다. 역시나 우리 뒤로 버스 문이 닫히는 신호음이 길게 들렸다.

돌아가는 버스는 생각보다 훨씬 조용했다. 다른 노인들도 지친 건지 혹은 나들이가 끝나서 우울해진 건지 말이 거의 없었다. 나는 창밖을 바라보았다. 자동차의 불빛들이 반투명한 유리 너머로 흐릿하게 빛났다. 조용히 앉아 있으니, 오늘 하루의 피로가 밀물처럼 한꺼번에 밀려오면서 눈꺼풀이 감기기 시작했다. 그때 노인의 물음이 침묵을 깨고 들려왔다.

"S대라고 했나? 자네 나온 학교가?"

나는 가라앉으려는 정신을 애써 다시 끌어올리기 위해 자세를 고쳐 앉으며 대답했다.

"네."

"어쩐지, 말이 잘 통한다 싶더라고. 지금 이렇게 보여도 내가 S대 선배야. 말 안 했지?"

"네?"

노인의 말을 듣자마자 느리게 밀려오던 졸음이 바다 갈라지듯 단번에 저편으로 사라졌다. 그리고 졸음이 밀려간 그 자리에는 소금 같은 꺼림칙함이 깔렸다. 노인이 무슨 얘기를 하는 거지? 나는 봉사 첫날 노인의 집에서 노인이 했던 말과 카페에서 나눴던 회상을 떠올렸다. 그때 그는······.

"S대를 졸업하셨다고요?" 내가 물었다.

"그래. 졸업장은 숙소 서랍에 고이 넣어 놨지. 내가 어딜 가더라도 나 자는 곳에는 늘 대학 졸업장이랑 내가 가졌던 건물 등기부등본이 있어야 잠이 오거든."

"······."

"왜 그래? 어디 아파?"

노인의 물음에 나는 아무 말도 할 수 없었다. 머리가 멍했다. 나는 혼란한 와중에 바늘에 실을 꿰는 심정으로 조심스럽게 물었다.

"그럼 S대는 과거로 돌아가고 나서 졸업하신 거겠네요?"

노인이 인상을 찌푸리며 말했다.

"지금까지 뭘 들은 거야? 당연히 과거로 돌아가기 한참 전에 졸업했지."

번개를 맞은 나무가 우지끈하며 부러지듯 머릿속의 불길함이 큰 소리를 내며 쓰러졌다. 노인의 대답을 듣고 나니 그제야 알아챌 수 있었다. 노인의 이야기를 듣는 순간부터 나도 노인이 만들어 낸 넝쿨에 휘감겨 있었다는 사실을. 대학 대신 들어간 공장, 공장에서 당했던 사기, 외계인, 시간 여행. 그리고 마치 외계인의 우주선처럼 그 모든 기억 위에 그림자도 없이 떠 있는 대학 졸업장까지. 노인에겐 이 모든 게 진실일 따름이었다. 나는 다시 물었다.

"……할아버님이 공장에서 당했다고 하셨던 사기가 어떤 거였죠? 갑자기 기억이 안 나네요."

"어린 녀석이 기억력이 왜 이래? 생활비 때문에 일하던 공장의 작업반장이 계에 들어오라고 했는데, 그 돈이 공장에서 빼먹은 돈이어서 횡령죄로 고소를 당했다고."

"그때가 스물한 살이었죠?"

"아니, 스물둘."

"과거로 돌아가서 인수한 공장이 바로 그 공장이고요?"

"그렇지. 그때 작업반장 표정이 정말 웃겼지."

나는 노인과 눈을 마주쳤다. 아무런 의심도, 의문도, 의도도 없는 설원 같은 눈이었다. 나는 휴대전화 화면을 켜고, 검색 엔진 사이트에 접속했다. 그리고 노인에게 마지막이 될 수도 있는 질문을 던졌다.

"할아버님, 할아버님이 당첨됐던 복권 번호가 어떻게 되죠?"

노인은 미간을 찡그리며 잠시 고민하다가 답했다.

"10, 14, 18, 20, 23, 30 그리고 41. 25회차. 정확히 기억해. 그때 적어 간 번호가 역대 최고 금액이 나온 회차 당첨 번호였거든. 그걸 적은 포스트잇도 숙소에 있을 거야. 숙소 도착하면 한번 보고 가."

나는 먼저 검색창에 '복권 역대 최고 당첨금'이라고 검색했다. 역대 최고 당첨금이 나온 회차는 19회차였다. 그다음에 나는 '25회차 복권 당첨금'을 검색했다. 25회차의 복권 당첨금은 역대 두 번째로 높은 당첨금이었다. 마지막으로, 나는 검색창에 '10, 14, 18, 20, 23, 30, 41'을 검색했다. 노인이 얘기한 복권 번호는 20회차의 당첨 번호였다. 그리고 20회차의 당첨금은 역대 세 번째로 높았다. 나는 검색 엔진 창을 닫았다. 내가 휴대 전화 화면까지 마저 끄려는 찰나, 센터 직원의 전화가 걸려 왔다. 전화를 받자 센터 직원의 목소리가 들려왔다.

"보현 씨, 아직 할아버님이랑 같이 계세요?"

"네. 지금 카페에서 나와서 숙소로 가는 중이에요."

"아, 잘됐네요. 그럼 보현 씨가 배정된 숙소 방까지 할아버님을 모셔다드릴 수 있나요? 그러면서 혹시 방에 고장 난 부분이 있는지 확인도 해 주시고요. 저는 아직 공사가 안 끝나서, 밤늦어서야 할아버님 뵈러 갈 수 있을 것 같거든요. 간단하게 확인만 해 주시고 오늘은 바로 집에 가시면 돼요. 할아버님한테는 제가 10시 넘어서 한번 들른다고 얘기만 해 주세요."

"……네. 알겠습니다."

"감사합니다."

나는 전화를 끊고 휴대전화를 주머니에 집어넣었다. 그리고 잠시 가만히 있었다. 노인들의 말소리가 조금씩 커지기 시작했다. 곧 숙소에 도착하는 듯했다. 노인이 내게 물었다.

"주임 놈인가?"

"네. 공사가 아직 진행 중이라 10시 넘어서 한번 들른다고 하시네요."

"귀찮은 놈. 잘 시간에 오긴 뭐 하러 와."

"그리고……"

나는 낮은 어조로 말했다.

"오늘은 숙소 첫날이니까 제가 모셔다드리는 걸로 얘기가 됐어요."

숙소는 좁긴 해도 깔끔했다. 사정이 있는 노인들을 위한 임시 거처인 만큼 방에는 웬만큼의 살림이 갖추어져 있었다. 두 평 정도 되는 숙소의 문을 열고 들어가면 바로 앞에 신발 두 개를 놓으면 꽉 찰 현관과 작은 신발장이 있었고 그 오른쪽은 화장실, 왼쪽은 싱크대 겸 부엌이었다. 나는 먼저 화장실 너머 거실로 걸어가 형광등을 켰다. 그러자 현관까지 불이 환하게 채워졌다. 거실에는 가구가 노인의 집보다 많았는데, 현관에서 보이는 거실 전면 벽에는 오른쪽에서부터 이불이 가지런히 개켜진 1인용 침대, 램프가 놓인 갈색 서랍, 그리고 빌트인 된 옷장이 있었다. 또한 침대 발치의 좁은 공간에는 행거까지 놓여 있었다. 나는 일단 침대에 풀썩 걸터앉아 몸을 위아래로 움직여 보았다. 약간 삐걱거리긴 했지만, 문제가 될 정도는 아니었다. 노인은 거실로 들어오며 패딩을 벗어 행거에 걸었다. 나는 자리에서 일어나 램프의 스위치도 껐다 켜 보았다. 램프도 정상이었다.

"부산스럽게 뭘 그렇게 돌아다녀. 가만히 앉아 있어."

노인이 말했다. 노인은 그러면서도 주변을 두리번거리며 무언가를 찾는 듯했다. 나는 멈추지 않고 옷장의 경첩을 확인하고, 싱크대와 찬장을 살폈다. 나는 무엇에 쫓기는지 정확히 알지도 못하는 채로 초조하게 집의 상태를 검사했다. 그때, 노인의 목소리가 들렸다.

"아, 여기 있겠네. 그만 움직이고 이리 와서 앉아."

나는 화장실에 들어가려다 멈칫했다. 노인의 시선이 멈춘 곳은 침대 옆의 서랍장이었다. 노인은 침대에 앉아서 허리를 숙여 서랍장 가장 아래 칸의 손잡이를 잡았다. 그 모습을 보자 비로소 내가 무엇에 쫓기고 있었는지 깨달을 수 있었다. 나는 노인이 대학 졸업장과 등기부등본을 찾아내기 전에 직원의 요청을 완수하고 방에서 나가고 싶었던 것이었다. 노인 스스로 대학 졸업장과 등기부등본이 없다는 사실을 깨닫기 전에. 하지만 두 평 남짓한 집에 문서를 보관할 만한 곳은 서랍장밖에 없었다. 노인은 서랍장 가장 아래, 세 번째 칸을 열었다. 그곳에는 손톱깎이와 면봉, 소화제 같은 것들이 있었다. 노인은 세 번째 칸을 닫고, 두 번째 칸을 열었다. 두 번째 칸에는 몇 개의 나사가 굴러다닐 뿐이었다. 노인은 두 번째 칸도 닫았다. 그리고 지체 없이 마지막 첫 번째 칸을 열었다. 그곳에는, 서류 봉투가 하나 있었다. 노인의 얼굴에 조용한 미소가 번졌고, 나는 눈을 의심했다. 노인이 서류 봉투를 한 손에 쥐고 다른 한 손으로 내게 손짓했다.

"어여 오라니까. 이건 등본일 거고, 졸업장은 어디 갔는지 모르겠네. 분명히 가져왔는데."

나는 화장실의 불을 끄고 침대로 천천히 걸어갔다. 머릿속에서 생각들이 포켓볼처럼 이리저리 부딪히고 제멋대로 퍼져 나갔다. 내가 노인의 옆에 앉자, 노인은 조심스럽게 서류 봉투를 열어 안에 든 종이를 꺼냈다. 그리고 우리는 함께 봉투의 내용물을 확인했다. 봉투에 들어 있던 것은 세 장의 서류, 임시 숙소 입실 확인서와 입주민 주의 사항 그리고 임시 숙소 퇴실 점검표였다. 나는 노인의 얼굴을 쳐다보았다. 봉투의 내용물을 확인하자마자, 노인의 얼굴에서 피가 쑥 빠져나갔다. 마치 정말 돌덩이가 된 듯한 회색빛의 얼굴 위로 눈만이 번쩍였다. 그의 입술이 떨렸다. 그는 가라앉은 목소리로 간신히 말했다.

"이게 뭐야. 왜 봉투에 이딴 게 있어."

노인의 목소리에서는 짙은 분노가 느껴졌다. 나는 아무 말도 할 수 없었다. 내가 자리를 피하고 싶었던 게 바로 이런 이유 때문이었으니까. 균열을 발견했을 때부터 언젠가는 반드시 일어날 일이라는 건 알고 있었지만, 적어도 내 눈앞에서 한 노인의 깊게 얽힌 망상이 갈기갈기 뜯기는 모습을 보고 싶지 않았다. 노인은 한참이나 멍하니 서류 봉투를 바라보고 있다가 갑자기 계시를 받은 듯 고개를 확 쳐들고 말했다.

"그래, 내가 이렇게 뻔히 보이는 곳에 숨겨 뒀을 리 없지. 졸업장도, 등본도 외계인 놈들이 찾을 수 없는 곳에 숨겨 뒀을 거야. 이 집 어딘가에는 분명히 있어."

노인은 그렇게 말하고는 무릎을 꿇고 허리를 숙여 침대 다리 아래의 어둠에 고개를 처박았다. 필요하다면 두 평짜리 집을 부술 것만 같은 광기 어린 노인의 모습에, 나는 침대에서 일어나서 현관까지 뒷걸음질 칠 수밖에 없었다.

"이 새끼들, 이 외계인 새끼들이, 이제는 내 걸 훔쳐 가?"

노인이 굳게 악문 이 사이로 신음처럼 말을 뱉었다. 노인은 점점 이성을 잃어 가고 있었다. 나는 휴대전화를 꺼내 직원에게 전화를 걸었다. 노인은 고기 냄새를 맡은 굶은 개처럼 내게 달려오더니 내 휴대전화를 뺏어 자기 귀에 가져다 댔다. 그리고 소리쳤다.

"너 이 새끼, 바른대로 말해. 내가 가져온 대학 졸업장이랑 등기부등본 어디다 놨어!"

휴대전화 너머에서 알아들을 수 없는 웅얼거림이 새어 나오다가, 이윽고 멈췄다. 그리고 잠시 뒤 한 마디 혹은 두 마디 정도의 짤막한 웅얼거림이 다시 들렸다. 그 웅얼거림을 듣고 노인은 전화를 내게 건네주었다. 직원은 침착한 어조로 내게 말했다.

"보현 씨, 죄송해요. 이렇게 흥분하시는 일이 원래 없는데. 제가 할아버님한테는 얘기해 뒀으니까, 일단은 할아버님을 모시고 이쪽으로 오셔야 할 것 같아요. 그 뒤에는 제가 맡을게요. 정말 죄송해요."

"알겠습니다. 그럼 차량은……."

"지금 시간이면 셔틀버스 기사님이 아직 계실 거예요. 제가 부탁해 둘 테니까 그거 타고 오시면 돼요."

"네, 알겠습니다. 최대한 빨리 가겠습니다."

나는 전화를 끊고, 숨을 몰아쉬고 있는 노인에게 말했다.

"외투 입으세요. 지금 내려가면 셔틀버스 탈 수 있어요."

긴 신호음이 울리며 버스 문이 닫혔다. 아무도 없는 빈 셔틀버스에 노인과 나와 버스 기사만이 있었다. 버스 안은 물에 잠긴 것처럼 조용했다. 노인이 어떤 말을 계속 중얼거렸지만, 너무 작아 알아들을 수 없었다. 나와 버스 기사는 아무 말도 하지 않았다. 이제는 완전히 어두워진 도로를 바라보며, 나는 지금 당장 시간 여행을 하고 싶다고 생각했다. 나는 그저 자소서에 쓸 한 줄이 필요했던 것뿐인데. 내가 던진 질문이 평생에 걸친 커다란 회한을 낚아 올리게 될 줄이야. 나는 한숨을 비누

삼아 마른세수를 했다. 주황빛 가로등은 저 멀리, 노인의 동네 아래까지 이어져 있었다.

노인은 숨을 헉헉대면서도 다리를 멈추지 않았다. 희미한 가로등 빛을 따라, 노인과 나는 노인의 집으로 걸어 올라갔다. 노인은 한 발 한 발 옮길 때마다 무릎 위에 손을 얹어 가며 애써 속도를 냈다. 나는 그 뒤에서 노인이 혹시나 발을 헛디딜 경우를 대비해 조심스럽게 노인의 등을 지켜보며 따라갔다. 밤이 되니 이곳저곳에서 아기 울음소리 같은 고양이 울음소리가 산발적으로 끼어들었다. 나는 직원이 노인에게 무슨 말을 했을지 짐작해 보았다. 하지만 아무리 생각해 보아도 뾰족한 수가 없었다. 미봉책으로 노인의 화를 잠시 뒤로 미룰 순 있어도 노인의 집에 해결책이 있진 않을 것이었다. 하지만 직원의 말투는 담담했다. 자주 있었던 일이라면, 어쩌면 가짜 서류라도 챙겨 놨을지 모른다. 그래, 그럴 것이다. 나는 그렇게 믿기로 했다. 그런 생각을 하다 보니 어느덧 계단도 끝이 보이기 시작했다. 그리고 계단의 꼭대기에서 누군가의 실루엣이 손을 흔드는 모습이 보였다. 우리는 실루엣의 정체가 드러날 때까지 아무 말 없이 계단을 하나씩 올라갔다. 노인의 바람 빠지는 듯한 숨소리만이 계단 위에 가득했다. 실루엣도 계단을 하나씩 내려오기 시작했다. 이윽고 희미한 주황빛 가로등 아래, 작업복을 입은 식원의 음영 진 얼굴이 드러났다. 노인은 식원임을 확인하자마자 무언가 말하려고 했지만, 말들은 고르지 못한 숨 위로 떠오르지 못했다.

인부들이 모두 퇴근했는지 집에는 아무도 없었다. 노인은 집에 도착하자마자 집 안을 뒤지기 시작했다. 벽지를 반쯤 뜯어낸 집 안에서, 노인은 먼저 서랍을 한 칸씩 열어 바닥에 내용물을 쏟았다. 그리고 종이 재질로 된 모든 내용물을 펼쳐 확인한 뒤, 찢었다. 제일 아래 칸의 모든 종이를 찢은 뒤에는 그다음 칸, 그다음 칸의 모든 종이를 찢은 뒤에는 또 그다음 칸. 숙소에서와 똑같은 모습이었다. 나는 직원에게 눈짓하며 조용히 물었다.

"무슨 방법 없어요?"

직원은 뒷머리를 긁다가, 한숨을 내쉬고 말했다.

"네. 한번 이렇게 화나시면 화가 풀릴 때까지 방 안을 전부 헤집어 놔야 해요. 일단 인부들은 먼저 퇴근시켰거든요. 보현 씨도 이제 가셔도 돼요. 뒤처리는 제가 할게요."

"그래도……"

"어차피 화내는 데에는 누구든 상관없어요. 이게 제 일이니까, 제가 하는 게 맞죠."

직원은 그렇게 얘기했지만 나는 발이 떨어지지 않았다. 서랍을 모두 뒤진 노인은 이제 장판을 하나하나 까뒤집고 있었다. 장판을 들추자 지린내가 훅 끼쳐 왔다. 장판 아래에는 눅눅한 시멘트 먼지들이 뭉쳐 있었다. 노인은 숨을 헉헉대면서도 숨 사이사이에 욕지거리를 계속 집어넣었다. 나는 자기 키만 한 누런 장판을 들고 낑낑대는 노인을 보며, 차라리 호통을 치고 싶었다.

장판까지도 모두 까뒤집은 노인은 마지막으로 화장실에 들어갔다. 그리고 자기로 된 양변기 수조 뚜껑을 열었다. 노인이 뚜껑을 옆 세면대에 급하게 놓은 탓에, 뚜껑이 기우뚱 기울어졌다. 직원과 나는 깜짝 놀라 동시에 몸을 움직였지만 이미 뚜껑은 세면대 아래로 떨어지는 중이었다. '쩡' 하는 소리와 함께 뚜껑이 두 조각으로 갈라졌다. 그와 함께 노인의 고함이 들렸다. 노인의 눈이 번들거렸다. 노인은 보석을 꺼내듯 수조에 조심스럽게 손을 넣어 물이 뚝뚝 떨어지는 비닐 팩 하나를 꺼냈다. 비닐 팩 안에는, 통장 하나가 들어 있었다.

노인은 부서지기 쉬운 고대 문서를 펼치는 고고학자처럼 천천히 비닐 팩의 지퍼를 열고 통장을 꺼냈다. 완전히 쭈글쭈글해진, 노인의 손등 같은 통장을. 우리는 불길한 조짐이 동기화되기라도 하는 것처럼 동시에 서로의 눈을 보았다. 노인의 떨리는 손이 통장을 펼쳤다. 우리는 보지 않고도 통장의 내용을 알 수 있었는데, 그 이유는 노인의 얼굴이 거울과 다름없었기 때문이었다. 노인의 얼굴이 일그러지고, 눈에는 눈물이 맺혔다. 볼 근육이 움씰거렸다. 손이 벌렸다. 그리고 마침내 노인은 나지막하게 한마디를 뱉었다.

"이, 씨팔……."

큰길로 나온 나는 다시 한번 고개를 돌려 내려온 길을 보았다. 두꺼운 양장본 사이에 끼인 책갈피처럼 마음이 답답했다. 직원과 노인을 두고 이렇게 도망치듯 그곳을 피하는 게 맞는 걸까? 노인은 단말마 같은 욕 한마디를 내뱉고는 지친 목소리로 우리에게 꺼지라고 했다. 나와 직원을 내쫓은 노인은 벽지가 뜯기고, 장판까지 모두 엉망으로 나뒹구는 집의 문을 닫고 불을 껐다. 우리는 한참 동안 거기에 서 있었다. 이윽고 직원이 말했다.

"이제 정말 가세요."

나는 고개를 돌려 직원을 바라보며 말했다.

"주임님은요?"

"저는 여기서 조금 더 기다렸다가 다시 들어가 보려고요."

"그럼 저도……."

"괜찮아요. 보현 씨, 정말 괜찮아요. 너무 수고했어요. 이제 가셔도 돼요. 제가 알아서 할게요."

직원은 내 등을 떠밀면서 말했다. 나는 지금쯤이면 직원이 노인의 집에 다시 들어가지 않았을까 생각했다. 하지만 난장판인 집에서 직원이 무얼 알아서 할 수 있을까. 정리를? 아니면 위로를? 입안이 까끌거렸다. 그때 내 앞의 빵집이 눈에 들어왔다. 나는 무의식적으로 빵집의 문을 열고 들어갔다. 점원이 인사했다. 나는 망설임 없이 카스텔라 한 상자와 우유 한 팩을 집어 들고 계산대로 향했다. 이것만 집 앞에 놔두고 정말 집에 가야지. 카드를 꺼내며 나는 생각했다. 그래, 이 정도면 할 만큼 한 거야.

노인의 집 문 사이로 새어 나오는 빛을 보며 나는 안도의 한숨을 내쉬었다. 그리고 천천히 문 앞에 다가가 귀를 대 보았다. 그러나 문 안쪽에선 아무 소리도 들리지 않았다. 원래는 대문 앞에 빵과 우유를 놔두고 문자만 보낼 생각이었으나 나는 갑자기 궁금해졌다. 노인을 재우고 청소를 한다고 해도 소리가 날 텐데 왜 아무 소리도 없지? 나는 침을 한번 삼키고 문을 두드렸다. 아무 반응도 없었다. 다시 두드려 보았다. 역시나 아무 반응이 없었다. 밖에 나간 건가. 나는 문에서 귀를 떼고 문고리를 돌려 문을 열었다.

문을 열었을 때 내 눈앞에 제일 먼저 보인 건 쓰러진 노인이었다. 여전히 시멘트가 훤히 드러난 바닥에 얼굴을 처박은 채로 노인은 엎드려 있었다. 그리고 쓰러진 노인 옆에는 직원이 아무 표정도 없이 노인을 물끄러미 내려다보며 서 있었다. 나는 그 광경이 무슨 상황을 의미하는지 전혀 짐작할 수 없었지만, 섬뜩하다는 사실만큼은 직감했다. 지원이 천천히 고개를 돌려 나와 눈을 마주쳤다. 아주 잠깐이었지만 또 아주 길었다. 떨리는 목소리로 내가 물었다.

"지, 지금 이게 어떻게 된 거예요?"

직원은 짧게 숨을 내쉬더니 말했다.

"들켰으니 어쩔 수 없네요. 일단 들어오세요."

나는 다리에 힘이 풀리는 걸 애써 참아 내며 집 안으로 들어갔다. 직원은 내게 문을 닫으라 손짓했다. 그러고는 외투 안주머니에서 주사기의 몸통 같은 투명한 원통형 막대기 하나를 꺼냈다. 내가 문을 닫는 걸 확인한 직원은 노인의 목덜미에 그 막대기를 꽂았다. 그러자 막대기에서 바람 빠지는 소리가 나더니 투명한 막대기에 검은색 액체 같은 것이 조금씩 차오르기 시작했다.

"뭐, 뭐."

"이게 뭐냐고요?"

직원이 미소 지었다. 그 미소는 내가 아는 미소였다. 직원은 내게로 몸을 살짝 돌렸다.

"수만 씨한테 들었잖아요. 불행이에요."

"불행?"

나는 마치 그 단어를 처음 듣는 사람처럼 뜻을 이해할 수 없었다. 그러나 얼마 안 가 마취가 풀리듯 모든 상황에 대한 이해가 내 뇌를 덮쳐 왔다. 머리가 어지러웠다. 나는 기우뚱거리며 뒤쪽의 문에 몸을 부딪쳤다. 나는 문에 몸을 기댄 그대로 스르르 무너졌다. 그 와중에도 검은색 액체는 성실하게 차올라 어느새 막대기 하나를 가득 채웠다. 직원이 막대기 끝을 엄지로 누르자 다시 바람 빠지는 소리가 들렸고, 그 막대기를 노인의 목덜미에서 뽑아 안주머니에 도로 넣었다. 그러고는 다른 빈 막대기를 또 노인의 목덜미에 꽂았다. 이번에 차오르는 액체는 검은색보다 조금 옅지만 남색보다는 짙은, 군청색 불행이었다.

"그럼 당신이……."

나는 바닥에 주저앉은 채로 말했다.

"예, 수만 씨와 계약한 외계 상인이죠."

나는 황망히 눈을 굴려 바닥을 살폈다. 이윽고 나는 화장실 근처 바닥에 떨어진 통장을 발견했다. 나는 간신히 다리에 힘을 주어 몸을 일으켰다. 그리고 직원을 지나쳐 통장이 놓인 곳으로 걸어갔다. 펼쳐진 통장 안쪽은 텅 비어 있었다. 나는 빠르게 통장을 앞으로 넘겼다. 하지만 모든 페이지를 넘겨 첫 장에 이르렀음에도 통장에는 단 몇 줄의 생활 보조금 입금 내역과 그에 따른 이자밖에 찍혀 있지 않았다. 나는 직원을 돌아보았다. 직원은 내 눈을 쳐다보더니 어깨를 으쓱했다. 나는 직원에게 물었다.

"왜 통장이 텅 비어 있는 거예요? 당신이 진짜라면 복권 당첨금이 찍혀 있어야 하잖아요."

"아뇨, 이번 생은 아니에요."

"이번 생이요?"

"네."

직원이 허리를 굽혀 다시 가득 찬 막대기를 뽑고 새 막대기를 꽂았다. 새 막대기에 차오르는 불행은 옅은 남색이었다. 직원이 막대기에 든 액체를 빛에 비춰 보며 말했다.

"수만 씨가 옛날얘기 해 줬죠? 보현 씨한테는 어떤 과거까지 말했나요? 저희가 만난 첫날에 들었던 대학교 안 나오고 공장 인수한 과거? 아니면 대학교 졸업해서 투자 회사 차린 과거? 해외에 나가 살았던 과거? 수만 씨는 과거들을 이리저리 뒤섞어서 말하잖아요."

나는 아무 말도 할 수 없었다. 카페에서 노인이 했던 말들과 버스에서 내가 겪었던 말들이 눈덩이처럼 커져 다시금 내 앞에 서 있었다.

"참고로 말하자면, 수만 씨한테는 이번 생이 열두 번째예요."

나는 입술을 혀로 축인 후, 조심스럽게 말했다.

"그럼…… 왜 지금이죠? 왜 열세 번째가 아니라 열두 번째에 채굴하러 온 거예요?"

"시간 여행의 골자는 지금 정신과 기억을 유지한 채로 과거의 몸과 시대에 가는 거예요. 이제는 치매에 걸렸으니, 돌아가 봤자 헛수고죠. 그리고 지금보다 기억이 더 사라지면 지금까지 쌓아 온 불행도 줄어들 수 있거든요. 그러니까 투자 용어로 말하자면, 지금이 전고점인 거죠."

직원은 푸른빛이 살짝 도는 남색 막대기를 뽑았다. 새로 꽂힌 막대기에는 이제 짙은 파랑이 채워졌다.

"하지만 아쉬워요. 보현 씨 말대로 치매만 아니었으면 열세 번째가 아니라 스물세 번째도 가능했을 텐데."

"스물세 번째까지."

나는 말을 끊었다. 직원이 나를 쳐다보았다.

"스물세 번째까지 할아버지가 매번 이런 삶을 산다고요? 그걸 대체 어떻게 알죠?"

직원이 활짝 웃었다.

"아, 보현 씨도 수만 씨처럼 생각하는 건가요? 이 모든 게 저희의 큰 그림 안에 있다는?"

"아니라면 어떻게 스물세 번째 인생까지 불행하다는 걸 아는데요?"

나는 내 말투가 조금 격앙되었다는 걸 느꼈다. 왜? 나는 왜 화가 난 거지? 나는 내 행동을 스스로 이해하지 못하면서도, 직원을 노려보고 있었다.

"이거 보세요, 보현 씨. 보현 씨도 똑똑하니까 알 거 아니에요. 우리는 사업가예요. 열두 번의 인생을 지켜보면서 우리가 그 정도 리스크 관리도 안 했겠어요? 애초에 우리가 왜 판매지를 골라 받았는데요."

직원이 노인의 목덜미에서 막대기를 뽑아 들다가 놓쳤다. 푸른빛이 담긴 원통이 내게 굴러와 발끝을 건드렸다. 나는 허리를 숙여, 막대기를 집어 들었다. 막대기에 담긴 불행은 마치 갓 채운 헌혈 팩처럼 따뜻했다. 직원이 내게 손을 내밀었다. 나는 직원에게 다가가 막대기를 건네며 말했다.

"당신들이 불행을 유도한 게 아니라고요?"

"당연하죠. 그런 건 불법이에요. 우주에도 상법이 있거든요."

직원은 내게서 막대기를 받아 안주머니에 넣었다.

"우린 정당한 방법으로 투자를 한 겁니다. 시간이라는 대가를 주고."

"투자라니, 대체 뭐에 투자했다는 거예요?"

"수만 씨의 불행할 자질이죠. 얼마나 많이 불행해질 수 있는지, 얼마나 안정적으로 불행해질 수 있는지. 지구의 시스템으로 비유를 하자면 성장 잠재력이 큰 주식을 매입하는 거랑 비슷해요. 싸게 사서, 비싸게 판다. 이 진리는 우주에서도 똑같으니까."

"그럼 대체…… 왜."

나는 고통스럽게 말을 내뱉었다. 쓰러진 노인의 초라한 등이 눈에 들어왔다. 열두 번의 생에서 겪은 불행이 모두 저 왜소한 그릇 안에 담겨 있었다는 게 믿기지 않았다.

"대체 왜 할아버지만 계속 불행해지는 건데요."

직원이 안주머니를 뒤적거리며 빈 막대기들을 꺼냈다. 남은 빈 막대기는 세 개였다. 이제 노인의 불행은 여름 하늘처럼 쨍한 하늘색이었다. 직원이 말했다.

"몰라요. 우리도. 측정 기계를 돌려서 대략적인 방향성을 짐작할 뿐이죠. 날 때부터 인간에게 깊숙이 달라붙어서 떼어 낼 수 없는 불행의 행태에 대해서는, 우리도 정확히는 알지 못해요. 우리도 모든 투자에서 득을 보는 게 아니에요. 언제나 판매자가 행복해질 리스크를 가지고 있죠. 어떤 판매자는 한 번의 생으로 행복을 찾기도 하거든요. 그래서 우리는 충분히 불행한 인간에게는 충분한 시간을 제공해요. 투자의 기본은 복리잖아요. 우리는 여러 번의 생을 통해서 불행을 쌓고, 쌓고, 또 쌓는 겁니다. 열한 번 실패한 기억을 가지고서도 열두 번째 실패한 인생을 살 때의 불행감은 첫 인생의 불행감과는 비교할 수 없으니까요. 그게 다예요. 수만 씨도 거기에 동의했어요. 매번. 이제는 기억에 남은 게 과정 대신 억울한 결과밖에 없는 것뿐이죠."

이제 노인의 목덜미에서 흘러나오는 불행의 색깔은 거의 우유 같은 순백색이었다. 직원, 아니 외계인의 말에 나는 더 할 말을 찾지 못했다. 단지 출구를 찾지 못한 화만이 내 안에서 이리저리 부딪히며 정신을 멍들게 하고 있었다. 마지막 순백색 막대기까지 뽑아 안주머니에 넣은 외계인은 헛기침을 한번 한 뒤 말했다.

"보현 씨한테는 너무 미안한 일이긴 한데, 기억을 좀 지워야겠어요. 이런 걸 보였으니 가만 놔둘 수는 없거든요. 자소서에 한 줄 넣으셔야 하는데, 이거 참...... 어쩔 수 없죠."

그러더니 외계인은 바지 주머니에서 손바닥만 한 작은 총을 꺼냈다. 내가 깜짝 놀라 두 손을 올릴 때는 이미 목덜미에 외계인이 쏜 작은 바늘이 꽂힌 뒤였다. 순식간에 시야가 뿌옇게 흐려지고, 몸이 앞으로 넘어갔다. 나는 쓰러지는 순간 문득 노인과 우유와 카스텔라를 떠올렸다. 나도 없고, 직원이었던 외계인도 없다면 노인은 그것들과 함께 퀴퀴하게 썩어 가지 않을까. 그런 생각을 하며 나는 정신을 잃었다.

"다음 소식입니다. 지난 27일 새벽 3시경 서울의 한 쪽방촌에서 화재가 일어나 소방차와 구급차 다섯 대가 긴급 출동했습니다. 화재로 인해 전소된 집은 다섯 채, 사상자는 총 열두 명으로 보고되었습니다. 그중 사망자는 한 명으로, 화재의 진원지인 집 내부에서 빠져나오지 못하고 사망한 것으로 추정하고 있습니다. 김수연 리포터입니다."

나는 텔레비전에서 흘러나오는 새까맣게 타 버린 작은 집들과 그 너머로 둘러친 노란색 폴리스 라인을 보았다. 집들이 다닥다닥 붙어 있어서, 불이 옮겨붙기 쉬운 구조였다. 곧이어 카메라는 화재의 진원지가 된 집과 함께 전소된 사망자의 흔적을 모자이크로 보여 주었다. 나는 인상을 찌푸렸다. 색으로는 거의 분간이 되지 않았지만, 사망자의 흔적 주변의 폴리스 라인 때문에 나는 그곳에 쓰러져 죽은 사람을 상상할 수 있었다. 좁은 집 안에서 빠져나오지 못하고 타 죽는다니, 상상만으로도 끔찍했다. 불에 타 죽는 게 가장 고통스러운 죽음이라던데. 그 생각을 하며 나는 침대 옆에 놓인 담배와 라이터를 집었다. 그러고는 자리에서 일어나 옷장 손잡이에 걸린 후드집업을 입었다. 후드집업의 지퍼를 채우고 나니, 어딘가에서 이상한 냄새가 났다. 나는 후드집업의 팔에 코를 박고 냄새를 맡았다. 잔뜩 삭은 김치 같은 냄새가 직물 사이에서 은은하게 풍겼다. 나는 고개를 갸우뚱했다. 이게 대체 무슨 냄새지. 음식물 쓰레기 같은 게 묻었나. 나는 후드집업을 벗어 세탁기 안에 집어넣고는 옷장을 열어 패딩을 꺼내 입었다. 오피스텔을 나서니 가로등 불빛에 젖은 골목길들이 보였다. 나는 잠시 가로등 램프 안에 쌓인 몇 마리의 벌레 사체를 보다가, 라이터를 켜 입에 문 담배 끄트머리를 가로등 불빛 색으로 물들였다. 담배 연기가 공기 중으로 스며들었다.

돔

유혜선

돔을 기억하시나요? 우리는 돔의 생존자입니다.

우리는 현재 C 구역에 있습니다. A 구역의 상황은 알 수 없지만, 아마 기적이 없다면 모두 죽었을 것으로 보입니다. 나는 기억해야 하는 것을 남기기 위해 글을 쓰기로 했습니다. 한 가지 알아주셨으면 하는 것은, 돔에서의 삶이 그리 아름답지 않았다는 것입니다.

돔에 들어간 이들이 돔의 수명이 끝날 때까지 삶을 영위하기 위한 모든 것들을 약속받았다는 것을 기억하실 겁니다. 100년. 아슬아슬하게 한 사람의 삶이 끝날 시간 동안이죠. 혹시라도 잘못 알고 계실 경우를 대비해 말씀드리자면 그 약속은 거의 지켜지지 않았습니다. 결론부터 말씀드리자면 그건 아테나에 의한 것이었지만, 사실상 G사가 우리와의 모든 약속을 어겨 버린 것이나 마찬가지입니다. 통신마저 끊겨 버린 뒤에 우리는 바깥의 상황도 알지 못합니다. 어떤 상황이든 바깥의 사람들은 우리에게 관심이 별로 없겠죠. 제 발로 바닷속으로 들어간 사람들을 걱정할 사람이 얼마나 될까요. 그러나 언젠가는 이 기록을 발견할 사람이 존재할 거라는 생각이 들어, 우리가 지금까지 남긴 기록을 담았습니다.

이것은 도움 요청이 아닙니다. 누군가 이 글을 읽을 때 우리가 살아 있을지조차 알 수 없으니까요.

*

"우리는 그럼 생존자인 걸까?"
"그게 무슨 소리예요?"
"어떤 위험한 곳에서 살아남은 사람들을 생존자라고 하잖아."
"아직 우리가 살았는지 죽었는지도 모르는걸요."

서우는 수긍한 듯 어깨만 한번 으쓱했다. 일기에 쓸 단어를 고르려 물어본 건지 사각거리는 소리가 들려온다. B 구역, 그중에서도 외곽은 특히 조용했다. 펜이 종이에 스치는 소리가 들릴 정도였다. 물론 조용히 귀를 기울이다 보면 멀리서 웅웅거리는 소리가 들렸다. 기계가 작동하는 소리였다. 이따금 이 소리가 멈출까 두려워 괜히 숨을 멈추고 귀 기울일 때도 있었다. 저 소리가 멎으면 우리도 끝이라는 거니까. 나는 서우가 글을 쓸 때면 말을 걸지 않고 소리에 집중한 채 조용히 옆에서 기다렸다. 그러다가 서우가 무언가를 물어볼 때만 대답했다.

나는 서우의 말을 속으로 정정했다. 우리는 살아남고 싶어 하는 거지, 살아남은 사람은 아니라고. 서우는 어떻게 생각할까. 서우의 글에서 우리는 살아남은 사람일까?

서우가 노트를 덮자 나는 짐을 갈무리하고 일어났다. 서우도 가방을 메고 일어났다. C 구역까지는 이제 얼마 남지 않았다.

우리는 돔에 있다. 누군가에게는 아마 해저 도시라는 호칭이 조금 더 익숙할 것이다. 돔은 간단하게 말하면 그냥 거대한 아파트 단지쯤 된다. 정확히는 G사에서 몇십 년을 투자하여 건설한 해저 도시였다. 해수면이 높아지며 살 곳이 점점 적어지는 지금, 감히 바다를 정복하겠다며 시작한 프로젝트였다. 아틀란티스니, 뭐니 하는 거창한 이름이 붙었던 것도 같지만 지금에 와서는 돔이라는 이름으로 뭉뚱그려지고 있었다. 돔은 G사의 거대한 실패작이다. 물론 과거에는 수십억, 수백억 원을 호가하는 돈을 받으며 입주민들을 받던 때가 있었다. 그러나 내가 이곳에 들어오기 몇 달 전 돔의 AI에 치명적인 오류가 있었음이 밝혀졌다. G사는 앞으로의 돔 유지 가능 기간이 적으면 100년이고, 길어 봤자 200년이라는 사실을 발표했다. 바다 아래에 숨겨진 가장 화려한 도시인 줄 알았지만, 정작 시간이 지나면 바

돔 339

다에 잡아먹히고 말 도시라는 것이 밝혀진 것이었다. 그로부터 엄청난 혼란이 벌어졌다.

이즈음에서 현재 지구 인구가 대책 없이 불어나는 중이라는 것을 생각해 봐야 할 것이다. 국가에서는 돔에 거주하던 주민을 다시 뭍으로 받아들이는 것은 불가능하다고 했다. 거주할 곳이 없다는 것이 그 이유였다. 수많은 원성과 항의가 있었지만 국가의 태도는 바뀌지 않았다. 국가는 돔의 거주민이 뭍으로 나가기 위해서는 같은 수의 사람이 돔으로 들어가야 한다고 발표했다. 불법 거주민 발생을 경계하기 위해서였다. 국가는 그 발표를 마지막으로 더 이상 돔에 대해 아무런 입장도 말하지 않았다. 돔의 주민들은 자신들 대신 돔에 들어갈 사람들을 죽일 듯이 찾아다녔다.

곧 침수될 도시에 누가 머리를 들이밀겠는가. 당연히 그냥 들어가겠다고 나서는 사람은 없었다. G사는 돔에 거주하는 이들에게는 돔이 온전히 침수될 때까지 완벽한 거주 환경과 기본적인 생활에 필요한 모든 것을 지원하겠다고 약속했다. 기존 입주자들이 바깥으로 나가기 위해 거액의 돈을 제시하기도 했다. 기존의 입주자들과 G사의 사태를 수습하기 위한 몸부림으로, 돔에 들어가겠다고 자원하는 사람들이 나오기 시작했다. 어차피 앞으로 100년 정도 도시가 유지될 수 있다면 죽을 때까지 편하게 살 수 있겠다고 생각하는 사람들이나, 돈이 급하게 필요했던 사람들. 꼭 그 이유가 아니더라도 적지 않은 사람들이 하나둘씩 돔에 들어온 것이다.

처음에 우리는 A 구역에 있었다. 고액을 내고 들어온 사람들을 위한 환상적인 거주 구역이었다. 평생 생활에 필요한 모든 지원을 받으며 살 수 있다는 것까지 고려하면 꿈과도 같은 곳이었다. 물론 나는 그렇게만 생각하지는 않았다.

*

"왜 일을 해? 여기 살면서."

술에 잔뜩 취한 듯 혀가 풀린 아저씨가 와인 병을 안겨 주고 문을 닫았다. 술은 전혀 몰랐지만, 문외한인 내가 봐도 이게 상당한 사치품이라는 것 정도는 알 수 있었다. 횡재했다는 생각은 들지 않았다. 나는 술을 별로 좋아하지 않았다. 그러나 다른 걸 달라고 하기엔 취한 사람을 상대할 자신이 없었다. 결국 그냥 집에 돌아왔다. 돔 밖에 살 때보다 몇 배는 한가한데, 몇 배는 더 지치는 기분이 들었다.

그러나 아저씨가 틀린 말을 한 것은 아니었다. 이곳에서 돈은 무용하기에 아무런 일도 하지 않아도 된다. 매주 로봇이 배송해 주는 식량은 보급식이긴 하지만 우리 같은 사람들은 평소 쳐다도 못 봤을 최고급품이었고, 뭐 그리 비싼 로봇들을 집에 가져다 두었는지 품을 들여 집안일을 할 필요가 없었다. 돔의 안을 둘러보는 데에도 한참이 걸릴 테니 무료할 시간이 없다. 혹은 바깥에서는 전혀 느낄 수 없었던 무료함을 즐기는 것도 방법이기는 했다. 무언가를 탐내기에는 원래 살던 곳에서는 상상도 못 했을 정도로 희귀하고 많은 사치품들이 집에 있었다. 뭐가 그리 무서웠는지, 이곳에 살던 사람들은 급하게 떠나면서 옮기기 까다로운 물건들을 두고 갔다. 아마 방금 받은 와인도 그 사치품 중 하나일 것이다. 내 집에도 창고에 가면 알 수 없는 조각상들이 있었다. 먹을 수 있는 건 아니라서 그대로 두었다.

하지만 나는 그렇게 시간을 흘려보내는 대신 어떤 일이라도 하기를 택했다. 나는 식량을 받고 고장 난 가전 로봇들을 수리해 주었다. 제법 수요가 있었다. 이곳에서는 수리 서비스를 받기가 쉽지 않기 때문이다. G사가 생계를 보장해 주겠다고 한 말에 편의를 위한 지원은 포함되어 있지 않았다. 그러니 로봇이 망가져도 고칠 방법이 없었다. 그러나 이미 편의에 익숙해진 사람들이 로봇이 고장 났다고 다시 집안일을 할 리가 없었다. 그러니 돔에서는 일할 필요는 없지만, 일할 곳이 없는 것은 아니었다.

집으로 가는 길목은 오가는 사람 하나 없이 한적했다. 길거리 청소용 로봇이 내 동선을 피해 조용히 옆으로 비켜 갔다. 로봇은 병든 가로수에서 떨어진 잔가지와 낙엽 들을 쓸어 모았다. 몇 주 전부터 가로수를 관리하는 로봇이 보이지 않더니, 결국 나무들이 망가지기 시작했다. 아무래도 G사에서 로봇들을 하나둘씩 수거해 가고 있는 모양이었다. 이곳의 사람들이 이전에 살던 사람들처럼 수십억 원을 내고 사는 것은 아니니 어쩌면 당연한 일일지도 모른다. 그러니 어떻게 보면 돔은 망가져 가고 있는 셈이었다.

그러나 망가져 간다고는 해도, 돔은 이전에 살던 곳보다는 훨씬 좋은 환경이었다. 지금은 시들어 가고 있지만 길거리에는 가로수가 심겨 있고, 심지어 공원에는 꽃도 심겨 있었다. 예쁜 걸 알아보는 재능은 없지만 공원의 사소한 풍경 하나하나까지 전문가가 손을 댔을 것이다. 카페나 이런저런 스포츠 시설, 다양한 음식점도 있었다. 입주자용 디바이스로 체크인하면 무료로 이용할 수 있었다. 물론 지금은 로봇들이 다 동작을 멈춘 지 오래였다. 그래도 안을 둘러보는 것만으로도 충분한 여가거리가 되었다. 디바이스 역시 불필요할 정도로 많은 기능이 지원되는 최신식 기종이었다. 사실상 작은 컴퓨터를 들고 다니는 것이나 마찬가지라, 일을 하는 데에도 도움이 되어 매번 지니고 있었다.

몇 달 전까지만 해도 심심하면 안쪽에 들어가 동작을 멈춘 로봇들을 정리했다. 움직이던 도중 멈춘 로봇의 관절을 펴 주고, 작동하지 않는 충전대 위에 올려 두었다. 무게가 무거워 충전대까지 들고 가기 어려운 것은 적당히 밀어서 눈에 띄지 않는 곳에 두었다. 그렇게 몇 주를 반복하다 보니 더 이상 정리할 로봇이 없었다. 그래서 지금처럼 사람들의 의뢰를 받아 일을 하러 다니거나, 다른 취미를 만들었다. 안 쓰는 방 중 하나를 대충 치우자 작업실로 사용하기 괜찮은 공간이 되었다.

공원을 가로지른 다음 30분 정도를 더 걸으면 우리 집이다. 공원과 가깝지 않고, A 구역 안에서도 비교적 외곽에 있는 곳이다. 아마 돔 안에 사는 사람들 사이에서는 좋은 집은 아니라는 취급을 받았을 것 같다. 당연하지만 돔에 들어올 때 어떤 집에서 살지 선택권은 없었다. 그래도 집 시설 자체는 좋기도 하고, 다른 구역과 가까운 편이라 얻는 이점도 있었기 때문에 불만 가질 이유도 없었다. 무엇보다 괜찮은 이웃이 근처에 살고 있었다.

"아, 지은 씨, 왔네?"

집에서 낯익은 사람이 나오고 있었다. 같이 사는 건 아니고, 출입 허가를 내어 서로의 집에 들어갈 수 있게 했다. 옆 블록에 사는 서우였다. 서우는 나와 같이 유이하게 이 돔에서 일을 하는 사람이었다. 나는 기계를 고치고, 서우는 사람들이 나태하게 살아 엉망이 된 집 안을 청소했다. 그리고 우리는 친하다면 친한 사이였다. 처음에는 그저 서로 이름만 아는 사이였다. 서로의 이름을 알고 종종 이야기를 나누었다. 그뿐이었다면 단순한 관계로 끝났겠지만, 다른 마음이 존재했다. 이런 곳에서도 일을 하는 사람이라는 것에 대한 약간의 동질감, 그리고 왜 일을 찾아서 하는 것인지에 대한 미약한 호기심이었다.

무엇보다 우리는 서로에게 제법 필요한 상대였다. 나는 집안일을 싫어하는 편이었고, 서우는 기계치였다. 기본적으로 디바이스를 조작하는 방법은 알고 있었지만 그보다 아날로그적인 것들을 선호하는 것 같았다. 바깥에서 그러려면 돈이 꽤나 들었을 텐데. 우리가 돔에 들어온 지도 반년이 다 되어 가니, 이곳에 와서 든 습관일지도 모른다. 아무튼 서우는 기계를 자주 고장 내는 편이었다. 나는 일이 바쁘다는 핑계로 집안일을 대충만 하고 나가는 일이 많았으니, 우리는 서로가 가장 필요한 상황이었다. 서로의 집에 출입 허가를 낸 것도 그런 이유였다.

"지은 씨, 근데 혹시 오늘 일하면서 이상한 얘기 듣지 않았어?"

"이상한 얘기라니요?"

"음식이 안 왔어요. 누가 훔쳐 가기라도 했나 싶었는데, 다른 집들도 다 그랬다더라. 지은 씨 집에도 와 보니까 도착한 음식이 없어서."

나는 다른 집에서 들은 게 있는지 생각해 보았지만, 오늘 방문한 십들이 유독 제정신 아닌 사람들만 있었다는 사실이 띠

올랐다. 그러고 보니 내 손에는 아직 마지막으로 방문한 집에서 받은 와인이 들려 있었다. 서우는 와인을 보고는 어떤 상황인지 이해한 듯 웃음 섞인 한숨을 내뱉었다. 서우 역시 술에 취한 사람들을 여럿 상대해 봤던 것이다.

"그나저나 좋은 거 받았네요. 그거 비싼 건데."

서우가 내 손에서 와인을 가져가 라벨을 살펴보았다. 무슨 생각을 하는지 미간에 주름이 깊게 팼다가 다시 옅어졌다. 나는 봐도 뭐가 뭔지 모르겠던데, 서우는 뭔가 알기는 하는 모양이었다. 서우는 이상할 정도로 이곳의 사치품들에 대해 잘 알았다. 우리 집 창고에 있는 조각상들에도 흥미를 보였다. 그러나 운반하기에는 무리가 있어 서우가 가져갈 수는 없었다.

"하긴, 돔 안에 있는 것 중에 안 비싼 게 없긴 하죠."

"드릴까요? 저는 술 안 먹어서요."

"나도 안 먹어요. 그냥 오랜만에 본다 싶어서."

서우는 와인을 내게 돌려주었다. 짐짓 심각한 표정이었다. 아마 음식이 안 온 것에 대한 고민일까 싶어 운을 떼었다.

"그러면 식량이라도 좀 드려요? 많이 남았는데."

"됐어요. 혼자 사는 사람이 먹으면 뭘 얼마나 먹는다고. 나도 아직 집에 남아 있으니까 괜찮아요."

서우는 손을 한번 내젓고는 신발을 신고 현관문을 열었다. 그새 짓던 심각한 표정은 지워지고 무덤덤한 표정이었다. 서우는 내게 고갯짓을 한번 하고 집을 나섰다. 나는 서우를 배웅한 뒤 집에 들어왔다.

안녕히 다녀오셨어요? 익숙한 목소리가 나를 반겼다. 돔을 총괄하는 AI인 아테나다. 아테나는 돔 전체의 운영에 간섭할 뿐만 아니라, 각 집 안에도 설치되어 집 안 관리를 돕기도 했다. 집의 오염도 등을 측정하여 청소 로봇을 작동하거나 하는 식이다. 그 외에도 사사로운 말 상대가 되어 주기도 했다. 이 돔에서 미치지 않고 살 수 있는 이유 중 하나였다.

일을 마치고 돌아오시는 건가요?

"맞아. 오는 길에 서우도 만났어. 집 청소는 잘됐어?"

네, 사전에 당부하신 대로 작업실 정리는 하지 않았습니다. 그러나 다소 오염도가 있으니 이른 시일 내로 청소하시는 것을 권장한다는 말을 전달받았습니다.

"알았어, 고마워."

아테나가 말한 작업실로 향했다. 내가 지내는 곳이 A 구역 외곽이라서 좋은 점 중 하나가 이곳에서 나왔다. 그걸 설명하려면 다른 구역에 대해서 먼저 말해야 한다. A 구역은 기본적으로 거주 구역이고, B 구역은 돔을 운영하기 위한 기계들이 자리 잡고 있다. 무엇이 있는지 전부 알기는 어렵다. 대충 거대한 공기 정화 장치나 해수를 식수로 바꾸기 위한 기계 같은 것들이 있겠거니 하고 짐작하는 정도이다. 내가 손대 본 건 가정

돔 347

용 기계가 전부였기 때문에 더 자세히 알아볼 엄두는 나지 않았다. 그것들만 있으면 그다지 관심을 가지지 않았을 것이다. B 구역은 A 구역에서 나오는 폐기 물품들이 버려지는 곳이기도 했다. 그곳에 있는 폐기계들은 가져다가 조금만 손보면 쓸 만한 기계로 만들 수 있는 것들이었다. 아니면 분해해서 다른 사람들의 집에 있는 기계를 고칠 만한 부품을 얻기도 했다.

B 구역까지는 비교적 가까운 거리였기에 시간이 날 때마다 가 보는 것이 가능했다. 그러나 C 구역에는 가 본 적이 없었다. 우선 B 구역이 워낙 광활한 탓에 C 구역까지 넘어갈 수는 없을 것 같았다. 애초에 C 구역에 무엇이 있었는지도 알 수 없었다. 애초부터 공개되지 않은 정보였다. 생활 폐기물이 한두 개 나오는 게 아니니까 거대한 쓰레기장 역할을 하는 것일 가능성이 가장 크다고 생각했다. 물론 확인할 방법은 없었다. B 구역을 돌아다니는 것만으로도 위험한 일이었기 때문이었다. B 구역, 특히 내가 자주 가는 곳에는 대형 폐기물이 산처럼 쌓여 있었다. 잘못 건드리거나 해서 무너지기라도 하면 목숨을 부지하기도 쉽지 않을 것이었다. 그래서 가져오는 기계들도 모두 소형 로봇들이었다.

지금 작업대 위에 놓여 있는 청소 로봇도 그랬다. 더러워지고 긁힌 표면을 손끝으로 천천히 쓸어내렸다. 오랫동안 사용해서 낡은 것이 아니라, 어딘가에 구르거나, 오염물을 뒤집어써서 망가진 것 같았다. 드라이버 끝으로 나사 쪽을 막은 고무를 들어내고 나사를 풀어냈다. 약간의 마찰음이 들렸다. 나사를 작은 통에 담고 플라스틱을 들어냈다. 예상대로 충격으로 인해 전원 차단기가 내려간 상태였다. 나는 차단기를 올리는 대신에 부품을 하나하나 분해해 분류했다. 이렇게 부품 모두가 멀쩡한 것은 찾기 힘들었다. 납땜을 제거하고, 전선을 하나하나 분리하고, 제대로 작동하는지 확인했다. 이건 일종의 취미 생활이었다. 손이 많이 가는 작업이었지만 시간을 보내기에는 좋았다. 집중하다가 피곤해지면 아테나와 짧게 잡담을 나눌 수도 있었다.

그렇게 로봇을 모두 분해하고 나니 저녁 시간이 훨씬 지나 있었다. 나는 보급식 팩 하나를 뜯어 접시에 부었다. 크림 스튜 같았다. 보통 보급식이라고 하면 무슨 재료가 들어갔는지도 알 수 없는 걸쭉한 게 들어 있기 마련인데 여기서 배급받는 것은 정말 요리해서 먹는 것처럼 나온 고급 보급식이었다. 한 숟갈 입에 떠 넣으면서 아테나를 불렀다. 아직도 보급식이 도착하지 않았는지 묻기 위해서였다.

도착한 소포가 없습니다.

"아직도? 왜 이번 주는 보급품이 안 오는 거래."

무의식적으로 중얼거린 말에 예상치 못한 답이 돌아왔다. 대답을 바라고 말한 것은 아니었다. 애초에 아테나에게 한 말도 아닌 단순한 혼잣말이었다. 다른 대회를 나눌 때는 늘 친절하게 들리던 목소리가 딱딱하게 굳었다. 나는 스피커가 있는 쪽을 돌아보았다.

A 구역 주민에게는 공개되지 않는 정보입니다.

아테나가 그 정보를 알고 있다는 것일까? 아니면 모른다는 말을 돌려서 하는 것일까? 평소 말하던 것과 조금 다른 분위기에 의구심이 들었다. 생각해 보면 아테나는 돔 전체를 관리하는 인공지능이었다. 보급식 공급에 차질이 생겼다면 아테나가 그 원인을 알 수도 있다는 생각이 들었다.

"그럼 혹시, 돔에 생긴 이상이 뭔지 알아?"

A 구역 주민에게는 공개되지 않는 정보입니다.

예상은 했지만, 조금의 머뭇거림도 없이 돌아온 대답이 아까보다도 더 차갑게 느껴졌다. 나는 아테나와 더 대화하는 것을 포기하고 식사를 마쳤다. 다른 것도 아니고 아테나가 관리하는 도시인데, G사가 말한 대로 100년까지는 걱정 없이 살 수 있을 것이었다. 그러니 굳이 파고들 이유는 없었다. 접시와 수저를 식기세척기에 넣어 두고 자러 가겠다고 말했다. 아테나가 집 안 조명 밝기를 낮춰 주었다.

이후로도 보급품은 오지 않았다. 누군가 G사로 연락해 봤지만, 돌아오는 답신은 없었다고 한다. 나는 일을 줄였다. 애초에 식량이 오지 않으니, 나에게 일을 맡기는 사람이 잘 없었다. 그리고 괜히 나가서 일찍 배고파지는 것보단 집에서 보급식이 올 때까지 가만히 있는 게 나을 것 같았다. 종종 아테나와 대화를 했다. 여전히 보급품이 오지 않는 이유에 대해서는 알 수 없었다. 사람들은 원래도 그랬지만 더 밖에 나오지 않았다. 자연스럽게 서우와도 만나는 일이 줄었다. 사실상 거의 없어졌다. 말 상대가 아테나뿐인 셈이었다.

그러던 어느 날, 아침부터 조금 거슬리는 알림음이 울렸다. 아테나가 집 안 온도 조절을 잘못했는지 몸이 서늘했다. 그래서 알림을 확인하러 일어나는 대신 알림음에 잠깐 귀를 기울였다. 아테나에서 공지 사항이 있을 때 울리는 알림이었다. 지금까지는 돔에 입주한 초기에 기본적인 안내 사항을 받을 때만 들었던 것 같다. 침대에서 일어나지도 않은 채 이불 속에 몸을 웅크리고 있다가, 아테나에게 알림 내용을 읽어 달라고 말했다. 침대 옆 스피커에서 아테나의 목소리가 나왔다.

현 시간부로······.

이불 속에 있으니, 말이 잘 들리지 않았다. 이불 밖으로 고개를 내밀었다. 찬 공기에 졸음기가 달아났다.

외부와의 통신을 모두 차단했습니다.

침대에서 몸을 일으켰다. 몸을 일으켰다기보다는 반사적으로 튕겨 나온 것에 좀 더 가까웠다. 통신이 차단됐다. 이유는 모르겠다. 아테나에게 물어본다고 무언가 알 수 있는 상황도 아니었다. 정신이 한없이 멍해졌다.

"그게 무슨 소리야?"

예상대로 답을 들을 수는 없었다. 아테나는 이제 응답조차 하지 않았다. 적막이 집 안을 가득 채웠다. 아테나를 몇 번 더 불렀지만, 아무런 답도 들려오지 않았다. 잠깐 그 자리에 못 박힌 듯 서 있었다. 시간이 어떻게 흘러가는지도 느끼지 못한 채로 있다가 또 다른 알림음에 문득 정신을 차렸다. 전화였다. 그래도 통신 자체가 불가능한 것은 아닌 것 같았다. 아테나에게 전화를 받겠다고 하자 전화가 바로 연결되었다. 익숙한 목소리, 서우였다.

— 지은 씨, 아까 공지 들었어요? 외부와의 통신을 차단했다는데, 이거 아테나가 그런 거예요?

서우는 내가 전화를 받자마자 인사말도 없이 말을 쏟아 냈다. 그러나 솔직히 무슨 말을 하는 건지 받아들일 수 없었다. 서우는 지금, 이 상황을 내가 해결해 줄 수 있다고 믿는 것 같았다. 기계에 대해 잘 몰라서 그러는 건지, 아니면 매달릴 사람이 나밖에 없어서 그러는 것인지는 알 수 없었다. 서우의 말은 점점 느려지고 뭉개졌다. 억누른 척하면서도 감정이 묻어나는 목소리였다. 평소 온건하고 여유롭던 서우의 모습과는 대조되었다. 전혀 다른 사람처럼 느껴지기까지 할 정도였다.

— 그래도 지은 씨는 기계를 잘 알잖아요. 아테나도 기계니

까, 잠깐 오류가 난 거죠? 그럼 고칠 수 있을 거고…….

서우의 목소리는 내가 지금까지 들어 본 것 중 가장 간절한 목소리였다. 서우는 지금 상황을 내 생각보다도 더 심각하게 받아들이고 있는 것 같았다. 통신을 끊었다는 게 무슨 의미인지 나름대로 곱씹다가 최악의 결론을 내린 듯했다. 당장이라도 이 돔이 바다 밑에 묻힐 거라고 생각하는 걸까.

— 고칠 수 있죠? 고칠 수 있잖아.

결국 서우가 우는 것처럼 중얼거렸다. 물기 어린 목소리가 스피커를 타고 바닥에 떨어졌다. 나는 한 걸음 물러섰다. 한숨인지, 울음인지 모를 소리가 귓가에 맴돌다가 사라졌다. 그 때문에 서우가 내게 실제로 매달리고 있기라도 한 것 같은 기분이 들었다. 제발 고쳐 줘요. 아니면 이곳에서 나갈 수 있게 해 줘. 여기서 나가야만 해. 나 여기서 죽기는 싫단 말이야…….

"……내 잘못 아니에요."

— ……뭐라고?

"내 잘못 아니에요. 왜 다들 나한테 그래요? 나는 아무것도 안 했는데!"

나는 도망치듯 전화를 끊어 버렸다. 다행히도 전화는 다시 걸려 오지 않았다. 다른 사람도 아닌 서우가 그럴 줄은 몰랐다. 아니면 오히려 서우라서 그랬던 걸까. 어쩌면 서우는 이곳이 꼭 원래의 일상을 보낼 수 있는 곳이라도 되는 것처럼 생각하고 있었을지도 모른다. 그러나 이곳은 결코 평생을 살 수 있는 곳이 될 수 없었다. 바깥의 세상이 그렇듯이, 누군가의 손에 의해 언제든지 삶이 흔들릴 수 있는 곳인 것이다.

어쩌면 G사가 돔을 묻을 생각인 것은 아닐까? G사는 이미 이전 거주민들에게 상당한 금액의 배상을 해 줬을 것이다. 그런 상황에서 지금 들어온 사람들에게 계속해서 살 수 있도록 지원해 주는 것은 추가로 엄청난 손해를 보는 것일 것이다. 그러니 G사가 돔의 사람들을 다 말려 죽이려 한다고 생각해도 비약은 아니었다. 이미 바다 밑에 묻힌 것과 다름없는 무덤이다. 그렇다면 굳이 삽을 들 필요도 없이, 호흡줄을 끊어 버리기만 하면 된다. 이 안에 사는 사람들은 사는 것으로 인정받을 수도 없는 시체들뿐이다. 창밖으로 보이는 돔의 하늘을 올려다보았다. 관의 뚜껑은 밀어낼 수 없을 정도로 높았다. 고칠 수 있냐고 묻던 서우의 목소리가 다시 귓가에 맴돌았다. 고칠 수 있을 리 없었다. 우리가 할 수 있는 것은 더욱 완벽하게 다가올 죽음을 기다리는 것뿐이었다.

그 순간, 몸을 관통하는 불길함이 있었다. 기계가 고장 났을 때 이 도시의 사람들은 나를 찾는다. 분명히 내게 무리한 기대를 하고, 그 실망은 원망과 분노로 바뀔 것이다. G사에 닿기에는 먼 분노가 모두 나에게 향할 것이다. 사람들은 늘 상황을 책임질 사람을 찾는다. 자신들의 분노를 온전히 감당할 사람이 있으리라 믿는다. 그 사람이 부서지면 잠시 환호했다가, 또 다른 사람을 찾아 부숴 버린다. 이곳의 사람들도 다르지 않을 것이다.

문을 강하게 두드리는 소리가 들렸다. 반사적으로 몸이 달려 나갔다. 현관의 패널을 조작하여 보안 강도를 최대로 올렸다. 요란하게 사이렌이 울리고, 바깥에서 욕설이 들렸다. 이제 이 현관문은 밖에서 어떤 짓을 해도 열리지 않을 것이다. 경비 로봇이 경고하는 소리가 들렸다. 욕설이 몇 번 더 들렸다가, 결국 돌아간 듯 바깥이 잠잠해졌다. 나는 주먹을 꾹 쥐었다. 집에 있는 로봇을 한 번씩 다 수리해 보아서 다행이었다. 한동안 저 문이 열릴 일은 없을 것이다. 창고에는 음식도 넉넉했다. 한동안 버틴다면, 저 사람들도 나를 더 이상 찾아오지 않을 것이다. 아마 안에서 아사했다고 생각하겠지. 아니면 다른 살 방법을 찾아 가 버렸을 수도 있다. 어느 쪽이든 그리 오래 걸리지는 않을 것이다. 식량이 오지 않은 지는 이미 많은 시간이 흘렀다. 사람들은 나 말고도 분명 금방 매달릴 곳을 찾을 것이다.

지속적으로 바깥에서 들려오는 소음 때문인지 입맛이 없었다. 어차피 식량은 아끼면 아낄수록 좋으니 오히려 행운이었다. 예전엔 바쁘게 일하고 돌아오면 허기에 못 이겨 보급식을 접시에 옮겨 담지도 않고 입에 욱여넣었다. 돔에 들어오고 난 뒤로는 그런 꼴이 없었다. 침대에 들어가 이불을 머리끝까지 덮었다. 바깥은 잠잠한데, 귓가에 요란한 소리가 머물렀다. 그 소리는 꼭, 기계가 막 작동해 팬이 시끄럽게 돌아가는 소리를 닮아 있었다.

돔 바깥에서 나는 손님이 많은 수리점에서 일했다. 일반 상가 수리점이 다 그렇듯 보통은 같은 상가의 물건이나, 자사 AS 규정이 없는 회사의 제품들을 수리했다. 그러나 가끔은 다른 기계들도 만졌다. 자사 AS 규정이 있지만, 수리비가 터무니없이 비싼 기계들. 혹은 버려진 제품들을 모아 불법적으로 만든 기계들. G사의 물건들이 특히 그랬다. G사는 비싼 수리비를 요구하는 기업인 주제에 제품의 내구성은 형편없는 수준으로 만들어 두었다. 그러나 수리비만 잘 낸다면 최상의 품질의 제품을 이용할 수 있었기에 돈이 많은 사람들은 모두 G사의 제품을 이용했다. 그들은 두 가지 중 하나의 선택을 했다. 비싼 수리비를 내거나, 망가진 물건을 버리고 새 물건을 사거나. 후자가 조금 더 많았다. 그러나 돈이 없는 사람들은 다른 선택을 했다. 해당 회사의 AS 규정을 무시하고 수리점에 기계를 맡기는 것이었다.

물론 불법 수리에 가까웠지만 이 바닥에서 그런 걸 따지는 사람은 아무도 없었다. 애초에 불법인지도 알 수 없었다. 법을 제대로 알아볼 시간도, 여유도 없이 지내는 게 보통의 사람들이었으니까. 타인을 다치게 하거나, 거짓말을 하거나, 모두가 알고 있는 적당한 선만 넘지 않는다면 괜찮지 않은가. 그게 이곳 사람들의 생각이었다. 그러니 누가 불법을 저지르고 있다 해도 본인에게 해가 되지 않는다면 굳이 건드리지 않았다. 경찰들도 마찬가지였다. 좋게 말하면 평화로운 곳이었고, 나쁘게 말하면 죽은 것 같은 도시였다. 방송에서 나오는 영상을 보면 분명 우리와는 다른 방식으로 살아가는 사람들이 있는 것 같은데, 어떤 삶인지 짐작조차 가지 않았다.

수리 일은 중학생 때부터 했다. 센터와 학교를 오가다 보면 수리점이 보였다. 그 뒤 공터에 천으로 대충 덮여 있는 기계들과, 기계와 로봇 들을 나르고 옮기는 사람들, 로봇이 잘 작동하는지 확인하는 사람들. 그 풍경이 다른 어느 장소보다 살아 있는 곳 같다는 생각을 들게 했다. 바쁜 곳이었지만 꼬맹이 하나가 구경하는 걸 내칠 만큼 정 없는 곳도 아니었다. 나는 버리는 부품 몇 개를 가지고 잘 놀기도 했다. 직접 금속을 만지고, 회로를 연결하는 일은 학교에서 배우는 무형의 지식보다 손에 더 잘 잡혔다. 수리점 사장은 시간이 남을 때 내게 작업하는 것을 구경시켜 주기도 했다. 그게 반복되자 학교가 끝나고 수리점으로 가는 게 일상이 되었다. 중학생이 되었을 때 수리점 사장은 축하 선물로 직접 간단한 물건을 수리할 수 있는 기회를 주었다.

그렇게 오가면서 수리를 배웠고, 고등학생이 되자 사장은 돈

돌

을 주고 날 고용했다. 다른 애들보다 일찍 학교를 빠져나와 수리점으로 갔다. 학교에 나가지 않은 날도 많았다. 하지만 아무도 내게 뭐라 하지 않았다. 나는 어느새 학생보다는 수리점의 직원으로서 더 분명해지고 있었다. 수리 일이 어느 정도 익숙해지자 나는 버려진 G사 제품을 직접 분해하고, 쓸 만한 것으로 만들어 보기도 했다. 그것들 역시 수리점 사장이 알려 준 것이었다. 규격이 다른 케이블을 연결하려면 어떤 선을 교체해야 하는지, 아니면 아주 다른 부품을 사용해서 작동하도록 만들어야 하는지. 결국 원리는 크게 다르지 않았고, 익숙해지는 데에는 그리 오랜 시간이 걸리지 않았다. 무엇보다, 나는 좀 더 중요한 걸 볼 수 있었다. G사의 물건들이 조금 특이한 구조를 가진 것처럼 보여도 결국 기본의 응용이라는 것을.

G사가 신기술이라고 떠들어 대는 것들도 기존의 부품들을 조금 활용하면 구현해 낼 수 있었다. 물론 질 좋은 부품도, G사에서 본격적으로 개발한 전용 부품도 구하지 못했기 때문에 G사의 품질에는 못 미쳤다. 그러나 분명한 것은 G사의 물건들이 눈속임에 가깝다는 것이었다. 사람들이 이런 일을 묵인하고 있는 건지, 아니면 정말로 몰라서 항의하지 않는 것인지는 몰랐지만.

처음 그 사실을 알았을 때는 약간의 허탈함, 그리고 환희가 있었다. 내가 무언가를 알아냈다는 기쁨과 그 대단한 회사가 고작 이런 식으로 기계를 만든다는 사실에 대한 실망. 동시에 이 사실을 세상에 알린다면 어떻게 될까 하는 생각도 했다. 그러나 그 생각은 찰나였다. 이야기한다고 바뀌는 것이 있을까. G사가 보복하려 할 수도 있고, 내가 말하는 걸 얼마나 많은 사람들이 들어 줄지 알 수도 없다. 무엇보다 굳이 그럴 필요 없는 일이었다. 나는 나대로 그냥 근처 사람들에게 괜찮은 질의 물건을 납품하며 살면 됐다. G사의 물건을 사는 사람들을 내가 일일이 찾아다니며 말릴 수도 없다. 그래서 그 사실은 그냥 수리점 사장에게만 말했다. 재미있는 것을 알아내면 종종 이야기하곤 했으니까. 그러면 사장은 날 칭찬해 줬다. 그날도 그랬다. 재미있는 걸 알아냈구나, 즐겁게 일하고 있는 것 같아서 다행이다 하며 사장은 내 머리를 두어 번 쓰다듬었다. 나는 언제까지 나를 애 취급 할 거냐고 물었지만, 거부하지는 않았다.

그로부터 몇 주 뒤, 우리 집으로 모르는 사람들이 찾아왔다. G사에서 나를 상대로 소송을 걸었다. 검은 양복을 입은 사람이 서류 뭉치를 들고 무어라 설명하는데 무슨 말인지 조금도 알아들을 수 없었다. 그나마 알아들은 내용은 이랬다. 수리점 사장이 G사에서 특허를 낸 제품의 유사품을 제작하다가 팔았고, 그 일로 G사가 소송하자 사실은 내가 시켜서 한 짓이라고 했다는 것이다. 당연하지만 나는 그런 적이 없었다. 이전에 잠깐 G사 제품에 관해 연구해 보긴 했지만 손조차 대지 않은 지 이미 오랜 시간이 흘렀다. 어떻게 대처해야 할지 몰라 아무런 말도 하지 못하는 내게 그 사람들은 우선 G사로 가서 이야기하자고 했고, 그곳에서 나는 상상도 못 했던 제안을 받았다.

돔에서 지내는 누군가 대신 돔에 들어가라는 것이었다. 당시에 돔은 막 실패했다는 뉴스를 타던 중이었고, 그 때문에 돔에 거의 관심이 없던 나도 상황은 알고 있었다. 나는 싫다고 소리를 질렀다. 애초에 내가 하라고 사장을 시킨 적도 없는데 왜 나를 거기에 집어넣으려 하냐고 악을 썼다. 그 사람들은 동요하지도, 내게 화를 내지도 않았다. 다만 내가 제풀에 지칠 때까지 기다렸다가 차근히 설명했다. 내가 G사의 기밀을 유출해서 G사가 얼마나 큰 손해를 보았는지, 그 손해 금액이 얼마인지, 내가 이 제안을 받아들이지 않는다면 G사에서 내 삶을 얼마나 망가뜨릴 것인지. 이런 협박을 수도 없이 해 봤을 사람들이 날 찍어 눌렀다. 그곳에서 며칠을 갇혀 있었을까, 나는 결국 그들의 제안을 수락했고, 돔에 들어오게 되었다.

그때의 기억은 딱히 떠올리고 싶지 않지만, 아직도 그 사람의 목소리가 귓가에 자주 맴돈다. 지금도 그랬다. 토기가 치밀어 올랐다. 당장이라도 바깥에서 그 사람들이 문을 두드릴 것 같았다. 다른 사람이라는 것을 상기하려 해 봐도 상태는 나아지지 않았다. 내가 아무것도 할 수 없다는 걸 이 사람들이 알면 날 죽일까? 아니면 어떻게든 해 보라고 날 협박할까? 매번 그랬다. 나는 무고한데, 다른 사람들은 나를 죄인으로 만들었다. 어떤 일을 하든 잘못된 행동이 되었다. 그것은 물 밖이든, 물속이든 변하지 않았다. 결국 화장실로 달려가 속을 게워 냈다. 오랫동안 아무것도 먹지 않은 탓에 누런 위액만 나왔다. 입 안이 쓴맛으로 가득해졌다. 괴로웠다. 죽을 것 같았다. 그런데도 살아 있었다. 이 돔에 들어오면 죽게 될 줄 알았는데, 죽을 것같이 괴롭기만 하고 죽을 수는 없었다.

가끔 사람들이 찾아오기는 했다. 하루에 두세 번꼴이었다. 사람들은 매번 보안 시스템을 뚫지 못하고 돌아갔다. 그러나 언제까지고 집 안에 틀어박혀 있을 수는 없었다. 언젠가는 전기도 끊길 것이고, 전기가 끊기면 보안 시스템은 작동하지 않을 것이다. 분노한 사람들 앞에 이 문 하나는 너무나 약하다. 문을 부수고 들어오면 그걸로 끝이다.

그때, 도어 록을 여는 소리가 들렸다.

바로 서우가 생각났다. 서우는 우리 집에 출입할 수 있었다. 서우가 사람들을 데리고 들어온 걸까? 그렇다면 어떻게 해야 하지? 보안 단계를 최대로 올려 둔 탓에 창문을 열고 뛰어내릴 수도 없었다. 부엌에 있는 식칼을 들어야 하나. 아니면 어디든 숨어야 하나. 너무 오래 구토한 탓에 머리가 어지러웠다. 몸을 일으킬 수가 없었다.

복도의 빛이 새어 들어왔다. 발소리를 들으니 서우 혼자뿐인 것 같았다. 서우는 나를 찾는 듯 현관에서 서성거리다 복도로 들어왔다. 몸을 움직일 수가 없었다. 그저 숨을 죽이고 기다리는 수밖에 없었다. 서우가 나를 찾으면 어떻게 될까. 지난번처럼 나에게 이곳에서 탈출할 방법을 알지 않느냐며 매달릴까. 화장실 문가에 서우가 멈추어 섰다. 그대로 나를 내려다보았다. 나는 눈을 감았다. 적막이 길었다.

서우는 내게 아무런 말도 하지 않았다. 단지 나를 부축해 소파에 앉혀 두고, 물 한 팩을 뜯어 마시게 했다. 무엇을 원하는 건지 물어볼 수가 없었다. 이 공백에 목소리가 얹히는 순간 서우의 원망 어린 목소리가 다시 내게 향할 것 같았다. 나도 아무런 말도 하지 않았다. 물 한 팩을 다 비울 때까지 서우를 보지도 않았다. 서우는 내게 왜 온 것일까. 그리고 이렇게 날 살피는 이유가 뭘까. 나는 물을 다 마시고 나서 서우를 봤다. 어두운 탓에 서우의 표정이 잘 보이지 않았다.

"B 구역으로 가요."

한참 이어지던 적막을 결국 깨뜨렸다. 서우는 아무런 말도 하지 않았다.

우리 앞에는 고철 더미가 있었다. 이걸 더미라는 단어 정도로 표현해도 되는지는 모르겠다. 거대한 산에 더 가까워 보였다. 가정용 로봇과는 다른, 거대한 몸집을 가진 로봇들이 거인의 시체처럼 쌓여 있었다. 나는 여기에 가까이 와 본 적이 없었다. 애초에 가정용 로봇과는 규격이 다른 것들만 있었기에 내가 필요로 하는 걸 찾을 수 있을 리 없었고, 있다 해도 가까이 접근하기엔 위험했다. 만약 무엇 하나라도 잘못 건드려서 저것들이 무너지기라도 한다면 죽을 것이 뻔했으니까. 그러나 지금은 그런 걸 신경 쓸 때가 아니었다. 이 상황을 해결하지 못한다면 굶거나, 물에 잠겨서 죽거나, 날 찾아오는 사람들에게 치여 죽을 테니까.

"여긴 뭐 하러 온 거야?"

서우는 이곳까지 오는 내내 나를 부축해 주었다. 호의라고 생각하고 싶지 않았다. 내게 잘 보여서 나갈 방법을 알아내려고 하는 게 아닐까. 그래도 두 발로 서는 것 자체는 가능해서 나는 서우를 등지고 섰다.

"나가야 한다면서요. 그쪽이 그랬잖아요."

서우는 불만스러운 표정으로 내 쪽을 보고 있을 것이다. 또는 이전에 내게 소리를 질렀을 때와 같은 표정일 것이다. 둘 중 어느 표정도 보고 싶지 않았다. 그래서 서우를 보는 대신 고철 더미를 올려다보았다.

"여기는, 내가 깊게 들어가 보지 않은 곳이거든요. 그러니까 분명 쓸 만한 게 있을 거예요. 어쩌면 이곳을 나갈 수 있을 만한 잠수정도······."

"그럴 수 있을 리 없잖아."

서우의 목소리는 잔뜩 가라앉아 있었다. 서우는 다시 한번 중얼거렸다.

"그럴 수 없을 거야."

나는 서우의 문장을 이해하지 못한 사람처럼 다시 한 발짝 내디뎠다. 서우가 내 손을 붙잡았다. 단단히 붙잡은 것도 아니었는데, 그 손이 꼭 족쇄라도 되는 것처럼 더 움직일 수가 없었다.

"······가요. 여기는 별로 마음에 안 들어."

서우는 나를 자기 집으로 데려갔다. 물을 마시게 하고, 겉옷과 신발을 벗겨 낸 뒤 침대에 눕혔다. 서우가 덮어 준 이불에서는 깨끗한 향이 났다. 서우는 내가 쥐고 있던 디바이스를 빼냈다. 나는 내가 디바이스를 그렇게 강하게 쥐고 있는 줄도 몰랐다. 손에서 아린 통증이 올라왔다. 서우는 무어라 말하더니 방문을 닫고 나갔다. 조금 자라고 한 걸까. 아니면 무언가를 물어보았는데 내가 알아채지 못한 걸까. 주변이 어두워지자 우습게도 눈이 감겼다. 서우의 행동에 의문을 더 가질 새도 없이 잠이 쏟아졌다. 오랜만에 꿈 없이 깊은 잠을 잤다.

*

지은이 일어났을 때를 생각해 먹을 만한 보급식을 좀 꺼내 두었다. 일이 바쁠 때면 식사를 거르는 일이 잦았기에 생각보다 남은 식량은 많았다. 지금 지은의 상태는, 꼭 부모님이 떠오르는 모습이었다. 무언가 하나만 해결되면 다 괜찮아질 것이라는 믿음, 그 문제를 해결하기 위해서 말도 안 되는 행동을 하려는 것까지. 부모님을 떠올리자 절로 한숨이 나왔다. 가슴이 답답했다. 하지만 부모가 떠오르는 것까지 지은의 잘못은 아니었다. 무엇보다 내가 지은에게 했던 행동을 되돌아보면 내가 잘못한 부분이 좀 더 심했다. 그리고 지은은 내 부모와는 달랐다. 사태를 해결하기 위해 직접 움직이려 하지 않았나. 그 방식이 다소 비상식적이긴 했어도, 내가 느끼기에 나쁘지는 않았다. 적어도 싫다는 사람을 사지로 밀어 넣지는 않았으니까.

물론 B 구역이란 곳은 그다지 마음에 들지 않았다. 이상한 철 냄새도 나는 것 같고, 고철 더미 같은 것들이 잔뜩 쌓여 있어 무너지기라도 하면 큰 사고가 날 것 같았다. 지은은 대체 그런 곳을 어떻게 돌아다닌 건지. 이따금 B 구역에 간다는 이야기는 들었지만 같이 가 보니 더 제정신이 아닌 짓이었다.

가짜 해가 떠오르고 있었다. 그새 밤이 다 지나간 것이다. 지은은 잠든 지 얼마 안 되었으니 일어나기까지는 시간이 조금 걸릴 것이다. 나는 서재로 향했다. 말이 서재지, 일하면서 답례로 받은 희귀품들을 모아 둔 창고나 다름없다. 내가 직접 옮겨야 하니 대부분 크기가 작은 것들이었다. 대부분 보석 종류였고 커 봤자 고문서 정도였다. 그중에서도 내가 특히 선호하는 것들이 있었다. 만년필 같은 것들이었다. 디바이스의 생산이 본격화되면서 아날로그 필기구가 사라진 지는 제법 오래되었다. 나무가 희귀해지면서 디바이스가 아날로그 물건들보다 값싸진 건 내가 태어나기도 훨씬 전이었고, 디바이스에 익숙한 세대들이 남으면서 아날로그 필기구는 거의 사라졌다. 그러나 여유가 있는 사람들 사이에서는 여전히 만년필을 사용하는 취미가 남아 있었다. 특히 돔에 살던 사람들은 돈이 얼마나 많은지, 만년필이나 공책이 없는 집이 없었다. 덕분에 그것들을 모아서 일기장을 쓰는 제법 사치스러운 기분을 누릴 수 있었다. 나는 만년필 중 하나를 들었다. 컨버터에 적당량의 잉크를 채우고, 공책 한 권을 펼쳤다.

대단한 것을 쓰는 건 아니었다. 그냥 이곳에서 어떤 일이 일어나고 있는지 기록하는 것이었다. 무슨 사명감인 것도 아니었다. 그저 손을 움직이고 있다 보면 생각이 좀 정리되었다. 정리되지 않더라도 나름대로 의미 있는 일로 시간을 보냈다는 만족감도 얻을 수 있었다. 그렇게 글을 쓰다 보면 시간이 훌쩍 지나갔다. 지금도 그랬다. 지은이 방문을 열고 조용히 나오는 소리가 들리는 걸 보면. 나는 공책을 덮었다. 그리고 서재의 문을 열고 나갔다.

"일어났어?"

지은은 제법 경계심 어린 표정이다. 그래도 잘 자고 일어났는지 낯빛은 나쁘지 않았다. 지은이 대답하지는 않았지만 그래도 일단 보급식을 건네주었다. 지은은 한숨을 쉬면서도 결국 받아들였다. 지은이 식탁에서 보급식을 먹는 동안 나는 지은이 잠들었던 침대를 정리하고 세탁기에 이불과 시트를 넣었다. 지은은 내가 자신을 데려온 것에 대해 할 말이 있는 것 같았지만 굳이 말하지는 않았다. 그래서 나도 물어보지 않았다. 대신에 다른 말을 했다.

"널 찾는 사람이 많은 것 같던데."

"……맞아요. 하지만 제가 어떻게 할 수 있는 부분이 아니에요. 저는 가정용 로봇이나 조금 건드려 봤을 뿐이라고요."

지은은 이후로도 분야가 다르다는 취지의 설명을 조금 늘어놓았지만, 나로서는 알아들을 수 없었다. 대충 알아들은 척 고개를 끄덕였다. 지은은 지쳐 보였다. 단순히 사람들에게 시달린 것 때문이 아니라, 어떠한 무기력증 같은 것에 시달리고 있는 것으로 보였다.

"널 다그칠 생각 없어. 그냥 네가 너희 집에 있으면 계속 이상한 놈들한테 괴롭힘이나 당할 것 같아서 데려온 거야. 그냥…… 좀 잠잠해질 때까지는 여기 있어."

지은은 나를 한참 동안 바라보았다. 그러나 무인가를 더 의심할 기력조차 없는지 천천히 고개를 끄덕였다. 다시 한번 부모님이 떠올랐다. 내가 가자는 대로만 겨우 걸음을 옮기던 그 모습. 그러다가도 한참 뒤를 돌아보며 걸음을 멈췄던 일. 목에 무언가 걸린 기분이 들었다. 문득 내가 지은에게 말을 놓았다는 사실을 깨달았다. 지은은 그때의 나와 비슷한 나이로 보였다. 나는 지은을 다시 방에 밀어 넣고 문을 닫았다. 그마저도 저항하지 않는 것이 계속해서 그때의 일을 떠올리게 했다.

사실 며칠 전의 일 때문에 미안한 마음이 들어 지은을 데려온 것은 맞았다. 그러나 저 녀석을 어떻게 할 것인지를 생각해본다면, 그다지 떠오르는 방법은 없었다. 음식은 남아 있지만 두 사람이 소비한다면 금방 동이 날 것이고, 곧 내가 먹을 음식까지 없어질 것이다. 저 녀석의 집에 가서 음식을 더 가져온다고 해도 결과는 같을 것이다.

지은이 다시 방에서 나온 것은 생각보다 시간이 많이 지나지는 않은 때였다. 피곤해 보였지만 어제처럼 멍해 보이지는 않았다. 다만 어색해하는 것 같았다. 서로의 집에 방문한 적은 많았지만, 이런 상황에 남의 집에 있는 것은 역시 불편할 것이었다. 지은은 무슨 말을 하려는 듯 한참을 머뭇거렸고, 나는 지은이 말을 꺼낼 때까지 기다렸다. 얼마 지나지 않아 지은이 입을 열었다.

"고마워요."

지은이 무슨 말을 할지 딱히 짐작해 보고 있던 것은 아니었지만, 의외로 멀쩡하게 말하는 것을 보곤 조금 놀랐다. 누워 있던 동안 어떤 심경의 변화라도 있었던 것일까? 나는 고개를 끄덕였다. 다시 침묵이 이어졌다. 그러나 무언가 더 말하려는 듯 생각에 잠긴 표정이었다. 지은은 입을 몇 번 열었다가 닫았다. 지은이 무어라 말한 건 그로부터도 한참이 지난 때였다.

"B 구역으로 가려고요."

"얼마 전에 다녀오지 않았어?"

"제가 판단을 잘못했어요. 얼마 전에 갔던 곳은 우리가 뭘 할 수 있는 곳이 아니었잖아요."

지은이 주머니에서 디바이스를 꺼냈다. 이전에 손에 쥐고 있던 걸 가져간 뒤 그 방 책상 위에 올려 두기는 했지만 그새 챙긴 모양이었다. 지은은 능숙하게 디바이스를 조작해 돔의 지도를 띄웠다. A 구역과 B 구역이 그대로 옮겨진 생생한 지도였다. 지은은 B 구역의 일부에 선을 그었다.

"여기까지가 제가 지금까지 가 봤던 곳이에요. 얼마 전에 갔던 곳도 여기 선 안쪽이었고요."

지은은 그간 많이 생각해 왔던 듯 거침없이 말을 이었다. 지은의 설명은 이랬다. 이렇게 거대한 돔인데, 돔에서 탈출할 방법을 만들어 놓지 않았을 리 없다. 그러니 우리는 기계를 고친다는 비현실적인 계획보다는 돔에서 원래 마련해 두었던 탈출

돔

방법을 찾아 이용해야 한다는 말이었다. 반박할 만한 말들이 떠오르지 않는 것은 아니었다. 그런 것들이 있다면 우리를 이곳에 몰아넣을 때 그 사람들이 이미 썼을 거라든지, 설령 잠수정을 찾는다 한들 우리가 운전할 수는 없다든지. 그러나 그런 말들을 입에 담기 전, 목 끝까지 차오르는 생각이 있었다. 이곳에서 나갈 수만 있다면 뭐든 하겠다는 생각. 나를 이곳에 가라고 몰아붙인 사람들을 다시 만나서 원하던 대로 되었냐고 따져 묻고 싶다는 생각이었다.

"서우 씨?"

지은의 목소리가 흐려졌던 정신을 일깨웠다. 나도 모르게 지은의 말에 오랫동안 답하지 않은 모양이었다. 지은은 B 구역에 갈 것이라고 했다. 그 맹목에 물든 말은 나도 함께 갈 것이냐는 물음을 내포하고 있었다. 사실은 가고 싶지 않았다. 그냥 지금 상황을 외면하고 A 구역에 머무는 게 내게 가장 좋은 선택지일 것 같았다. 그 지저분한 구역은 발 들이는 것만으로도 내게 안 좋은 기억을 떠올리게 했다. 정리되지 않은 것들 사이에서 나를 몰아붙이던 부모님의 목소리가 들리는 것 같았다. 안 그래도 그것들 때문에 내가 여기 처박힌 건데. 그러나 지은의 말을 거절할 수도 없었다. 고민하다가 결국 고개를 끄덕였다. 출발할 채비를 하는 데에는 얼마 걸리지 않았다. 지은은 디바이스를, 나는 식량 조금과 공책, 펜을 챙겼다.

*

 B 구역까지는 그리 멀지 않았다. 서우의 집에서 30분 정도를 걸은 뒤, 화물용 엘리베이터를 타면 내려갈 수 있었다. 화물용 엘리베이터는 A 구역의 다른 엘리베이터에 비하면 느렸다. 체감상 몇 분은 타고 있어야 B 구역에 도착하게 되었다. B 구역에는 사람의 수백 배는 되는 크기의 기계들이 있었고, 그 기계가 조용히 공기를 떨리게 했다. 웅웅거리는 소리가 귓가에 맴돌았다. A 구역의 사람들에게 소음이 닿지 않도록 어떤 처리를 한 것 같았지만, B 구역까지 내려오면 B 구역의 어디서든 들을 수 있는 소리였다.

 서우는 조금 불안한 표정이었다. 사실 서우의 표정은 우리 집으로 나를 데리러 왔을 때부터 그다지 좋지 않았다. 지금 상황이 불안하기도 하고, 이전에 나와 B 구역에 왔을 때는 이렇게까지 깊게 들어오지 않았기 때문일 것이다. 무엇보다 서우는 종종 불청결한 곳을 싫어하는 듯한 모습을 보였으니, 이곳의 폐기장이 마음에 들지 않는 것일 수도 있었다. 평소의 여유를 잃은 모습을 보니 이전의 전화를 받았을 때의 모습이 떠올랐다. 서우는 주변을 둘러보다가 거대한 기계들을 보고는 걸음을 멈춰 섰다.

 "이렇게 보면 돔이 유지기 어려울 것처럼 보이지는 않는데.

관리만 잘된다면 말이지."

"아마 이 기계들 때문은 아닐걸요."

"그럼, 뭐 때문에?"

나는 서우의 옆에 서서 기계를 올려다보았다. 웅웅거리는 소리를 좀 더 자세히 듣다 보면 그 아래에 깔린 자잘한 소음들까지 들을 수 있었다.

"생각해 봐요. 애초에 G사에서는 이 돔 설계에서 어떤 오류가 있는지 말한 적이 없어요. 그냥 도시가 계속 유지되기 어렵다는 것 정도였지."

"그렇다면 지은 씨는 돔에 생긴 이상이 뭐일 거라고 생각하는데?"

"뻔하잖아요. 바다 밑에 있는 도시라면."

침수. 그 단어를 말하자 서우가 움찔거리고는, 다시 걸음을 재촉하기 시작했다. 주변은 평화로웠다. 거의 완벽에 가깝게 설계된 이 도시는 물자의 공급이 중단된 상태에서도 소름이 끼칠 정도로 안정적이었다.

"아마 침수된 부분이 있더라도 자가 수리 기능이나, 구역별로 침수되더라도 퍼지지 않게 막는 장치 같은 게 있을 테니 당장 이 돔이 물에 잠기지는 않겠죠. 하지만 G사가 100년이라는 시간 제한을 두었다면 그건 언젠가 망가진다는 의미예요. 제가 생각한 대로 기능이 망가지든, 균열이 커져서 기능이 감당하지 못할 정도가 되든."

 우리를 이렇게 버린 것을 보면 분명 아주 오래전부터 예견되어 온 사태일 것이다. 그렇다면 C 구역은 어쩌면 지금쯤 바닷물로 가득 찬 상태일지도 모른다. 나와 같은 것을 생각하는지 서우의 표정이 점점 굳어 갔다. 이후의 말은 조금 더 다급한 목소리였다.

 "일단 얼른 가자. 여기 있으려니까 불안해. 다리도 아프고."

 나는 서우와 같이 걸음을 재촉하기 시작했다. 서우는 인상을 잔뜩 구기고 있었다. 기분이 상당히 나쁜 것 같았다. 나도 나였지만, 통신이 끊긴 이후로 서우의 상태도 그다지 좋지는 않은 것 같았다. 불안에 떨어야 하는 날을 며칠은 보냈으니 어쩔 수 없었다. 그러나 서우의 기분을 챙기기 위해 멈출 수는 없었다. 정말로 돔이 침수 위기라면 한시라도 빨리 탈출할 방법을 찾아야 했다.

 걸음을 멈춘 것은 기계들 사이를 지나 폐기물 처리장이 있는 곳을 지나던 참이었다. 방금까지만 해도 아무런 일도 없었는데, 갑작스러운 이질감이 들었다. 주변에서 이상한 점은 발견하지 못했다. 서우가 무슨 일이냐고 물었지만 대답하려 입을 열기도 전에 눈앞이 검게 변했다.

 "뭐야, 무슨 일이야?"

 그제야 왜 이질감이 들었는지 눈치챌 수 있었다. 그동안 귓가를 가득 메우던 기계들의 소음이 사라진 것이었다. 물론 귀를 잘 기울이면 작은 소리가 남아 있기는 했다. 그러나 처음 이곳에 왔을 때와 비교하면 침묵이나 마찬가지였다. 작은 소음이라도 들으려 집중하면서 주변을 둘러보았다. 그러나 방금까지만 해도 맑은 하늘을 그리고 있던 천장은 검기만 했다. 낮은 금속 마찰음이 들리기 시작했다. 무슨 소리인지는 정확히 모르겠다. 나는 주머니에 손을 넣어 디바이스를 꺼냈다. 디바이스에서 나오는 작은 빛이라도 의지하기 위해 전원을 켰다. 손전등 기능을 켜려 디바이스를 조작하던 중 서우가 갑자기 큰 소리를 질렀다.

"이래서 이딴 곳에 오기 싫었다고!"

도망치는 듯 급한 발소리가 들렸다. 그제야 상황이 이해가 갔다. 이곳은 폐기물, 그중에서도 폐기 가전들이 쌓여 있는 곳이다. 내가 고칠 만한 로봇을 찾으러 이곳에 들를 때도 매번 가장 조심해서 다녔다. 붕괴 위험이 너무 컸고, 실제로 몇 번 위험했던 적도 있었다. 나도 서우를 따라 도망치기 시작했다. 그나마 디바이스로 앞을 밝히자 어디 부딪힐 일은 없었다.

어느 정도 달리자, 숨이 차기 시작했다. 충분히 멀어진 것 같았는데 서우는 멈추지 않았다. 서우의 이름을 불렀는데도 계속 뛰었다. 한계인 듯 비틀거리면서도 그랬다. 결국 서우는 요란한 소리와 함께 넘어졌다. 나는 그 옆에 멈춰 서서 숨을 고르며 서우를 살폈다. 서우는 헛웃음을 짓고 있었다. 웃음을 멈출 수 없다는 듯 숨도 못 쉬고 웃다가, 목구멍 안에서 흐느끼는 소리가 나왔다. 나도 웃고 싶었다. 아니면 울고 싶었다. 달리느라 힘들어서 그런지, 아니면 지금 상황이 우스워서 그런지 알 수 없었다.

"나 진짜, 못 해 먹겠어. 왜 내가 이딴 일을 당해야 하는 거야? 그 망할 놈 때문에······."

서우는 계속해서 우는 소리를 냈다. 누군가를 원망하는 것 같은 말도 했다. 망할 놈, 다시 만나면 죽여 버릴 거야. 그런 말들이 엉망으로 섞여 들렸다. 흘긋 보니 웅크려 앉은 채로 넘어져 부딪힌 곳이 아픈 듯 손으로 계속 문지르고 있었다. 무어라 말하려 하다가 나도 그냥 근처에 주저앉았다. 조금만 있으면 조용해지리라 생각하며 참았다. 그러나 시간이 지나도 간간이 흐느끼는 소리가 그치지 않자 짜증이 나기 시작했다.

나를 본인의 집에서 지내게 해 줄 때도, 호의이긴 했지만 계속해서 인상을 찌푸리고 있었던 것이 기억났다. 어쩌면 나를 도와준 것이 이곳에서 나가기 위해 날 이용하려고 그런 게 아니었을까? 그래서 계속 따라오다가 뜻대로 되지 않자 화를 내는 것이 아닐까. 그러다가 결국 원망할 대상을 나로 지목하기로 결정한 게 아닐까. 원래 서우가 원망하던 대상이 누군지는 모르겠지만. 그런 생각까지 들기 시작하자 나도 한숨이 나왔다.

울고 싶다는 감각은 쉽게 사라지지 않았다. 결국 서우가 있는 곳을 획 돌아보았다.

"그만 좀 해요. 지금 그쪽만 힘든 줄 알아요?"

"……뭐?"

"고작 이런 일 때문에 힘들다고 못 해 먹겠다고 하는 거냐고요. 그쪽은 나가기만 하면 다 괜찮을 거 아니에요!"

이전부터 추측해 왔던 것이 생각났다. 기계를 잘 다루지 못하는 모습이나 일을 해 주고 사치품을 모으는 모습 같은 것을 보았을 때 서우는 나처럼 돈 없는 사람이 아니라 떵떵거리면서 살던 부자라는 추측이 더 그럴듯했다. 그러니 아마 서우는 자신 대신 돔에 들어와 줄 사람을 구하지 못해 이곳에 남은 게 분명했다. 그 말을 쏘아붙이려고 서우가 있는 쪽으로 고개를 돌렸다. 그러나 입을 열 수 없었다. 내 말을 들은 서우의 표정에 충격이 고스란히 드러났기 때문이었다. 정곡을 찔렀다기엔 너무 상처받은 표정이었다. 나는 뒤늦게 고개를 숙였다. 짧고도 긴 침묵이 지나갔다. 미안하다고 말해야 했는데.

"……듣고 싶지 않아."

"……"

"……조용히 해. 그냥."

서우의 표정은 내가 지금까지 본 모습 중 가장 차가웠다. 내가 아무런 말도 하지 못하고 있자 서우는 긴 한숨을 쉬더니 무릎에 얼굴을 묻었다. 나는 숨소리조차 내지 못한 채 그 옆에 앉았다. 무엇 때문에 서우가 그렇게까지 반응했는지, 영영 알 수 없을 것 같은 기분이 들었다.

나와 서우는 움직이는 대신 자리에 가만히 앉아 있었다. 디바이스가 광원 역할을 해 주었지만, 주변을 둘러볼 수 있을 정도로 밝히기에는 한계가 있었다. 괜히 어두운 상황에서 움직였다가 아까처럼 무언가 무너지기라도 하면 더 크게 위험해질 수 있었다. 돔의 불이 다 꺼지자 주변은 정말로 어두워졌다. 그나마 디바이스의 불빛 덕에 이곳이 어디인지도 가늠하지 못한 채 아까처럼 패닉하는 일은 없었다. 서우도 딱히 티를 내거나 말하지는 않지만, 따로 떨어지려고 하지는 않는 걸 보면 이 불빛에 의지하고 있는 모양이었다. 디바이스를 가운데에 두고 서로 살짝 몸을 돌린 채 있었기 때문에 디바이스의 불빛이 꼭 흰 그림자처럼 보였다. 흰 그림자 끝이 조용히 아른거렸다. 디바이스의 배터리가 벌써 다 닳아 버린 걸까? 전원이 불안정해서 흔들리는 것일 수도 있었다.

나는 그 흰 빛을 계속해서 응시했다. 그것은 꼭 흰 빛만은 아니었고, 이따금 다른 색으로 바뀌거나 조용히 깜빡이기도 했다. 불규칙적이면서도 규칙적이었다. 그 움직임이 너무 낯설게 느껴져서 나는 디바이스의 배터리를 확인해 볼 생각도 하지 못했다. 저런 빛에 소리가 입혀진다면 어떤 느낌일까. 어쩌면 사람들이 많이 모인, 소란한 상가 같은 소리가 날지도 모른다. 저 빛들에 어떤 소리가 어울릴지 생각하며 눈을 감았다가, 자리에서 일어났다.

"뭐야, 왜 그래?"

서우가 무어라 물었지만, 그 빛에서 눈을 뗄 수 없었다.

"우리, C 구역으로 가야 해요."

*

사실 시간이 조금 지나자 몰려온 것은 화보다는 부끄러움이었다. 지은은 내 상황을 알지 못했다. 나도 지은의 상황을 알지 못했다. 그런 상황에서 실수한 것을 가지고 과거의 감정까지 끌어올 필요는 없었다. 그래도 약간의 자존심을 세워 바로 사과하거나 하지는 않았다. 지금 당장은 사과를 건넬 마음 상태도 아니었다. 그러니 일단은 조금 쉬려 했다. 어두운 탓에 시간이 느리게 흘러가는 감각이 드는 게 마음에 들었다. 실제로는 빠르게 지나가고 있을 수도 있지만. 그러나 어둠과 침묵은 약간의 시간이 지나자 금방 깨졌다.

지은이 갑자기 나를 돌아보고는 알 수 없는 소리를 했다. 지은의 표정은 흥분인지 두려움인지 모를 감정으로 가득 차 있었다. 그리고 무엇보다 어떠한 확신이 있는 얼굴이었다. 내가 화난 티를 내기도 전에 지은이 주변을 밝히려 바닥에 두었던 디바이스를 집어 들었다. 곧 지은은 지난번에 했던 것처럼 디바이스에 돔의 모습을 띄웠다. 그러나 이번에는 조금 다른 화면이었다. 좀 더 먼 곳에서 본 돔, 정확히는 돔이 얼마나 깊은 바다에 있는 것인지를 보여 주는 화면이었다.

돈 많은 사람들만 돔에 입주할 수 있었던 것은 단순히 돔의 집값이 비쌌기 때문만은 아니었다. 잠수정을 이용하는 데에는 적지 않은 돈이 들었고, 돔 밖으로 외출하거나 여행을 가고자 하면 그때마다 잠수정을 이용해야 했으니까. 아마 G사가 돔 쪽으로 보급식을 공급하기를 그만둔 것도 그 과정에서의 금전적 손실이 컸기 때문일 것이다. 지은은 내가 이미 알고 있던 내용을 다시 한번 짚어 주듯 읊었다.

"그랬다면, G사는 대체 어떻게 이 도시를 유지할 생각을 했을까요?"

"……돈이 많으니까?"

지은은 나를 어이없다는 눈으로 바라보다가 빠르게 말을 이었다. 지은이 디바이스를 조작해 돔의 세부 모습을 띄웠다. 정확한 지도가 있는 것은 아니었지만 그럭저럭 어떤 느낌인지는 알 수 있었다. 돔의 심장이라고 할 수 있는 B 구역과 사람들이 거주하는 A 구역. 그리고 가장 아래인 C 구역. C 구역에 대해서는 이전에 이미 생각해 본 적이 있었다. 아마 가장 아래 지역이니 불필요한 것을 버리거나, 관리를 상대적으로 덜 해도 되는 기계들이 있는 곳일 것이라는 추측이었다.

"처음에는 쓰레기 처리장 정도의 용도일 거로 생각했어요. 하지만 쓰레기 처리장 역할은 B 구역에서 이미 하고 있었잖아요. 그리고 C 구역이 쓰레기 처리장이라면 굳이 C 구역에서 B 구역과 A 구역으로 올라오는 노선까지 만들 필요는 없었겠죠."

홀로그램으로 구현된 C 구역을 지은이 손가락으로 짚었다. 홀로그램에는 C 구역에 아무것도 없는 것처럼 나오지만, 지은은 어떠한 확신이 있는 것 같았다.

"왜 우리가 여기 들어왔는지 기억하죠? 국가에서는 '돔에 있는 사람들을 모두 받아들이기에는 거주구가 부족하다.'라고 했어요. 사실 터무니없는 말이죠. A 구역의 사람들이 그렇게까지 인구수가 많지는 않았는데. 그렇다면 우리는 다른 구역을 의심해 봐야 했어요."

지은은 손가락을 움직여 C 구역을 확대했다. 여전히 아무것도 없는 것처럼 나왔지만, 지은의 손가락이 그곳에 뭐라도 있는 것처럼 만지자, 정말로 그곳에 무언가 존재할 것처럼 보이기 시작했다. 나는 대답조차 하지 않고 지은의 다음 말을 기다리기 시작했다. 지은은 그것을 이해의 신호로 받아들였는지 더욱 자신감 넘치는 목소리로 말을 맺었다.

"음식의 생산과 제조, 공급을 위한 시설이 C 구역에 구성되어 있을 거예요. 그리고, 이 시설을 관리하는 사람들의 거주구도 C 구역에 같이 있겠죠."

지은은 거주구라는 단어에 강세를 두었다.

"국가에서 정말로 받아들이기 어려웠던 사람들은 C 구역의 사람들이었던 거예요."

쉽지는 않았지만, 디바이스에 저장해 두었던 지도를 가지고 C 구역으로 걷기 시작했다. 우리가 그동안 많은 이야기를 나누거나 하지는 않았다. 다만 같이 식사하거나, 번갈아 가며 잠을 잘 때 거리낌은 없었다. B 구역은 A 구역에 비해 훨씬 광활했다. 그리고 어두운 곳에서 긴장하며 움직이려니 더 힘들었다. 이 때문에 B 구역 외곽까지 이동하는 데에만 며칠이 걸렸다. 우리는 서로에게 가끔 말을 걸었다. 그러나 화를 내지도, 사과하지도 않았다. 단순한 자존심 문제는 아니었다. 더 천천히, 서로에 대해 이해한 다음에 풀어야 하는 문제라고 생각했기 때문이었다. 서우는 다르게 생각할지 몰라도, 당장 사과를 재촉하지는 않았다. 그렇게 무덤덤한 분위기가 유지되었다. 그렇게 걷다 보니 지도에 C 구역으로 연결되는 곳이라고 표기된 장소에 도착했다. 화물을 운반하는 곳인지 거대한 케이블카가 있었다. 나는 케이블카를 살펴보았다. C 구역에 가까워질수록 조금씩 주변이 밝아졌다. 물론 완전히 밝은 것은 아니고, 어둠에 눈이 적응할 정도의 여유는 되었다. 이 근처는 A 구역이나 B 구역 대부분과는 달리 전기가 들어오는 것 같았다. 기계를 움직이는 버튼을 찾아 작동시키려 시도하고 있다 보니 서우가 말을 걸어왔다.

"……굳이 가야 할까?"

나는 기계의 버튼을 잘못 보지 않으려 집중하느라 대충 말을 받았다. 굳이라고 할 것 없이 당연히 가야 하는 것 아닌가.

"궁금한 거 아니었어요?"

생각해 보니까 궁금해하던 건 나뿐이었던가. 서우는 그저 나갈 방법이 찾아보면 나올 것이라고 막연하게 생각하고 있었던 것 같다. 서우는 무언가 불만을 말하려던 것 같았지만, 내가 기계를 작동시키고 케이블카에 올라타자 조금 망설이다 따라 탔다. 화물용이다 보니 승차감이 좋지는 않았다. 거의 집게에 매달리듯 걸터앉아서 가는 모양이었다. 케이블카가 움직이는 소리가 귀를 크게 울렸다. 그 사이에서 서우의 목소리가 희미하게 들렸다.

"그곳에 가도 탈출할 방법을 찾을 수 있을지 모르잖아."

"혹시 모르죠. 그쪽에 우리보다 똑똑한 사람들이 있어서 뭔가를 만들어 뒀을지."

"그걸 발견하면, 타고 나갈 거야?"

나는 침묵했다. 사실 우리에게, 바깥은 더 나은 곳이 아니다. 오히려 더욱 어둡고 암울한 곳이나 마찬가지다. 국가는 우리를 다시 돔 안으로 밀어 넣으려 할 것이고, 서우에게는, 어쩌면 내가 생각한 것과 달리 갈 곳이 없을지도 몰랐다. 그렇다면 차라리 이곳에 머무르는 게 나았을 거라는 생각이 우리를 잠식하게 될 것이다. 서우는 그걸 알고 물었을 것이다. 차라리 현상 유지가 낫지 않겠냐고. 나는 대답하지 않았다. 서우도 대답을 재촉하지 않았다. 돔에 오기 전에 지냈던 곳이 꼭 꿈속 풍경 같았다. 그곳으로 돌아가기엔 나는 이미 그들의 뒷모습을 보았다. 그러니 그곳에 돌아간다 한들 다시 예전처럼 지내는 것은 불가능할 것이었다.

"서우 씨. 부탁이 있어요."

"뭔데 그래요? 갑자기 진지하게 묻네."

"서우 씨가 왜 돔에 들어오게 된 건지 궁금해요. 알려 주실 수 있어요?"

지금이 아니더라도 언젠가는 되짚어 봐야 하는 문제였다. 서우가 나에게 실수하고, 내가 서우에게 실수한 것들은 어쩌면 우리가 서로에 대해 조금 더 잘 알았다면 일어나지 않을 수 있는 일들이었을 것이다. 물론 알더라도 실수할 수 있다. 우리는 서로에게 끝없이 많은 실수를 저지를 것이다. 그러나 서우와 함께 걷고 있는 지금은, 앞으로 얼마나 더 오래 함께할지 알 수 없는 지금은 조금이라도 그 실수를 줄여 보고 싶었다.

*

생각해 보면 무의미한 질문이다. 우리가 서로의 과거를 안다고 해서 바뀌는 것이 있을 리 없다. 그러나 우리는 서로를 궁금해한다. 그건 아마, 우리가 동행하기 위해, 서로의 보폭에 얼마나 맞춰야 하는지를 알기 위해 필요한 질문이 아닐까. 나는 솔직하게 털어놓았다. 내가 어떻게 여기 왔는지, 부모님이 기도문처럼 중얼거리던 말들과 동생에 관한 이야기. 지은은 평소와 같이 말을 끊지 않은 채 내 이야기를 조용히 귀담아들었다. 내 이야기의 시작은 이렇다.

동생이 집안의 재산을 모두 훔쳐 도망갔다. 그 사실을 처음 알고는 꿈인 줄 알았다. 우리 집은 극단적으로 잘사는 것은 아니었지만, 마음 편히 사치를 부려도 평생 먹고사는 데 지장이 없을 정도로는 돈이 있었다. 성공한 사업을 안정적으로 물려받은 아버지와 성격 좋은 어머니. 물론 정말 부자들이 살 법한 세계는 아니었다. 그저 적당히 즐기다 갈 수 있었던 거지. 그마저도 누군가에게는 간절한 것일 수 있지만 내게는 일상과 같은 위치였다. 그래서 더, 그때의 상황이 변하지 않을 거로 생각해 왔다. 최고점을 찍었다면 몰락할 법도 하지만, 적당히 떠 있는 이들이라면 유지할 수 있을 것이라는 안일한 생각 때문이었다. 말 그대로 안일했다. 오히려 가장 위에 있는 이들은 그들만의 세계에서 견고했다.

돈을 훔친 동생은 G사의 돔으로 갔다고 했다. G사의 돔. 거대 해저 도시 완공이 임박했다는 소식을 들었을 때는 그저 심드렁했다. 애초에 세계 최초로 해저 도시를 만들겠다며 기사를 마구잡이로 찍어 댄 것이 내가 태어나기도 전의 일이다. 해저 도시. 단어는 거창하지만, 그곳과 연관될 거란 생각은 조금도 없었다. 물론 우리 집안의 전 재산을 쏟아붓고, 빚도 조금 낸다면 입주는 할 수 있을지 모른다. 하지만 굳이 그럴 이유가 있을까? 저런 곳은 돈이 썩어 넘치는 사람들이나 들어가는 것이다. 세계 최초의 바다 도시에 입주한다고 얻을 수 있는 명예가 있나. 그들은 다시 지상 위로 올라오려면 또 막대한 돈을 내야 할 텐데.

그럼에도 돔에 들어가고자 하는 사람들이 많기는 했다. 무엇 때문이었을까. 남들과는 다른 세계에서 살아간다는 오만함? 우월감? 그도 아니라면 점점 해수면이 높아져 가는 지금, 차라리 먼저 물을 정복하여 안전하게 살아가겠다는 의지? 그 사람들 생각은 조금도 알 수 없지만, 더 알 수 없는 것은 동생의 생각이었다. 동생은 가족 모두의 명의로 돈을 빌렸다. '싱형을 피악하기도 전에 담보로 잡힌 집이 넘어갔다. 부모님을 데리고 도망치듯 이사했다. 가진 사치품을 모두 팔아 겨우 이자를 갚았다. 그랬는데도 이자가 계속 생겼다. 갚을 수 없을 정도로 빚이 불어났다.

그 뒤로 몇 년은 어떻게 살았는지도 감이 잡히지 않았다. 그걸 살아간다고 말해도 되나. 자고 일어나면 갚아야 할 금액이 불어나 있었다. 아버지도 어머니도 누워서 일어나지 못했다. 할 수 있는 게 아무것도 없었다. 우리 가족 모두가 거의 굶어 죽어 가던 때에 살아야겠다는 생각이 들었다. 정확히는, 이대로 죽고 싶지는 않다는 생각이었다. 좁은 집 안을 전부 뒤져 사용 기한이 다 되어 가는 보급식을 찾았다. 아버지와 어머니를 일으켜 보급식을 먹였다. 두 사람은 입에 무엇이 들어가는지도 알지 못하는 것 같았다.

그렇게 매일을 겨우 보냈다. 그나마 직장은 구할 수 있었지만 빚을 갚기에는 턱없이 부족했다. 그냥 이대로 죽는 게 더 깔끔하지 않을지 고민하던 즈음, 동생으로부터 연락이 왔다. 나는 잘못 걸린 전화라고 생각하고 받지 않았다. 정확히는 받고 싶지 않았다. 그날, 집에 돌아가는 버스 안에서 돔이 실패했다는 뉴스를 들었다.

나는 전화를 받지 않았지만 부모님은 동생의 이름을 보고 바로 전화를 받았던 것 같다. 누워서 일어나지도 못했으면서 무슨 정신으로 전화를 확인하고 받았는지는 잘 모르겠다. 그 뒤로 일어난 일은 간단했다. 부모님은 내게 동생이 나올 수 있게 대신 돔에 들어가라는 말을 했고, 애원했고, 나중에는 내가 안 들어가면 죽겠다며 협박까지 했다. 나는 결국 돔에 들어가기로 결정했다. 부모님의 협박으로 인한 것이기도 했지만, 무엇보다 더 이상 가족을 보고 싶지 않다고 생각했기 때문이었다.

내 말이 마무리된 후 지은은 한참 말이 없었다. 저 녀석이 남의 불행에 함부로 말 얹지 않는 성격이란 것은 알고 있었다. 그렇게 시시콜콜 따지고 덤벼들 성격이었으면 진작에 나와 여러 번 부딪쳤겠지. 지은은 어떤 말을 해야 할지 모르겠다는 듯 난처한 표정이었다.

"뭐, 정리하자면 그런 거지. 우리 부모님이 동생이 돌아오기만 하면 다 잘될 거라고 생각한 것처럼, 나도 여길 나가기만 하면 다 잘될 거라고 생각해 버린 거야."

지은은 내가 다시 말을 잇자 조금은 안심한 표정이다. 대답할 말을 고를 시간이 늘어났다고 생각하는 것일지도 모른다.

"하지만 알 수밖에 없거든. 동생을 찾게 된다 해도 A 구역에 집을 사느라 돈은 이미 다 써 버린 상황이고, 빚은 그대로에 이자까지 불어나고 있지…… 거기에 나까지 육지로 다시 돌아간다고 해서 뭐가 달라질까?"

연락을 하지 않은 지도 몇 달이 지났다. 돔에 들어왔을 때도 동생을 만나지 않고 그냥 보냈다. 그 사이 무슨 일이 일어났을지도 알 수 없다. 잘살고 있다면 다행이겠지만, 빚쟁이들에게 쫓겨 다니고 있을 수도 있고, 정말 최악의 상황에는 나가도 보지 못할 수도 있었다. 그러니 가족을 사실상 없는 사람들처럼 생각하는 게 정신 건강에 좋았다.

지은은 아무런 대답도 하지 않았다. 대답을 하지 않았다기보다는 못 하는 것에 조금 더 가까워 보이기는 했다. 나는 그냥 침묵을 지켰다. 딱히 아무런 말도 하고 싶지 않았다. 대신에 다른 이야기를 꺼내는 게 차라리 나을 것 같았다. 나 역시 지은이 나의 상황을 바로 이해한다고 말했으면 실망했을 것이다. 지금은 서로의 이야기를 충분히 곱씹고, 소화한 다음에 다시 이야기를 나눠야 하는 때였다. 나는 고개를 들었다. 아까부터 조금씩 주변이 밝아지고 있었다. 마치 아침이 밝아 오는 것 같았다. 물론 지금은 가짜 하늘도 작동하지 않았고, 이곳은 바다 깊은 곳이니까 아침이 와도 알아챌 수는 없었다. 그러나, 주변이 분명하게 밝아 오고 있었다.

"지은 씨, 앞 좀 봐."

아까의 나처럼 고개를 숙이고 있던 지은이 천천히 고개를 들었다. 그러고는 눈이 커졌다. 우리의 눈앞에는 작은 마을이 있었다. A 구역에 비하면 시설이 조금 떨어지는 느낌이었지만, 분명히 사람들이 살고, 동작하고 있는 마을이었다. 케이블카가 작동하는 소리를 들었는지 몇몇 사람들이 나와 우리 쪽을 보고 있었다.

우리는 케이블카에서 나와 그 사람들 앞에 섰다. 우리가 저 사람들을 어떻게 대해야 할지 모르듯이, 저 사람들도 우리를 어떻게 대해야 할지 알지 못하는 것처럼 보였다. 지은 역시 혼란스러울 테니 내가 운을 떼야 할 것 같았다. 무어라 말할지 고민하며 앞으로 한 발짝 나아가려던 차에, 지은이 먼저 앞장섰다. 나는 옆으로 스쳐 지나가는 지은의 표정을 짧게 보았다. 종종 내 앞에서도 보였던 확신에 찬 표정이었다.

"안녕하세요. 괜찮다면 저희도 이곳에서 지낼 수 있을까요?"

결론부터 말하자면 지은의 짐작이 맞았다. C 구역에는 이 돔을 관리하고 유지하는 사람들이 살고 있었다. 이곳의 통신은 바깥에서 진작에 끊었다고 했다. G사가 돔을 버린 이후 A 구역으로 올라가기를 시도한 사람들도 있었지만, G사에서 그런 건지, 아테나가 그런 건지 어느 순간부터 A 구역으로 올라가는 방향으로는 케이블카를 작동시킬 수 없게 되었다고 했다. 대형 화물을 옮기는 케이블카는 진작부터 그랬고, 보급품을 보내기 위한 컨테이너 벨트도 얼마 전부터 멈추게 되었다고 했다.

물론 우리가 바로 환대받지는 않았다. 거기에는 아테나가 A 구

돔 389

역에 취했던 조치가 한몫했다. 그들은 아테나가 왜 A 구역의 통신을 끊고, C 구역에서 A 구역으로 보급품을 보낼 수 없게 만들었는지 설명해 주었다. 아테나가 보기에 A 구역은 비생산적이고 불필요한 구역으로 인식되었던 것이다. 그리고 크게 보면 그것이 바로 돔을 유지할 수 없었던 이유이기도 했다. 아테나가 돔 자체의 유지 필요성을 느끼지 못한 것이었다. C 구역은 아테나에게 전권을 넘긴 것이 아니라 자체적으로 생산하고 관리하는 시스템이 있었기 때문에 지금 그나마 현상 유지는 되고 있다고 했다..

그런 상황을 겪고, A 구역으로 인해 함께 팽 당한 것이나 마찬가지인 사람들이 그곳에서 왔다는 사람들을 환대할 리가 없었다. 그래도 우리를 받아 달라고 길게 이야기할 필요는 없었다. 지은이 그곳의 사람들에게 빠르게 인정받은 덕이었다. 기계와는 거리가 먼 내가 이해하기는 힘들지만, 아무튼 나도 얹혀서 C 구역에서 지낼 수 있게 되었다. 나 역시 놀고만 지내는 성격은 아니라 C 구역에 빠르게 적응할 수 있었다.

*

C 구역은 A 구역과 다르게 가짜 하늘이 조성되어 있지 않았다. 하지만 사람들이 곳곳에 켜 둔 조명 덕에 낮처럼 환했다. 일

출 시각에 켜지고, 일몰 시각에 꺼지는 것 같았다. 그것만으로도 밤낮을 구분하기에는 충분했다. C 구역 외곽에서는 바다를 볼 수 있었다. 비록 파도를 보거나, 수면에 반사되어 반짝이는 햇빛을 볼 수는 없었다. 그러나 한없이 까만 허공을 바라보고 있자면 지금 내가 있는 곳이 어디인지는 분명히 알 수 있었다.

"뭐 하고 있어?"

서우는 내가 바다를 바라볼 때면 가끔 옆에 와서 말을 붙였다. 우리는 같이 살고 있다. 이 바다 깊은 곳에서 가끔 곁을 내어 줄 사람이 필요하단 사실에 둘 다 동의했기 때문이었다. 집이 쓸쓸하지 않도록, 믿을 수 있는 사람을 마음에 둘 수 있도록.

"그냥 생각 중이었어요."

"어떤 걸?"

"G사가 그냥 망해 버렸으면 좋겠다고요."

서우는 웃었다. 짧은 웃음이 흐려지다가 동의의 의미로 고개를 끄덕였다. 농담처럼 말했지만 진심이었다. 서우도 그걸 모르지는 않는 듯 나와 같은 검은 허공을 바라보았다. 그러다 나를 두어 번 건드렸다. 손으로 건드린 것은 아닌 것 같아 무엇으로 친 건지 보니 펜이었다.

"그거 알아? 옛날에는 유리병 같은 데에 종이에 쓴 편지를 담아서 바다에 띄워 보내기도 했대. 수신인 없는 편지를 왜 보내는 건지 난 조금 궁금했는데…… 누구든 알아줬으면 하는 마음이 아니었을까?"

 나는 서우가 내민 펜을 받았다. 디바이스용 펜슬과는 달랐다. 훨씬 가볍고, 손에 잘 붙는 느낌이었다. 서우의 수첩에 문질러 보니 익숙한 소리와 함께 검은색 잉크가 그어졌다. 서우와 함께 있으면 늘 들을 수 있는 소리였다. 내 이름을 적었다. 디바이스에 쓰는 것과는 완전히 다른 감각 탓에 글씨가 비뚤어졌다. 서우가 웃었다. 나는 괜히 불만스러운 마음에 서우의 이름을 더 엉망으로 적어 버렸다.

 우리는 이곳에서 일을 한다. 나는 관리용 대형 기계들을 다루는 법을 배워 이 구역의 관리 시스템을 유지보수 하는 일을 돕고 있고, 서우는 여전히 청소 의뢰를 받는다. 나보다 일찍 집에 돌아오는 일이 많아 퇴근한 뒤 우리가 사는 집을 정리하고 글을 쓴다. 나와 서우는 따로 거창한 합의를 본 것은 아니지만 같이 살고 있다. 같이 살지 않을 이유도 없고, 이 넓은 바다에서 혼자 잠에 들기에는 너무 외롭다는 생각이 들었기 때문이었다. 그래서 나는 퇴근한 뒤 글을 쓰는 서우를 구경한다. 특히 최근에는 서우의 도움을 받아 짧은 편지를 쓰고 있다.

 글을 쓰는 것은 처음이다 보니 하고 싶은 말을 정리하는 것도, 읽기 좋은 문장으로 다듬는 것도 쉽지 않았다. 서우의 도움을 많이 받아야 했다. 그러나 다 쓴 글을 종이에 옮겨 적는 것은 혼자서 했다. 서우는 내가 글씨 연습을 할 수 있게 공책 한 권을 내주었다. 퇴근하고 남는 시간을 써서 글씨 연습을 하고 종이에 글을 옮겨 적었다. 서우의 단정한 글씨에 비하면 무척 엉망이었지만, 나쁘지 않았다.

*

 사실 이 글을 쓰기까지 많이 고민했습니다. 우리가 이곳에 있다는 것을 알려서 좋을 게 있을 것 같지 않았기 때문입니다. 하지만 한 가지 말하고 싶은 게 있었습니다. 아마 당신이 알지 못할 곳에서 우리는 살아가고 있습니다. 각자의 이야기를 가진 채로 말이에요.

 저는 원래 A 구역 주민이었고, C 구역까지 오기에는 많은 일이 있었습니다. 사실 부조리하다고 말할 일이 너무 많아서 이 편지에 그것들을 모두 적어야 할지 고민도 많이 했어요. 하지만 한 가지 말하고 싶은 게 있습니다.

 돔 안에 있는 것들, 특히 인공지능 아테나는 제게 많은 생각을 들게 합니다. 우리가 이곳에 들어온 것은 바깥에서 우리를 내쫓고 외면했기 때문이고, 이 돔이 버려진 것은 완벽하게 설계되었다는 아테나가 실질적으로 말도 안 되는 판단을 했기 때문이에요. 그리고 아테나를 설계한 건 바로 바깥의 사람들이죠.

모두가 조금만 더 인간적인 판단을 했다면 어땠을까요? 돔에 있는 사람들을 받아들일 방법을 마련해 보거나, 아테나가 A 구역 사람들의 상황을 이해해 보려고 노력했다면, 지금 돔의 상황은 많이 달랐을 것 같아요. 상기했다시피 이것은 도움 요청이 아닙니다. 하지만 하고 싶은 말이 있었어요.

당신은 잘살고 있나요? 우리는 잘살고 있는 걸까요? 저 자신에게, 그리고 다른 사람들에게 전하고 싶은 물음입니다. 돌이킬 수 없는 일도 있지만, 당신에게도 우리에게도 지금이라면 되돌릴 수 있는 일이 있을 거예요.

그러니 부디, 그곳에서 잘 지내시기를 바랍니다.

밀수꾼의 노래

1판 1쇄 찍음 2025년 8월 14일
1판 1쇄 펴냄 2025년 8월 21일

지은이 | 조나단, 신진오, 송건자, 이지효, 최해린, 범유진, 유혜선
발행인 | 박근섭
편집인 | 김준혁
펴낸곳 | 황금가지

출판등록 | 2009. 10. 8 (제2009-000273호)
주소 | 06027 서울 강남구 도산대로 1길 62 강남출판문화센터 5층
전화 **영업부** 515-2000 **편집부** 3446-8774 **팩시밀리** 515-2007
홈페이지 | www.goldenbough.co.kr

도서 파본 등의 이유로 반송이 필요할 경우에는 구매처에서 교환하시고
출판사 교환이 필요할 경우에는 아래 주소로 반송 사유를 적어 도서와 함께 보내주세요.
06027 서울 강남구 도산대로 1길 62 강남출판문화센터 6층 민음인 마케팅부

ⓒ 황금가지, 2025. Printed in Seoul, Korea
ISBN 979-11-7052-632-2 03810

㈜민음인은 민음사 출판 그룹의 자회사입니다.
황금가지는 ㈜민음인의 픽션 전문 출간 브랜드입니다.